weissbooks.w

Dieter Bauer
Johannes Bertholdys Weg über den Eisernen Steg
Roman

weissbooks.w

Die wichtigsten Personen dieses Romans sind:

Johannes Bertholdy Vorsitzender h.c. des »Quintette amical«. Hoteldetektiv des »Grand Hotel« in Frankfurt, engagierter Gourmet und Amateurkoch. Zu später Stunde gerät er auf dem Eisernen Steg in eine Schießerei, die einige Spuren in seinem Leben hinterlässt.

Lydia Haffner Generalgouvernante im »Grand Hotel«, Bertholdy als leidenschaftliche Köchin in vielerlei Hinsicht verbunden, einem anderen aber leider auch.

Andreas Seibold Bertholdys ehemaliger Freund, ein Mann mit wechselnden Frauen, Berufen, Wohnorten und ungeklärten Familienverhältnissen.

Klara Seibold Andreas Mutter, eine schwer einzuordnende Dame aus Zürich, finanziell erfolgreiche Ehefrau zweier verstorbener Männer. Mit unterschiedlicher Zuneigung zu ihren Kindern.

Siegfried Hansen Kriminalrat und Leiter der Mordkommission Frankfurt, ein Kollege von Bertholdy aus dessen Zeit als Kripobeamter in Düsseldorf. Schenkt diesem Mordfall mehr Aufmerksamkeit als Bertholdy recht ist.

Franz Olbrich Kriminaldirektor im BKA, dem höchsten Organ der Verbrechensbekämpfung in der Republik. Mehr kann über ihn nicht gesagt werden, denn er ist natürlich ein Geheimnisträger.

Dr. Martin Leuenberger Rechtsanwalt und Notar in Vaduz, Liechtenstein, Stammgast des »Grand Hotel«, ein Mann mit vielen Verbindungen, auch undurchsichtigen.

Margarethe Bieger Dr. Leuenbergers schöne und zugleich clevere Assistentin, nicht ganz unschuldig am Verlauf der Ereignisse, denn sie drückt auf den Auslöser der ganzen Geschichte.

Franco Buonamici genannt »il tiratore«, kommt aus Nizza, der Mörder vom Eisernen Steg. Er verändert Bertholdys Leben erheblich, verliert aber dabei das seine.

Francesco Pittoni betritt die Bühne in der Rolle eines Priesters, in kurzlebiger Freundschaft Bertholdy verbunden.

Madeleine Piccoboni Eigentümerin des Restaurants »Pescadou« in Nizza, den Männern stürmisch zugeneigt, vor vielen Jahren auch Bertholdy.

Domenico Sieger Bertholdys pensionierter Kollege aus dem »Baur au Lac« in Zürich, unternehmungslustiger Waffenfreak und Bertholdy in langjähriger Freundschaft verbunden.

James King Generaldirektor des »Grand Hotel« in Frankfurt, ein Beau, eleganter als seine Gäste. Ist sehr auf das Renommee seines Hauses bedacht – und noch mehr auf sein eigenes. Bertholdy kann sich nicht zu seinen Favoriten zählen.

Hans Carolus Mitglied des »Quintette amical«, als Chefportier ist er für Gäste *die* Institution des Hauses. Hat alle Generaldirektoren der letzten vierzig Jahre überdauert. Erfüllt die ungewöhnlichsten Wünsche seiner Gäste, ohne seine Freundlichkeit zu verlieren.

Mehmet Köprülü Mitglied des »Quintette amical«. Sein Reich sind die Halle und die Autorenbar im »Grand Hotel«. Betreut seine Gäste, besonders die der Buchmesse, auf eine sehr persönliche Art. Verbindet die Gewandtheit eines osmanischen Kaufmanns mit angeheirateter deutscher Ordnungsliebe.

Patrick der Chef, Mitglied des »Quintette amical«. Läuft Marathon, hat als Einziger im »Grand Hotel« lange Haare und kocht wie ein Weltmeister.

Marco Galliano Mitglied des «Quintette amical". Der dienstälteste Volontär der Hotelbranche. Seit Jahren der gute Geist des »Grand Hotel«, geliebt von allen Gästen, besonders den weiblichen. Genießt nicht nur als Kollege, sondern auch als Freund das besondere Vertrauen des Hausdetektivs. Wird im hohen Alter zum Literaturkritiker und Kommentator dieses Buches.

Vorbemerkung

Wem bringt schon die Post ein Buchmanuskript ins Haus, ohne Absender, ohne Namen des Autors, ohne Begleitbrief, aus dem eine Anweisung, eine Bitte ersichtlich wäre, was mit dem beschriebenen Papier geschehen soll?

Mir wurde das Paket vom Postboten überreicht, obgleich ich weder Verleger noch Zeitungsredakteur bin. Ich bin Marco Galliano, den Gästen des »Grand Hotel« in Frankfurt bestens bekannt. »Ein alter, leicht gebrechlicher Kellner, bei den Gästen seit vielen Jahren sehr beliebt wegen seiner Freundlichkeit, seiner Zuvorkommenheit«, so haben sie mich im Lokalteil der Zeitung beschrieben, als das 100jährige Jubiläum meines geliebten Hotels gefeiert wurde.

Ich habe mich entschlossen, eine Vorbemerkung zu diesem Bericht und bisweilen ergänzende Kommentare zu schreiben, in der Absicht, die oft einseitige Perspektive des Autors bei der Beurteilung von Menschen und freudiger wie niederschmetternder Ereignisse zu erweitern. Dazu fühle ich mich berechtigt, weil ich die wichtigsten handelnden Personen kenne. Und außerdem spielte ich im Ablauf der Geschehnisse eine nicht ganz unbedeutende Rolle.

Die Hauptrolle im Bericht über die Ereignisse, welche durch ein Verbrechen auf dem Eisernen Steg ausgelöst wurden, spielte aber nicht ich, sondern mein Freund Jo-

hannes Bertholdy. Er war der Hausdetektiv oder, wie heute gesagt wird, der Security Officer des »Grand Hotel« in Frankfurt.

Als ich das Manuskript gelesen hatte, war mir klar, es konnte nur von ihm verfasst worden sein. Er hatte sich die Enttäuschungen, die schmerzlichen Erkenntnisse, die mit den Ereignissen des Jahres 2000 verbunden waren, von der Seele geschrieben. Es war das erste und bisher einzige Zeichen, das ich von ihm nach seinem Verschwinden in ein neues Leben erhielt.

Warum er sich dann nicht als Autor zu erkennen gab, warum er es mir eingepackt in Anonymität zuschickte? Es muss mit seinem Untertauchen zusammenhängen, seinem Plan, als Unerkannter im Unbekannten zu verschwinden. Er wollte sein Leben ändern, das durch Personen gefährdet war, die in dem Bericht als Täter, Opfer und Betrachter auftreten.

1.

Ein weißer Wintertag, von der Sonne verzaubert. Kaum vorstellbar in Frankfurt, der Stadt am Main. Aber an diesem zweiten Samstag im Januar begrüßte ein strahlend blauer Himmel Johannes Bertholdy, den Hausdetektiv des »Grand Hotel«, als der Page das schwere Portal zu diesem ungewöhnlichen Winterszenario aufgerissen hatte. »Ein guter Anfang für das erste Jahr im neuen Jahrtausend«, dachte er.

»Bonne journée, Monsieur«, rief ihm Franz, der Page, nach. Wie alle im Hotel kannte er Bertholdys Neigung, sich der französischen Sprache zu bedienen, wann immer das möglich war, denn Frankreich war des Detektivs große Liebe. Bertholdy hörte es gern, mit Monsieur angesprochen zu werden, waren ihm doch die meisten Erlebnisse während seines mehrjährigen Aufenthalts an der Côte d'Azur in angenehmer Erinnerung geblieben. Und außerdem hatte er sich schon als Jugendlicher für Sprache und Kultur der westlichen Nachbarn begeistert.

»Merci, François«, antwortete Bertholdy und lief mit großen Schritten in Richtung Main. Der Eiserne Steg war sein erstes Ziel.

Hoteldetektive sind eine besondere Spezies. Von denen, die sich von Amts wegen mit der Verfolgung von Verbrechen oder mit der Sicherheit potentieller Opfer beschäftigen, werden sie nicht für voll genommen. Nach deren Meinung sind sie Feigenblätter, die eine kaum beherrschbare

Sicherheitslage in den großen Luxushotels nur notdürftig abdecken. Ein solches Feigenblatt war Johannes Bertholdy.

Vor mehr als zehn Jahren war er als Hoteldetektiv angestellt worden, eine Aufgabe, für die er durch eine mehrjährige, dann aber jäh unterbrochene Tätigkeit als Beamter der Kriminalpolizei prädestiniert war. Ausschlaggebend für sein Engagement in Frankfurts weltberühmtem Hotel war jedoch die persönliche Empfehlung des Polizeidirektors der Stadt, der ihn dem Eigentümer des Hauses als idealen Bewerber vorstellte. Dieser gab die Empfehlung mit entsprechendem Nachdruck an den Generaldirektor des Hotels weiter.

Im Auf und Ab der Hotelkonjunktur führte diese Empfehlung von höchster Stelle dazu, dass Bertholdy in Zeiten schwacher Nachfrage von den Auswirkungen der Personalkostenanpassung verschont blieb. Böswillige ließen das Gerücht kursieren, er habe mit dem Eigentümer eine gemeinsame Leiche im Keller gehabt. Nach dessen Tod verstünden die Erben und die jeweiligen Generaldirektoren diese Saga als eine Art von Kündigungsschutz, so munkelte man. Bertholdy kannte dieses Gerücht, hielt es pfleglich am Köcheln, wohl wissend, dass in seinem und seines Gönners Keller keine Leichen lagen, sondern köstliche Weine, die darauf warteten, ihrem Endzweck zugeführt zu werden.

Während Bertholdys Weinsortiment rasch umgeschlagen wurde, staubten die Flaschen im Keller seines verstorbenen Patrons leise vor sich hin, was besonders den

Weißweinen nicht sonderlich bekam, einigen Grands Crus aus dem Bordeaux aber umso besser. Die Witwe hatte nur ein begrenztes Interesse an Weinen und veränderte ihre Bestände kaum. Sie hatte Bertholdy die Betreuung und Weiterführung der Kochbuchsammlung ihres verstorbenen Gemahls übertragen. Als Dank dafür beschenkte sie Bertholdy von Zeit zu Zeit mit einer alten Flasche Rotwein bester Provenienz aus ihrem Keller. Bertholdy, der Bibliothekar, das war für ihn sein dritter Job und kam seinen Interessen sehr entgegen. Denn bereits kurze Zeit nach Beginn seiner Tätigkeit als Sicherheitsbeauftragter war ihm als weitere Funktion die des Bankettmanagers im »Grand« übertragen worden, wie das Hotel, liebevoll abgekürzt, von Gästen wie von Mitarbeitern genannt wurde.

Dem damaligen Generaldirektor des Hauses war nicht nur seine gute Kontaktfähigkeit gegenüber den Gästen aufgefallen, sondern auch sein Interesse an der klassischen Hotelküche und ganz besonders sein umfangreiches Wissen über die Weine der berühmten Anbaugebiete. Diese Kenntnisse hatte er sich in Frankreich, genauer gesagt: in Nizza, angeeignet. Dort war er nach seinem Ausscheiden aus dem Staatsdienst mehrere Jahre in einem Zwei-Sterne-Restaurant zuerst als Sommelier, dann als Restaurantleiter tätig gewesen. Gewiss ein nicht alltäglicher Karrierewechsel!

Die wohlmeinenden Mitarbeiter des Hauses und die von Zeit zu Zeit wechselnden Generaldirektoren sahen in ihm einen »Rocher de Bronze« in der Hektik des Betriebsablaufes, wobei seine Aufgabe, für die Sicherheit im »Grand« zu sorgen, etwas in den Hintergrund trat. Er hatte sich zu einem Bankett- und Veranstaltungsverkäufer entwickelt, dessen kulinarische Kenntnisse Gäste wie Mitarbeiter beeindruckten. Auf seiner Visitenkarte aber stand »Security Officer«.

Sein Äußeres und sein unauffälliges, aber formvollendetes Benehmen trugen eher der Rolle des Gastronomen als der eines Detektivs Rechnung. Er war immer in dunkelgrauen, fast schwarzen, einreihigen Anzügen gekleidet, deren weit geschnittene Jacken die Konturen des Pistolenhalfters nicht ganz verdeckten. Da seine Figur zur Fülle neigte, fiel die Ausbuchtung, die seine Dienstpistole verursachte, kaum auf. Nur bei Abendveranstaltungen wich er von seinem uniformen Kleiderstil ab und nahm dafür seinen Smoking aus dem Schrank. Die Walther 9 mm behielt jedoch auch bei diesen Gelegenheiten ihren Platz. Die Waffe schien nicht nur für sein Selbstverständnis als Hausdetektiv notwendig zu sein, obwohl er sie im Hotel noch nie benutzt hatte, sie unterstrich zugleich die Glaubwürdigkeit seiner Visitenkarte.

Das einzige auffällige Kleidungsstück, das er trug und das er in der Helligkeit der Farbe den Jahreszeiten anpasste, waren die Krawatten, die er zu seinen leicht gestärkten, weißen Hemden trug. Alle Binder waren aus dem gleichen Material gefertigt, einer matt glänzenden, fast samtartig dicken Seide, die dem Knoten ein beachtliches Volumen gab. Die Farben, es war immer ein Uni, ohne jedes Muster, waren leuchtend, vom frühlingshaften Pastellton bis zu kräftigen, herbstlichen Farben, wobei jede Farbe des Spektrums zum Zuge kam. Das verlieh seiner Erscheinung den kleinen Kick, der ihn von einem Berater eines Bestattungsunternehmens unterschied.

An diesem kalten, aber sonnigen Januarmorgen verließ Bertholdy kurz nach dem Frühstück sein »Grand Hotel«. Hätten ihn bei seinen Ausflügen in das Wochenende Gäste, ja selbst langjährige Stammgäste, gesehen, wäre er wohl unerkannt geblieben. Denn am Morgen eines jeden Samstags trug er eine Kleidung, die nach seiner und der Vorstellung ihrer Designer mit kräftigen Farbtönen »Freizeit« signalisierte. Selbst Bluejeans erlaubte er sich an warmen Tagen, und gegen die Sonnenstrahlen setzte er sich einen kessen blauen Leinenhut auf sein bereits etwas gelichtetes, graues Haar. Für alle, die ihn kannten, war es eine Wochenendverkleidung.

Ziel seines morgendlichen Ausgangs war, wie an jedem Samstag, eine Wohnung in einem der Hochhäuser auf dem Sachsenhäuser Berg. Sie war sein Wochenendrefugium. Hier war die Welt für ihn überschaubar und geordnet, hier fühlte er sich immer wohl, ja glücklich, wozu in nicht geringem Maß die Eigentümerin dieser Wohnung beitrug. Er ahnte an diesem Morgen nicht, dass sein Wohlbehagen an diesem Wochenende sehr gestört werden würde.

Meistens ging er über den Eisernen Steg nach Sachsenhausen, das auf der anderen Mainseite lag. »Steg«

wurde er genannt, trotz seines Namens eine massive Stahlrahmenkonstruktion, die eher den Begriff »Brücke« verdient hätte. Seit Generationen ein Wahrzeichen der Stadt, war er ein Symbol der Solidität und bürgerlichen Tradition Frankfurts.

Der andere Steg über den Main, genannt »Holbeinsteg«, war der jüngere, elegantere, schwingende Bruder der behäbigen Stahlkonstruktion. Er verband das Bankenviertel mit Frankfurts ältestem Museum, dem »Städel«. Die Entscheidung, welcher Weg zu nehmen, welche Brücke über den Main zu benutzen sei, hing weniger von den Wetterverhältnissen als vom Flohmarkt auf der Uferstraße der Sachsenhäuser Seite ab, der zweimal im Monat stattfand. Bertholdy war kein Freund dieser Veranstaltung. Heute war der Eiserne Steg dran, denn die Wegstrecke durch das Gewühl des Marktes war kürzer.

Er hatte sich, wie immer, sorgfältig auf das Wochenende vorbereitet, in dessen Mittelpunkt die Zubereitung eines außergewöhnlichen Abendessens stand. Dieses wurde, begleitet von edlen Weinen, gemeinsam mit seiner langjährigen Freundin Lydia gekocht, zelebriert und genossen. Unter der Woche stellte er mit großer Sorgfalt ein saisonal geprägtes Menü zusammen. Seine umfangreiche Kochbuch- und Rezeptsammlung gaben ihm dabei Anregungen. Bisweilen erfand er aber auch phantasiereiche, eigene Kreationen.

Auch die dicken Alben mit Menükarten des 19. und frühen 20. Jahrhunderts sowie die vielbändige Sammlung gastronomischer Literatur seines früh verstorbenen Gönners spielten dabei eine Rolle, besonders, wenn ein Ausflug in die klassische französische Küche angesagt war. Sein Patron hatte ihn auch deswegen schätzen gelernt, weil Bertholdy ihm eine bedeutende Speisekartensammlung eines längst verblichenen deutschstämmigen Küchenchefs aus Chicago vermittelt hatte. Dieser hatte, bevor er auswanderte, auch einige Jahre im »Grand« gearbeitet. Sie enthielt Festmenüs berühmter Hotels und Restaurants für amerikanische Senatoren und Präsidenten, für das Österreichische und das Deutsche Kaiserhaus und den deutschen und europäischen Hochadel bis zu den Speisekarten des Grand Hotels für Veranstaltungen des jüdischen Geldadels in Frankfurt und seines zu Wohlstand gekommenen Bürgertums.

Die ganze Sammlung hatte er im Auftrag der Familie zu pflegen und zu archivieren, eine Aufgabe, für die er besonders dankbar war. Gab sie doch Gelegenheit, den für den Bestand seines Weinkellers wichtigen Kontakt zur Witwe des Gründers der Gesellschaft zu erhalten und sich mit gutem Grund von Zeit zu Zeit in die Stille ihrer Privatbibliothek zurückziehen zu können.

Als Bertholdy an diesem Wintermorgen das »Grand Hotel« verließ, hatte er die sorgfältig vorbereitete Einkaufsliste für das Menu dieses Wochenendes in der Brusttasche seines pelzgefütterten Anoraks. Die zu den Gerichten passenden Flaschen Wein, in Isoliertüten verpackt, denn die Temperatur wies trotz des Sonnenscheins zweistellige Grade unter Null aus, lagen bruchsicher in dem Rollkoffer, den er hinter sich her zog. Er hatte die Auswahl des Weiß- und des Rotweins mit Herrn Messer, dem kenntnisreichen Chef des hauseigenen Weingeschäfts, ausführlich besprochen und die Flaschen zu einem günstigen Personalpreis erstanden.

Für das Abendessen, das an diesem Samstag auf dem Programm stand, wählte er aus Kochbüchern der 80er Jahre Rezepte aus, die seine Vorliebe für von ihm besonders geschätzte Küchenchefs und Autoren berücksichtigten und die besonders gut zu der kalten Jahreszeit passten:

❋ ❋ ❋

Scampi in Schnittlauchvinaigrette
(Marianne Kaltenbach)

~

Kartoffelsuppe mit Brunnenkresse und Muscheln
(Anton Mosimann)

~

Ente gekocht mit Wurzelgemüse, Meerrettichsahne
und Kartoffel-Gnocchi
(Prof. Dr. Heinz Maier-Leibnitz)

~

Brillat-Savarin und Vacherin Mont d'Or

~

Gewürznelken-Soufflé mit Rumsahne
(Heinz Winkler)

❋ ❋ ❋

Die Schweizerin Marianne Kaltenbach, eine zweifache Begabung als gastronomische Journalistin wie als kreative Köchin, hatte ein bemerkenswertes Fischkochbuch, »Meine Fischküche«, geschrieben, das Bertholdy immer wieder zu Rate zog. Sie beschränkt sich, wie viele ihrer Kollegen, nicht darauf, lapidar ein Rezept aufzuschreiben, das wenig mehr als die Zutaten und die Abfolge der Herstellung enthält. Vielmehr gibt sie wichtige Hinweise für die Vorbereitung, Tipps für den Kochvorgang und die notwendige Brat- und Garzeit. Selbst der zeitliche Arbeitsaufwand wird dem Gericht zugeordnet. Bertholdy schätzte ihre klaren Angaben und ihre fachkundigen Erläuterungen.

Ihre Methode, die frischen Kaisergranaten, so die deutsche Bezeichnung für Scampi, in einem mit Olivenöl ausgepinselten Sieb über Wasserdampf zu garen, hatte er bisher noch nicht gekannt. Ob das fast dunkelgrüne Öl, das er normalerweise für seine Salate verwendete, nicht zu kräftig sein und den Eigengeschmack der Schalentiere beeinträchtigen würde? Und die Menge Schnittlauch, die der Salatsoße beigegeben werden sollte, durfte auch nicht zu reichlich bemessen werden, damit die lauwarmen Schalentiere noch immer nach Meer schmeckten.

Anton Mosimann nur mit einer Suppe zu ehren, erscheint auf den ersten Blick nicht seiner Bedeutung angemessen. Hat sich doch der Schweizer Künstler auf einem gastronomisch unterentwickelten Eiland als bedeutender

Entwicklungshelfer betätigt, zuerst als Küchenchef des berühmten »Dorchester« in London, später mit seinem eigenen Restaurant.

In seinem Buch »Cuisine Naturelle« gab Mosimann zwar den Suppenbrühen den Vorzug vor den gebundenen Suppen, nicht so aber bei dieser Kartoffelsuppe. Hier werden die zusammen mit Lauch, Brunnenkresse, Schalotten und einer Knoblauchzehe gedünsteten Kartoffeln mit einer Mischung aus Fisch- und Kalbsfond aufgekocht und dann püriert. Die separat angeschwitzten Muscheln lässt man in einem Fischfond ziehen, bis sie sich öffnen. Dann werden sie ausgelöst, der Kartoffelsuppe zugegeben, und das Suppengedicht wird mit den Blättern der Brunnenkresse garniert. Gewiss kein ganz leichtes Zwischengericht, aber den winterlichen Temperaturen des Tages angepasst.

Enten sind nach Bertholdys Erfahrung schwierige Vögel. Bleiben sie zu lange in der Backröhre, werden sie zu zähen Ludern, sind sie aber zu kurz im Ofen, verwandelt das auslaufende Blut den Teller in ein Schlachtfeld. Normalerweise überließ Bertholdy diese schwierige Herausforderung seiner Mitköchin, die ihn im Kochtechnischen hin und wieder um Längen schlug.

Das alles bedenkend, hatte Bertholdy an diesem Tag auf ein Rezept eines Wissenschaftlers zurückgegriffen. Heinz Maier-Leibnitz war Professor für Physik, vielfacher Ehrendoktor – und eben auch ein Jünger der Kochkunst. In seinem »Kochbuch für Füchse« macht er einen Vorschlag, der elegant den Einsatz einer Bratröhre umgeht. Vielmehr wird die Ente in einem gemischten Fond aus Wein und Geflügel mit den üblichen Zutaten wie Lorbeerblatt, Lauch und Zwiebel mit aufgesteckten Gewürznelken ca. eine Stunde gekocht. Dass das Rezept fast wie eine naturwissenschaftliche Versuchsanordnung beschrieben ist, verwundert bei diesem Autor nicht.

Bei der Auswahl der Käse verließ sich Bertholdy auf seine auf diesem Gebiet recht umfangreichen Kenntnisse und in Zweifelsfällen auf Pierre Androuet und seinen »Guide du Fromage«. Dieser Führer durch die Käsewelt – und diesen Begriff konnte man nach Bertholdys Ansicht im Wesentlichen auf Frankreich, die Schweiz und in Maßen auf Italien reduzieren – war zwar schon sehr alt, aber die neuen »Käsekreationen« der Milchindustrie hatten darin so gut wie nichts verloren.

Besonders freute sich Bertholdy auf den Vacherin Mont d'Or, wobei er keinen Unterschied zwischen dem schweizer Vacherin aus dem Kanton Vaud und seinem französischen Bruder aus der Franche-Comté machte. Wenn der sehr cremige, duftende Käse mit dem Löffel von der Spanschachtel auf den Teller gelegt wird, dann lacht das Herz eines jeden Käseliebhabers. Der Brillat-Savarin, ein weicher Frischkäse mit hohem Fettanteil, war der Lieblingskäse seiner, vor allem in der Küche, unverzichtbaren Kollegin.

Und schließlich das Dessert, eine Kreation des von Bertholdy sehr geschätzten Heinz Winkler, berühmt geworden als Chef des »Tantris« in München. Das Rezept dafür hatte er dessen Buch »Drei-Sterne-Küche für zu Hause« entnommen.

Da sich Bertholdy bei den Festessen in Lydias Wohnung auf die Herstellung des Desserts spezialisiert hatte, sah er diesem Abend mit etwas Zagen entgegen, denn ein Soufflé hat so seine Launen. Und wenn es schlecht gelaunt ist, geht es nicht auf wie eine Blüte, sondern fällt kläglich in sich zusammen. Eine solche Katastrophe könnte den ganzen Abend verderben und seinem Ruf als Koch aus Leidenschaft ruinieren.

Zur Begleitung der Scampi hatte Bertholdy einen Pouilly Fumé vorgesehen, seinen Liebling von der Loire. Die Ente und die Käseauswahl sollten von einem Brunello di Montalcino aus dem Hause Frescobaldi gekrönt werden. Und sollte der Käse schließlich nach einem anderen Rotwein verlangen oder der Frescobaldi gar geleert sein, so lagerte im Rotweinschrank noch eine acht Jahre alte Flasche »Beaune Clos des Mouches« Premier Cru, ein kräftiger Begleiter aus dem renommierten Hause Drouhin.

Die für das Abendessen erforderliche Einkaufsliste war eingeteilt nach der Lage der Läden auf seinem Weg zu seinem Wochenendrefugium. Nur Fisch und Krustentiere sowie die benötigten Fonds ließ er sich vom Küchenchef des Hotels besorgen. Den Käse pflegte er am Vorabend in der Kleinmarkthalle zu kaufen, da in seiner normalen Einkaufszone in Altsachsenhausen kein Laden zu finden war, der seinen besonders hohen Ansprüchen hinsichtlich eines reifen und der Jahreszeit entsprechenden Rohmilchkäses genügt hätte.

Bertholdy genoss das Sonnenlicht, das die Eiskristalle auf den grünen Brückenteilen und auf den Platanen zum Glitzern brachte.

Der erste Laden auf seinem Weg war die Bäckerei Hanss in der Brückenstraße. Allein der Duft des frisch gebackenen Brotes war einen Besuch wert. Zur Frühstückszeit bildeten sich im Sommer Schlangen von anstehenden Kunden bis auf den Bürgersteig hinaus. Im Winter drängte sich die Schlange in mehreren Windungen im warmen Laden. Bertholdy ließ sich ein Graubrot mit Namen »Ausgehobenes« und ein Baguette einpacken sowie die Brötchen für das Sonntagsfrühstück. Er wechselte mit Frau Kramer, der stattlichen blonden Herrin über die Backwaren, einige Worte über Ferienziele im Süden, die Frau Kramer besonders im Winter interessierten.

Von der Bäckerei war es nicht weit zur Metzgerei Bumb in der Textorstraße, die Bertholdys strengen Qualitätsansprüchen an Fleisch- und Wurstwaren gerecht wurde. Außerdem hatte die ebenfalls blonde, aber zarte und doch energische Chefin neben beachtlichen Fachkenntnissen eine freundliche Ausstrahlung, die auf ihre Angestellten hinter der Verkaufstheke überging. Ihr Mann, der Metzgermeister, war ein Frankfurter Original mit entsprechendem Mundwerk und ein Handwerker, der sehr auf Qualität achtete. Bertholdy war ansonsten beim Einkaufen eher mundfaul. Hier aber fiel ihm ein kleines Gespräch leicht. Die angebotene Ente entsprach seinen Vorstellungen und der Schinken und die Wurstwaren waren bereits vorbereitet, denn Bertholdy variierte deren Auswahl sehr selten. Er wurde wie ein Freund des Hauses verabschiedet.

Dritte Anlaufstation war der Gemüseladen von Frau Rappelt. Er lag auf halber Höhe des Sachsenhäuser Bergs und war eine Institution im Viertel. Wenn man den Laden betrat, konnte man meinen, die Zeit sei in den 50er Jahren stehen geblieben. Es war ein »Tante-Emma-Laden«, einfach eingerichtet und mit einer nostalgischen, reich verzierten Ladenkasse versehen. Frau Rappelt und ihre Tochter Anja boten Obst und Gemüse an, »unbehandelt«, wie auf den handgeschriebenen Zetteln stand, aus eigener Gärtnerei. Diese lag ebenfalls auf dem Berg, nicht weit vom Geschäft entfernt. Dazu kamen Blumen und Gartenpflanzen, frische Eier und selbst gekochte Marmeladen, die eine Spezialität der Tochter waren. Und in der Weihnachtszeit Tannenbäume von untadeligem Wuchs.

Schnell waren die winterlichen Gemüse gekauft, die er für das kleine Festmenü benötigte, und nun waren es nur noch wenige Minuten zum eigentlichen Ziel seiner fast zweistündigen morgendlichen Wanderung. Die Wohnung lag im zwölften Stock eines Hochhauses in der Nähe der Darmstädter Landstraße. Ein hässlicher Bau, nicht nur aufgrund seiner ungepflegten Betonfassade, sondern auch wegen der langweiligen Gliederung des Baukörpers. Die Wohnung selbst war dagegen mit Liebe und Geschmackssicherheit eingerichtet. Sie hatte eine große Terrasse, die im Sommer ein idealer Gartenersatz war. In dieser Wohnung wartete Lydia auf ihn. Sie pflegten seit Jahren eine Wochenend-Lebensgemeinschaft.

Ihr persönliches Verhältnis genauer zu erläutern, wäre wohl beiden nicht leicht gefallen – vielleicht hätten sie es so beschrieben: Vertrauen zu einander, fast kameradschaftliche Zuneigung, ja in manchen Situationen wohl auch Liebe, aber gleichzeitig auch der Wunsch nach Beibehaltung eines privaten Freiraums. Dazu passte ihre Entscheidung, nicht zusammen in die Ferien zu fahren. Und Bertholdy kam dies gelegen, denn ein Zusammensein für längere Zeit, selbst für drei Ferienwochen, erschien ihm ein »zu viel« an Bindung. Und davor hatte er Angst. Sicher fühlte er sich eher, wenn er allein war. Dann hatte er aber nach einiger Zeit auch wieder Sehnsucht nach Zweisamkeit.

Sie hatten sich im »Grand Hotel« kennengelernt, als Lydia Haffner dort einen Vertrag als Erste Gouvernante erhalten hatte. Dieser Beruf kam, so schien es Bertholdy, ihren Fähigkeiten sehr entgegen. Sie war von einer geradezu peniblen Ordnungsliebe, hatte ein beachtliches Organisationstalent und konnte die Schar der ihr unterstehenden dienstbaren Geister nicht nur führen, sondern auch motivieren.

Bertholdy war schon bei ihrem ersten Zusammentreffen von ihrer kühlen, damenhaften Schönheit beeindruckt gewesen. Ihre dunkle Stimme klang geheimnisvoll und die braunen Augen signalisierten Temperament, gezügeltes Temperament. Mit diesen Eigenschaften versehen, schien sie besser dem Niveau der »High Society« angepasst zu sein als dem des Hotelpersonals.

Lydia gefiel die respektvolle Art, mit der Bertholdy ihr begegnete, und sie bemerkte sehr bald, dass ihr Kollege immer häufiger das persönliche Gespräch mit ihr suchte. Er schien das Hotel zu seinem Lebensmittelpunkt gewählt zu haben, denn er verließ es nur, wenn er dringend etwas besorgen musste. Freunde hatte er in dieser Stadt oder, besser gesagt, außerhalb des Hotels offensichtlich nicht.

Als es auf Weihnachten zuging, es war im ersten Jahr ihrer Tätigkeit im »Grand«, richtete Lydia am Nikolaus-Abend eine Schale mit Obst, Nüssen und Gebäck, das sie selbst gebacken hatte, klopfte an die Türe seines Zimmers, eines der wenigen verblieben Personalzimmer im Zwischenstock des Hotels. Es lag neben seinem Büro und war mit diesem verbunden. Als das »Herein« ertönte, trat Lydia Haffner ein.

Der vorher wohlüberlegte Satz blieb ihr im Hals stecken, denn das geräumige Zimmer war in einem geradezu chaotischen Zustand. Das hatte sie nicht erwartet, widersprach das Chaos doch Bertholdys gepflegtem Auftritt und der vorbildlichen Organisation der von ihm betreuten Veranstaltungen und Bankette. Tische und Teile des Bodens waren mit Büchern und Zeitschriften geradezu überflutet. Auf den Rückenlehnen der Stühle hingen mehr Kleidungsstücke als im offen stehenden Schrank. Eine Ecke des großen Tisches war für eine Weinprobe hergerichtet, die wohl von Musik begleitet werden sollte, denn neben den Flaschen und Gläsern stapelten sich CDs.

»Ich liebe das kreative Chaos«, sagte Bertholdy, der ihren entsetzten Blick gesehen hatte. Eilig räumte er einen Sessel frei, machte die Schranktüre zu und schloss die noch geöffnete Zimmertüre, um jeden Fluchtversuch zu verhindern. Sein Dank für die Gabe des Nikolaus fiel besonders wortreich aus.

Lydia erwachte aus ihrer Erstarrung. Sie lächelte ihn an. Ohne Widerspruch ließ sie sich ein Glas Rotwein einschenken, nahm eines der Bücher zur Hand und fing ein Gespräch über italienische Pastagerichte an, denn diese waren der Titel des Buches, das vor ihr auf dem großen Tisch lag.

Lydia und Bertholdy hatten damit einen Meinungsaustausch über das Kochen begonnen, der in den Folgejahren fortgesetzt und immer intensiver werden sollte. Essen und Trinken, das war beider Thema. Und sehr bald nach diesem Schockerlebnis in Bertholdys Zimmer traf man sich in Lydias Wohnung zu gemeinsamen Kochexperimenten.

Dabei stellte sich im Laufe der Zeit heraus, dass Lydia in ihren handwerklichen Fähigkeiten Bertholdy bei weitem übertraf, was sie in seiner Anwesenheit aber nicht erkennen ließ. Sie kochte mit großer Leidenschaft und gewohnter Präzision, er lieferte den »philosophischen« Unterbau, sein beachtliches angelesenes und »angegessenes« kulinarisches Wissen, und arbeitete ihr zu. Das führte dazu, dass Bertholdy im Laufe der Jahre tatsächlich kochen lernte, wenn er auch in seinen Fähigkeiten hinter seiner Lehrmeisterin zurückblieb.

Die gegenseitige Begrüßung an diesem Samstag war wie immer zurückhaltend, liebevoll in Blick und Gesten und von einem dreifachen Kuss auf die Wangen begleitet.

»Was hast du alles erlebt auf deiner Einkaufstour?«, fragte Lydia und sprach das vertraute Du aus, das sie sich im Hotel nicht erlaubten. Seinen Vornamen Johannes benutzte sie nie, sondern sagte Bertholdy zu ihm. Dieser Name gefiel ihr besser und er hatte nichts dagegen einzuwenden, sprachen ihn doch alle seine Freunde mit seinem Nachnamen an.

Sie hatten beide lange Zeit geglaubt, die Mitarbeiter im Hotel und die Direktion würden ihre persönliche Beziehung nicht bemerken. Dabei hätten sie von Anfang an wissen müssen, dass Geheimnisse im Hotel eine sehr kurze Lebensdauer haben. Doch auch als es die Kollegen alle wussten, blieben sie dabei, sich im »Grand Hotel« mit »Sie« anzusprechen. Zumal in Gegenwart von Gästen hielten sie es nicht für angemessen, sich zu duzen. Den Kollegen galten beide als stockkonservativ.

Bertholdy berichtete von seinen morgendlichen Erlebnissen, die sich an den vielen Wochenenden, die er bei Lydia verbrachte, nur durch die vom Flohmarkt beeinflusste Wegführung und das Wetter unterschieden. Dennoch wollte Lydia sie hören, es war fast schon ein Eröffnungsritual für das gemeinsame Wochenende.

Dann folgte eine Frage, die ebenfalls jeden Samstag gestellt wurde: »Welches Geschirr passt deiner Ansicht nach zu unserem abendlichen Essen, lieber Bertholdy?«

Lydia und Bertholdy hatten eine weitere Schwäche gemeinsam: Der Tisch musste passend zum Menu eingedeckt werden. Sie hatten im Lauf der Zeit mehrere Geschirre gekauft, unterschiedlich in Stilrichtungen und Provenienz, alle von bedeutenden europäischen Manufakturen. Von klassisch-elegant über ländlich, von biedermeierlich bis zum modernen Design, von reich dekoriert bis formorientiert ohne jede Verzierung. Da es sich meistens um ein Dîner à deux handelte, waren nur wenige Geschirrteile notwendig. Nur Marco Galliano, ein gemeinsamer Freund und Kollege, saß ab und zu mit am Tisch. Andere Gäste waren nie geladen.

Zum klassischen Geschirr der Staatlichen Porzellanmanufaktur Berlin gab es Einzelgläser von Baccarat und von der Glashütte Poschinger, die Bertholdy auf Versteigerungen und in Antiquitätengeschäften einzeln oder in geringer Stückzahl erworben hatte. Zu modernem Design und zu ländlichen Tellern und Schüsseln wurden die Gläser des Schweizers Roberto Niederer oder die voluminösen und doch zarten Riedelgläser aufgedeckt. Das »Tafelsilber« war eine Kollektion von ausgesuchten Einzelstücken, die Bertholdy besonders preiswert in Frankfurter Auktionshäusern ersteigert hatte.

»Suppe und die gekochte Ente mit dem Wurzelgemüse verlangen heute ein ländliches Geschirr«, sagte Bertholdy nach einigem Nachdenken. »Wir nehmen heute Abend das ›Lunéville‹ von Spode«. Es war mit ländlichen Blumen im Stil alter Straßburger Keramik dekoriert und nicht nur seines Namens wegen von französischer Anmutung. Dazu passten die von Roberto Niederer entworfenen mundgeblasenen, wuchtigen Weingläser.

Die Auswahl der Tischdecke war Lydias Sache und ihr Sammelgebiet. Sie hielt für das »Lunéville« eine hellblaue Decke mit Rocaillenmuster aus der Provence für die beste Unterlage. Dazu dunkelblaue Kerzen in den gläsernen Leuchtern, die Lydia von einer Schwedenreise mitgebracht hatte.

Als diese wichtigen Entscheidungen getroffen waren, stand nur noch der Kauf eines Blumenstraußes bei der nahe gelegenen Gärtnerei Schmidt auf dem Programm. Bertholdy liebte es, einen Strauß auf dem Esstisch zu haben, der mit der Tischdecke und dem Geschirr harmonierte. Deshalb suchte er die Blumen selbst aus und ließ sie von den charmanten und kenntnisreichen Gärtnerinnen kunstvoll binden. Schließlich waren sie eine

Aufmerksamkeit für die Dame des Hauses, mit der er seine Dankbarkeit ausdrücken wollte.

Nachdem Bertholdy den Blumengruß überreicht hatte, gab es wie immer zur Einstimmung auf das Wochenende ein Glas Champagner, der ja am Vormittag besonders bekömmlich ist und zum Plaudern verführt.

Das Mittagessen war einfach und von Lydia bereits am Vorabend gekocht worden. Je nach Jahreszeit gab es einen Eintopf oder eine kalte Suppe, auf die sich Bertholdy schon die ganze Woche gefreut hatte. Wie an jedem Samstagmorgen hatte seine Lieblingsköchin noch einen Kuchen gebacken, der als Dessert und nachmittägliche Stärkung zum Einsatz kam.

Letztere war auch notwendig, weil bereits am frühen Nachmittag mit den Vorbereitungen für das festliche Abendessen begonnen wurde. Die Arbeit begleitete symphonische Musik, deren Entstehungszeit sich im Laufe des Tages immer früheren Perioden näherte, bis schließlich zu Beginn des Mahles barocke Tafelmusik ertönte, die das ganze Essen begleitete. Sie hatte für beide etwas Triumphales und entsprach ihrem Stolz als Meister ihres Faches, die auf ein gelungenes Werk blicken konnten.

Das Abendessen erstreckte sich über drei, bisweilen vier Stunden. Lydia und Bertholdy liebten auch die Pausen zwischen den Gängen, die nicht nur mit Kommentaren zum eben Genossenen und gegenseitigen Komplimenten gefüllt waren, sondern auch dem Austausch der Erlebnisse der vergangenen Woche dienten.

Damit der restliche Abend nicht im Abwasch unterging, hatten sie es sich angewöhnt, Töpfe, Pfannen und Küchenutensilien, die nicht in die Spülmaschine wanderten, sofort nach Gebrauch von Hand zu spülen, so dass nach dem Dessert nur wenige Handgriffe genügten, das abendliche Schlachtfeld zu säubern. Zu den Spätnachrichten trank Lydia noch einen Espresso und Bertholdy schwenkte sein Cognacglas. Dann ging man zu Bett, erschöpft vom guten Essen, etwas schläfrig vom Rotwein. Die erotische Seite des temporären Ehelebens wurde auf den nächsten Morgen verschoben. Diese Einteilung hatte sich bewährt.

Das Abendessen dieses Wochenendes war aus der Sicht der beiden besonders gut gelungen. Bertholdys Soufflé hätte leichter, lockerer nicht sein können. Geradezu prachtvoll war es aufgegangen. Komplimente wurden gewechselt, der Gutenachtkuss besiegelte das Glück.

Bertholdy hatte sich im Laufe der Jahre so sehr an diese behagliche Zweisamkeit gewöhnt, dass er nie auf die Idee kam, sie könnte durch Außenstehende gestört werden. In dieser Nacht aber unterbrach lautes Läuten des Telefons ihren Schlaf. Ein Blick auf den Wecker sagte Bertholdy, dass sie vor gerade einmal zwei Stunden zu Bett gegangen waren.

»Wer kann das denn sein?«, fragte verstört Lydia.

Bertholdy hob den Hörer ab und meldete sich mit »Hallo«. Der Anrufer hatte ihn dennoch an seiner Stimme erkannt. »Bertholdy, alter Freund, ich muss dich dringend sehen.« Die Stimme hätte der Angesprochene unter Hunderten herausgehört. Es war Andreas Seibold, ein ehemaliger Freund, ein ganz spezieller Freund aus gemeinsamen Tagen in Nizza, zu dem der Kontakt aus ebenso speziellem Anlass abgebrochen war.

»Woher kennst du diese Nummer? Und von wem weißt du denn, dass ich heute unter dieser Nummer zu erreichen bin?«

»Das werde ich dir später erklären, dazu ist jetzt keine Zeit«, entgegnete Seibold, »ich muss dich sofort, noch in dieser Nacht, treffen. Sag nicht, du hättest keine Zeit, ich bin in großen Schwierigkeiten, ja in Lebensgefahr, ich brauche deine Hilfe, sofort, bitte!«

»Wo kann ich dich treffen oder willst du hierher kommen?«, wollte Bertholdy wissen.

»Nein, ich kann nicht kommen, wir treffen uns besser auf dem Eisernen Steg, in der Mitte der Brücke. Da sind wir um diese Nachtzeit allein und können nicht abgehört werden. Wann kannst du dort sein?«

»In dreißig Minuten«, sagte Bertholdy und legte auf.

Lydia blickte ihn verstört an. »Was soll denn das Ganze, du willst doch nicht etwa zu dieser Nachtzeit und bei dieser Kälte irgendjemanden treffen? Es ist kurz nach Zwei!«

»Es war nicht irgendjemand, sondern ein Freund, dem ich verpflichtet bin. Er hat viel für mich getan. Ich werde dir das morgen erzählen. Schlaf weiter.«

Bertholdy stand auf und begann sich anzukleiden. Da ihn in dieser klaren Winternacht eisige Kälte erwarten würde, holte er sich aus dem Schrank, in dem ein Teil seiner legeren Kleidung für das Wochenende untergebracht war, seinen dicksten Pullover, zog seine Winterstiefel an und griff nach dem pelzgefütterten Anorak. Zuvor legte er seine alte Dienstpistole an, die in einem Schulterhalfter steckte.

Es war das gleiche Modell, das er in seinen Tagen als Kriminalpolizist getragen hatte. Auch wenn diese Waffe ihn daran erinnerte, dass er damals zu schnell geschossen hatte, wollte er nicht auf sie verzichten, denn er war sie gewohnt, sie lag gut in seiner Hand. Und ohne Pistole zu leben, hätte ihn verunsichert.

Lydia schaute ihm kopfschüttelnd zu, halb belustigt, halb sorgenvoll. »Gib bitte auf dich Acht. Spiel nicht den Helden!«

Bertholdy machte sich auf den Weg, zu Fuß, denn Lydias Wagen war in der Reparatur und am nahe gelegenen »Holiday Inn« stand kein Taxi. Außerdem hatte er so Zeit, auf seinem Fußmarsch zum Mainufer seine Gedanken zu ordnen.

Andreas Seibold hatte vor 20 Jahren in Nizza nicht nur sein Leben gerettet, als er in der Altstadt in eine Schlägerei geraten war, bei der auch die Messer gezogen wurden. Bertholdy hatte drei gegen sich und Andreas kam ihm zu Hilfe. Seine Karatekenntnisse waren beeindruckend, die Rabauken flüchteten.

Er hatte ihm die Frau weggenommen oder besser gesagt: Madeleine Piccoboni fand es wieder mal an der Zeit, ihren Liebhaber zu wechseln. So verlor Bertholdy seine feurige, mal launische, mal zärtliche Partnerin, die Inhaberin des renommierten Restaurants »Au Pescadou«. Da er nicht mit aufgesetzten Hörnern herumlaufen wollte, verlor er auch seinen Job als Chef de Restaurant. So klang sein Job als Liebhaber und Gastronom nach fünf Jahren nicht gerade harmonisch aus.

Zu der Stellung als Sommelier im Pescadou war er gekommen, weil er für diese Position Kenntnisse mitbrachte, die er schon in jungen Jahren erworben hatte. Er stillte seinen Wissensdurst über Weine nicht nur aus den Kommentaren seines geliebten und verehrten Großvaters und mit Proben aus dessen Keller, sondern studierte auch entsprechende Literatur, die er in Antiquariaten und Fachzeitschriften fand. Auch als er noch in Düsseldorf Polizeibeamter war, baute er dieses Wissen aus, das zu seinem Hobby wurde.

Nach kurzer Zeit wurde er Madelaine Piccobonis rechte Hand und damit Chef de Service. Sie und ihre Gäste wussten seine Fähigkeit zu schätzen, den bisweilen sehr herben Charme der Inhaberin des Pescadou auszugleichen. Sie unterschied sich als eine der seltenen weiblichen Chefs de Cuisine der damaligen Zeit in dieser Hinsicht in nichts von ihren männlichen Kollegen.

Oder wäre es angebrachter zu sagen, Madeleine sei dem Charme von Andreas erlegen, denn sein Charme schien, gemessen an den Reaktionen der Damen, unwiderstehlich zu sein. Er war immer guter Laune, hatte für jede ein kleines Kompliment bereit und sein männliches, gut geschnittenes Gesicht sowie seine sportliche Figur ließen ihn wie einen Filmstar erscheinen. Ein Beau, und dazu noch ein sympathischer. Außerdem ein Mann mit schwarzem Karategürtel, den Bertholdy in jener gewalttätigen Nacht schätzen gelernt hatte.

Andreas war ein glänzender Unterhalter, der aber niemals über sich und seine Herkunft sprach. Niemand wusste etwas über seine Tätigkeit, seinen Beruf. Wie er zu dem Geld kam, das er großzügig ausgab, ohne dabei anzugeben, war ebenso wenig zu durchschauen wie seine vielfältigen Geschäftsbeziehungen. Seine guten Manieren ließen auf ein kultiviertes Elternhaus schließen, das wohl in der Schweiz lag, wie seine leicht dialektgefärbte deutsche Sprache verriet, nicht so sein sehr gepflegtes, akzentfreies Französisch.

Was war nur geschehen, das Andreas zu diesem Hilferuf trieb? Die Stimme hatte Angst signalisiert, ein Gefühl, das Bertholdy bei ihm nie vermutet hätte. Warum hatte er sich ausgerechnet an ihn gewendet, wo sie sich doch vor fast 15 Jahren zwar nicht im Streit oder in Feindschaft, aber doch in zerbrochener Freundschaft getrennt hatten. Seit dieser Zeit hatten sie keinen Kontakt mehr miteinander gehabt.

Und wer hatte Andreas gesagt, er sei an Wochenenden unter Lydias Nummer zu erreichen? Hatte er doch der

Portierloge und der Telefonzentrale seine Handynummer mit der strikten Anweisung gegeben, ihn nur in äußersten Notfällen, bei Brand, bei Delikten, bei denen Hausgäste zu Schaden kamen, oder bei der Identifizierung von Zechprellern, in seinem Weekend zu stören. Und selbstverständlich auch, falls der Generaldirektor oder die Familienaktionäre ihn dringend zu sprechen wünschten.

Andreas hatte aber die Festnetznummer von Lydia angerufen. Wer hatte sie ihm wohl gegeben?

Als er den Wendelsplatz erreicht hatte – das gelegentliche Glatteis hatte ihn gezwungen, auf der abschüssigen Darmstädter Landstraße langsamer als gewollt zu gehen – unterbrach er zum ersten Mal seine Erinnerungen und Überlegungen und blickte auf einen sternenklaren Himmel. Der Mond war eine strahlende Scheibe, und der Himmel mit seinen Myriaden von Sternen hatte eine nie gesehene Tiefe. Der Anblick war so beeindruckend, dass Bertholdy für einige Sekunden stehen blieb, dann trieb ihn die Kälte weiter und er ging schneller als bisher.

Nachdem er das Gebäude des Deutschen Ordens erreicht hatte, überquerte er die Straße und ging schnellen Schrittes auf die Dreikönigskirche zu, die in Sichtweite zum Eisernen Steg lag. Als er das Sachsenhäuser Ufer erreicht hatte, lag vor ihm die in silbergrünes Licht getauchte Brücke. Sie war gut einzusehen, da die Äste der Platanen an der Uferpromenade zu dieser Jahreszeit keine Blätter trugen und wie in jedem Winter zurückgeschnitten worden waren. So hatte Bertholdy seinen geliebten Eisernen Steg noch nie gesehen, so leicht, so geheimnisvoll, ja fast unwirklich.

Ohne nach links und rechts zu sehen, überquerte er die Straße, die tagsüber so viel Verkehr zu verkraften hatte. Da sah er einen Mann auf der Brücke zur Sachsenhäuser Seite rennen, hinter ihm ein Verfolger. Der Flüchtende hatte noch einen Vorsprung von etwa zwanzig bis dreißig Metern. Bertholdy wusste sofort, es war Andreas.

Der Verfolger blieb stehen, gab einen Feuerstoß aus einer Maschinenpistole ab. Einige Geschosse schlugen gegen die Stahlkonstruktion und jaulten als Querschläger über den Steg. Bertholdy sah Andreas fallen.

Er rannte über die Straße, zog rasch seine Handschuhe aus, wobei er einen verlor, riss den Anorak auf und seine Pistole aus dem Halfter. Die Sandsteinbrüstung am Ende der Aufgangstreppe gab ihm Schutz. Die Pistole mit beiden Händen haltend, tauchte er hinter der Brüstung auf und schoss auf den Schützen, der langsam auf sein am Boden liegendes Opfer zuging.

Bertholdy feuerte viermal, bereits der zweite Schuss zeigte Wirkung. Nach dem vierten Schuss brach der Täter zusammen. Seine Überraschung war offensichtlich so groß, dass er nur noch in einer Reflexbewegung seine Maschinenpistole auf Bertholdy richten konnte. Zwei Schüsse schlugen in die Sandsteinbrüstung ein, hinter der er Deckung gesucht hatte. Der Rest des Feuerstoßes zersplitterte die Glasverkleidung des Aufzugsschachtes, der sich neben der Treppe befand. Bertholdy riss den Arm hoch und schützte seine Augen, denn die Splitter des Glases flogen durch die Luft.

Die Maschinenpistole fiel zu Boden und schlitterte mehr als eine Armlänge weiter. Mit gezogener Waffe ging Bertholdy an Andreas vorbei, bereit, auch die restlichen Patronen seines Magazins auf den Mann abzufeuern, der Andreas niedergestreckt hatte. Der Schütze konnte ja noch eine zweite Waffe bei sich tragen.

Beim Täter angekommen, gab Bertholdy zuerst einmal der am Boden liegenden Maschinenpistole einen Tritt, um sie endgültig aus dessen Reichweite zu befördern. Dabei ließ er den Täter nicht aus den Augen. Er sah den Einschuss zwischen linker Augenbraue und Nasenwurzel. Der Mann war für immer aus dem Gefecht gezogen.

Endlich war es möglich, sich um Andreas zu kümmern. Dieser stöhnte und atmete schwer. An seinen Augen sah Bertholdy, er hatte ihn erkannt. Er griff zum Handy, rief die 110 an, bestellte Notarztwagen und Polizei zum südlichen Aufgang des Eisernen Stegs, schilderte mit knappen Worten die Situation und gab seinen Namen und den seiner Arbeitsstelle bekannt.

Dann wandte er sich Andreas zu, öffnete dessen kurzen Wintermantel und sah, wie sich Pullover und das linke Hosenbein vom Blut verfärbten. Sein ehemaliger

Freund war schwer getroffen. Er brachte ihn in Seitenlage, kniete neben ihm auf dem Boden und sprach ihn mit seinem Namen an.

Andreas stöhnte und flüsterte kaum verständlich: »Zu spät, gib das Lydia.« Dabei zeigte er auf die linke Brustseite.

Der Satz traf Bertholdy wie ein Stich. Er war nicht nur verwirrt, er war für einen Augenblick fassungslos. Aber für Fragen blieb keine Zeit. So griff er in die Innentasche des Mantels. Der Gegenstand fühlte sich an wie ein Zigarettenetui. Bei Mondlicht besehen war es eine kleine Kamera mit silbernem Metallgehäuse. Er hielt sie Andreas vor die Augen. Der nickte, blickte ihn mit weit aufgerissenen Augen an, bewegte seine Lippen. Er wollte Bertholdy noch etwas sagen, vergeblich. Dann fiel sein Kopf zur Seite, aus seinem Mund trat ein blutiges Rinnsal aus. Der Tod war eingetreten.

Immer noch am Boden kniend, hielt Bertholdy die Kamera ins fahle Licht. Auf der Vorderseite stand DM1 und Minox. Da schoss Bertholdy die Erinnerung durch den Kopf, dass Andreas immer eine Minox bei sich getragen hatte, damals in Nizza. Er fotografierte alles, was ihm Wert schien, festgehalten zu werden.

Die Kamera musste verschwinden. Lydia durfte nicht in diesen Mordfall hineingezogen werden. Wegwerfen, dachte Bertholdy, in den Main. Aber war wirklich Lydia gemeint, seine Lydia? Heute kein sehr häufiger Name.

Sie musste es sein, zumal in Verbindung mit ihm. Und Andreas hatte das gewusst!

Dann war die Kamera vielleicht wichtig für sie. Vielleicht enthielt sie wichtige Bilder, Dokumente oder Hinweise für sie. Er durfte sie nicht verschwinden lassen.

Bertholdy hielt den silbrig glänzenden, kleinen Apparat ins Mondlicht, um zu prüfen, ob er Blutflecken aufwies. Obwohl nichts zu entdecken war, wischte er ihn mit seinem Lederhandschuh ab, auf dem Blutspuren leicht erklärlich wären. Dann steckte er die Kamera in die Hosentasche, so, als ob ein derartiges Gerät zu seiner Normalausstattung als Security Officer gehörte.

Als er seinen zweiten, weggeworfenen Lederhandschuh suchte und ihn fand, kam der Lärm mehrerer Sirenen auf ihn zu. Der Notarzt war zuerst da, es war ja nicht weit zur Universitätsklinik. Kurz darauf kamen drei Wagen der Polizei. Der Brückenaufgang auf der Frankfurter Uferseite war ebenfalls von einem Polizeifahrzeug angefahren worden. Beide Brückenzugänge wurden sofort abgesperrt.

Sanitäter und Notarzt kamen auf Bertholdy zu, der auf Andreas zeigte und sagte: »Der lebte vor einigen Minuten noch.«

»Und der andere?«, erkundigte sich der Arzt.

»Der andere ist der Mörder«, antwortete Bertholdy. »Ich habe ihn erschossen. Eine Kugel traf ihn in die Stirn.«

Inzwischen war der Überfallwagen eingetroffen und Bertholdy ging auf den ersten Beamten zu. Er stellte sich als der Anrufer vor und wurde an den leitenden Beamten der Mordkommission verwiesen, der gerade einem grauen BMW entstieg. Sie erkannten sich auf den ersten Blick. Bertholdy und Hansen, so war der Name des Kriminalrats, waren vor 20 Jahren im selben Team bei der Kripo in Düsseldorf gewesen. »Auch das noch«, dachte Bertholdy.

2.

Jeder, der Bertholdy gut kannte, stellte sich die Frage, wie dieser Mann überhaupt je auf den Gedanken kommen konnte, der Polizeidienst sei für ihn das richtige Berufsziel. In seiner Kindheit und Jugend galt er als gutmütig, aber gleichzeitig auch als verschlossen. Sport war für ihn eine Plage, der er pflichtgemäß nachkam. Seine Lehrer bemängelten seinen wenig entwickelten Ehrgeiz. Ein Träumer, sagten die meisten.

Einen Träumer wollte aber seine Mutter nicht haben. Er sollte vielmehr dem Beispiel seines Vaters folgen, der einige Jahre nach dem Krieg verstorben war. Kriminalkommissar bei der Kripo Düsseldorf war er gewesen. Dass ihr Sohn eher eine Begabung im Kreativen hatte, nahm sie nicht zur Kenntnis, auch wenn seine Lehrer sie mehrfach darauf aufmerksam gemacht hatten.

Bertholdy hatte seinen Vater als strengen, bisweilen aufbrausenden Menschen in Erinnerung. Sehr wortkarg, wenn Bertholdy ihn nach seinen Erlebnissen im Krieg fragte. Dass er bereits vor dem Krieg Polizeibeamter war, hatte er erst erfahren, als das Ereignis eintrat, das seine Mutter in den Folgejahren als »unverschuldete Familientragödie« bezeichnete. Der Vater hatte sich in einer Novembernacht auf einen Schienenstrang gelegt und war durch die Räder der Lokomotive zerstückelt worden.

Der kleine Johannes Bertholdy war damals gerade zehn Jahre alt. Seine Mutter, nicht minder streng als der Vater, glaubte nach dessen Tod, Bertholdy auf ein Ziel hin erziehen zu müssen: Er sollte seinem, von ihr geradezu vergötterten Vater nacheifern und als Polizeibeamter für Recht und Ordnung sorgen. Bertholdy wurde mit fast militärischem Drill zu Ordnung und Sauberkeit erzogen. Seine Abneigung gegen Sport, besonders gegen Kampfsportarten, wurde nicht zur Kenntnis genommen. Die Noten in »Leibeserziehung« waren für die Mutter wichtiger als gute Ergebnisse in den anderen Fächern.

Bertholdy konnte sich den Zwangsvorstellungen seiner Mutter nicht entziehen. Er lehnte sich nicht oder nur zaghaft gegen ihre Ansichten und Wünsche auf. Eine Polizeischule sollte er nach dem Abitur besuchen, so war es von ihr entschieden worden. Immer wieder fragte sich Bertholdy, was seine Mutter dazu bewog, ihm denselben Berufsweg zu empfehlen, ja aufzudrängen, der doch für seinen Vater offensichtlich so problematisch gewesen war, dass er freiwillig aus dem Leben schied. Dieser Entschluss hing offensichtlich mit seinem Beruf zusammen. Das war aus Bemerkungen der Verwandten, allen voran Bertholdys Großvater, zu erkennen. Das liebevolle Vertrauen, das der junge Bertholdy dem Vater seiner Mutter und dieser ihm in gleicher Weise entgegenbrachte, ermöglichte es ihm, überhaupt dieses Thema anzusprechen. Seine Mutter zeigte sich sehr verschlossen, wenn er nach seinem Vater fragte und wissen wollte, warum er sich getötet habe. Sie betonte immer wieder, ihres Mannes Tod sei nichts anderes als ein spätes Opfer für Deutschland, für den Staat, dem er in Gehorsam und Pflichterfüllung gedient habe. Als Bertholdy einmal bemerkte, sie solle doch gleich sagen, er sei für Führer, Volk und Vaterland den Heldentod gestorben, schwieg sie, und Bertholdy nahm dieses Schweigen als Bestätigung.

Erst einige Jahre später, Bertholdy war schon auf der Polizeischule, fand er an einem Wochenende im Keller eine Kiste mit alten Unterlagen seines Vaters. Es waren Akten und Zeitungsartikel über einen Prozess gegen Angehörige eines Hamburger Polizeibataillons, das während des Krieges in den besetzten Ostgebieten an der Massenvernichtung der Juden beteiligt war. Welche Rolle dabei sein Vater spielte, ging aus den Unterlagen nicht hervor. Die Orden, die bei den Akten lagen, darunter das goldene Parteiabzeichen und das Kriegsverdienstkreuz sowie ein Dokument über eine außerplanmäßige Beförderung im Jahre 1943 sagten ihm genug. Seine Mutter, darauf angesprochen, meinte dazu nur: »Dein Vater hat seine Pflicht getan und Befehle ausgeführt, die ihm erteilt wurden. So war er erzogen worden, in Gehorsam seinem Vaterland zu dienen.«

Bertholdy war entsetzt über so viel Uneinsichtigkeit, ja Verlogenheit. »Und für die Toten, Ermordeten, hast du kein Wort übrig?«, fragte er sie. Sie schüttelte nur den Kopf. Das war das Ende seiner Beziehung zu seiner Mutter. Er zog aus der Wohnung aus, telefonierte ab und zu mit ihr und sah sie erst wieder, als sie drei Jahre später schwer erkrankt in eine Klinik eingeliefert wurde. Kurz vor ihrem Tod flüsterte sie ihm ins Ohr: »Trotz allem, dein Vater war ein guter Mensch!« Bertholdy hätte es gern geglaubt.

Nach dem Auszug aus der elterlichen Wohnung wäre es für Bertholdy an der Zeit gewesen, seine Polizeikarriere an den Nagel zu hängen und sich neu zu orientieren. Das tat er aber nicht. Nicht nur weil er Veränderungen, wenn überhaupt, sehr zögerlich anging. Entscheidungen über sein Leben zu treffen, war nicht seine starke Seite. Außerdem hatte er sich als Erklärung für sein Verbleiben im Polizeidienst eingeredet, seine Familie schulde den Beweis, ein Bertholdy könne als Polizist in einem demokratischen Deutschland eine durchaus positive Rolle spielen.

Diese Einsicht kam ins Wanken, als in einer nebligen Novembernacht des Jahres 1980 das Ereignis eintrat, das seine Laufbahn als Kriminalbeamter beendete und sein Leben veränderte. Und dabei war ihm eben dieser Hansen, den er in der Mordnacht auf dem Eisernen Steg wieder getroffen hatte, in zwiespältiger Erinnerung geblieben.

Hansen und er hatten sich einst gut verstanden und mit Erfolg in der Mordkommission zusammengearbeitet. Bis zu dieser Unglücksnacht. Nach einem Hinweis aus der Szene verfolgten sie einen Drogendealer, der in dringendem Tatverdacht stand, einen Fahnder ermordet zu haben. Sie waren zu dritt in jener Nacht und durchsuchten eine Autoreparaturwerkstatt in Ratingen. Hier sollte der Verdächtige sich in einem Hinterzimmer oder Lagerraum verstecken.

Den dritten Kollegen, noch unerfahren und gerade von der Polizeischule gekommen, hatte er im Eingangsbereich postiert mit der strikten Anweisung, diese Position nicht zu verlassen. Mit einem Stemmeisen sprengten sie das Tor auf. Hansen übernahm die linke Seite der Werkstatt, Bertholdy die rechte. Mit Taschenlampen beleuchteten sie ihren Schleichweg in der dunklen Halle.

Als Bertholdy den Hintereingang erreichte, stand plötzlich eine nur in Umrissen wahrnehmbare dunkle Gestalt vor ihm. Er glaubte, eine für einen Schützen typische Armbewegung zu erkennen, riss reflexartig seine Pistole hoch und feuerte – ohne vorherige Aufforderung, die Hände hochzunehmen. Die Person fiel zu Boden. Der Lichtstrahl der Lampe zeigte eine Polizeiuniform und zu Bertholdys Entsetzen das Gesicht des jungen Kollegen. Warum hatte er seine Position am Eingang verlassen? Warum seine Anweisung nicht befolgt? Eine Antwort gab es in diesem Augenblick nicht. Und auch in den nächsten Wochen, in denen der Vorfall untersucht wurde, blieb diese Frage unbeantwortet.

Der gellende Ruf nach Hansen wäre nicht nötig gewesen. Der rannte nach dem Schuss sofort auf die andere Seite der Werkstatt. Er sagte kein Wort, als er im Schein der Taschenlampe den getroffenen Kollegen erkannte, griff zum Funksprechgerät, um den Krankenwagen zu bestellen. Bertholdy spürte sofort, dieser würde zum Leichenwagen werden.

Die anschließende Untersuchung, von gehässigen Berichten der Boulevardpresse begleitet, und die Anklage wegen fahrlässiger Tötung führten zu Bertholdys Entschluss, den Polizeidienst aufzugeben, obwohl am Ende des Prozesses ein Freispruch stand. Er war nicht über die aus seiner Sicht mangelnde Unterstützung durch seine Kollegen, insbesondere über die sehr zurückhaltenden Aussagen von Hansen hinweggekommen. Aber auch über die Selbstvorwürfe, die er sich machte. Was führte dazu, dass er zu schnell geschossen hatte? War es Angst, war es ein Mangel an Selbstbeherrschung?

3.

»Du, Bertholdy? Was machst du nachts um zwei Uhr auf dem Eisernen Steg?«

»Wie du gleich sehen wirst, erschieße ich Mörder, verehrter Ex-Kollege«, reagierte Bertholdy etwas sarkastisch.

Hansen ließ sich nun von Bertholdy kurz den Ablauf des Geschehens auf dem Eisernen Steg erklären und ging dann mit ihm zu den beiden Männern, die auf der Brücke lagen. Der Arzt zeigte auf Andreas Seibold und sagte: »Alle Einschüsse in den Rücken«, deutete dann auf den Unbekannten mit der Maschinenpistole und fügte hinzu: »Tödlicher Kopfschuss von vorne. Alle Aussagen vorbehaltlich der Ergebnisse der Obduktion.«

»Hast du die Maschinenpistole berührt?«, wollte Hansen von Bertholdy wissen.

»Nein, so viel Profi bin ich immer noch«, entgegnete Bertholdy. »Es ist eine MP5 von Heckler & Koch. Kaliber 9 x 19 mm. Ungewöhnlich für einen Killer. Eher bei der Polizei zu finden. Wo der wohl die Spritze her hatte?«

»Du scheinst noch immer ein Waffenfreak zu sein«, stellte Hansen fest. »Und was für ein Kaliber hat deine Pistole?«

»Kaliber 9 mm Para«, war Bertholdys Antwort. »Es ist dieselbe Waffe wie damals, derselbe Typ…«

»Du weißt, sie gehört zu den Beweisstücken und muss untersucht werden«, sagte Hansen. »Eine Empfangsbescheinigung gibt dir meine Assistentin. Für einige Monate wirst du auf die Waffe verzichten müssen.« Wortlos reichte ihm Bertholdy seine Pistole und dachte, morgen werde ich gleich eine neue kaufen. Ich brauche sie für meinen Beruf.

Dann beugte sich Hansen über den Leichnam des Mannes mit der Maschinenpistole, besah sich die Einschussstelle auf der Stirn und glaubte Bertholdy sagen zu müssen: »Du warst ja immer ein treffsicherer Schütze. Offensichtlich bist du in Übung geblieben.«

Trotzig antwortete Bertholdy: »So ist es, zweimal im Monat gehe ich auf den Schießstand, aber vorhin habe ich erst das zweite Mal auf einen Menschen geschossen.«

»Hast du irgendeinen gesehen, der den Vorgang beobachtet hat, oder ist ein Fahrzeug in der Nähe gewesen?«

»Ich habe niemanden gesehen zwischen Kirche und Steg. Als ich die Notrufzentrale anrief, fuhr ein dunkler Pkw auf der gegenüberliegenden Seite in Richtung Untermainbrücke. Ich habe aber nicht gesehen, woher er kam, noch seinen Typ erkannt. Ich war auch abgelenkt durch das Telefongespräch.«

»Sagte einer der Toten noch etwas zu dir, bevor er starb?«, wollte Hansen wissen.

Diese Frage hatte Bertholdy gefürchtet. Er spürte deutlicher als vorher das Gewicht der Minox in seiner Hosentasche. »Der Unbekannte machte keinen Mucks mehr, mein Freund wollte wohl noch etwas sagen. Die

Worte waren aber unverständlich, es war mehr ein Keuchen und Röcheln.«

»Er war dein Freund? Warum hast du das nicht gleich gesagt? Ist das der Grund, warum du zu dieser Zeit auf dem Eisernen Steg bist?«

Bertholdy nickte und erzählte seinem ehemaligen Kollegen kurz die Geschichte seiner Freundschaft mit dem Toten, deren Ende er aussparte. Dafür schilderte er ihm aber umso ausführlicher, wie Andreas ihm damals in Nizza das Leben gerettet hatte.

»Wie war der Name deines Freundes? Wann hast du ihn zum letzten Mal gesehen oder wann hattest du das letzte Mal Kontakt mit ihm?«, fragte Hansen.

»Sein Name ist Andreas Seibold. Ich habe über zehn Jahre nichts von ihm gehört, bis er heute Nacht anrief. Er sagte mir, er sei in Lebensgefahr und müsse mich unbedingt und sofort sprechen. Dabei bestand er auf einem Treffen in der Mitte des Eisernen Stegs.«

»Na ja«, meinte Hansen, »das mit der Lebensgefahr hat sich ja nun bestätigt. Aber was von Bedeutung hätte er dir mitteilen wollen? Hast du eine Ahnung?«

Bertholdy schüttelte den Kopf.

»Halte dich bitte zur Verfügung für das Protokoll. Wir werden das alles aufnehmen. Im Bus wird meine Assistentin erst einmal deine Schilderung des Tathergangs notieren. Das ausführliche Protokoll können wir am Montag im Polizeipräsidium fertigstellen. Bringe bitte dazu auch deinen Waffenschein mit. Sag uns, wo wir dich in den nächsten 24 Stunden erreichen können. Wir brauchen auch die Personalien deines Freundes, seine Anschrift und die seiner Angehörigen. Du kennst ja das ganze Procedere.«

»Ich kann euch seinen Namen, seinen Geburtstag und seine damalige Adresse in Nizza geben, wobei ich nicht weiß, ob er dort überhaupt noch wohnt. Er ist übrigens Schweizer Staatsbürger.«

Hansen rief einem seiner Beamten zu: »Ihr könnt jetzt mit der Spurensicherung beginnen. Und befragt sofort die Gaffer, ob sie etwas gesehen oder gehört haben. Vor allem, wie die beiden Männer zum Eisernen Steg gekommen sind, einzeln oder zusammen, zu Fuß oder mit einem Fahrzeug. Und ob Bertholdy auf seinem Weg zur Brücke beobachtet wurde.«

Bertholdy ging zu dem VW-Bus, um mit Tina Klaar, einer knochigen Blondine, den Bericht über den Tathergang zu Papier zu bringen. Im Wageninneren war es wenigstens warm, denn der Fahrer hatte den Motor nicht abgestellt. Frau Klaar hatte einen Laptop auf dem Tisch aufgeklappt und fragte zuerst nach den Personalien. Als diese aufgenommen waren, schlug er ihr vor, den Tatablauf direkt in den PC zu diktieren. Sie könne ja anschließend zusätzliche Fragen stellen. Sie war sofort damit einverstanden, hatte sie doch dem Gespräch zwischen ihm und ihrem Vorgesetzten entnommen, dass sie sich schon lange kannten. Als er das Diktat beendet hatte, sagte Frau Klaar: »Da merkt man doch die professionelle Erfahrung«, was Bertholdy mit einem Kopfnicken bestätigte.

Nun ging Bertholdy erneut zu Hansen und fragte, ob er noch benötigt würde, was dieser verneinte. Nach fast drei Stunden in dieser Kälte habe er sich einen heißen Kaffee verdient, meinte Hansen, er solle nach Hause gehen, aber am Montag morgen um neun Uhr in seinem Büro im Polizeipräsidium vorsprechen.

Bertholdy blickte auf seine Uhr. Es war tatsächlich kurz vor fünf Uhr. Er rief über Handy ein Taxi und ging durch die Absperrung hindurch, hinter der ein Journalist und zwei Fotografen standen. Wie die nur so schnell am Tatort sein konnten, fragte sich Bertholdy. Da musste es doch einen inoffiziellen Informationskanal geben. Blitzlichter blendeten ihn, Fragen prasselten auf ihn ein, einer, den er ebenso wenig schätzte wie sein primitives Boulevardblatt, versuchte ihn festzuhalten. Bertholdy schüttelte den lästigen Fragesteller ab, murmelte »No comment« und ging rasch auf das Taxi zu, das inzwischen eingetroffen war. Einer rief hinter ihm her: »Sind Sie nicht der Hausdetektiv des »Grand Hotel?«

»Wohin?«, fragte der Fahrer. Bertholdy überlegte kurz. Im ersten Augenblick fiel ihm sein Freund und Kollege Marco Galliano ein, der auch in Sachsenhausen wohnte. Aber zu dieser Nachtzeit wäre es eine Zumutung für den alten Herrn gewesen, aus dem Bett geläutet zu werden.

Daher sagte er dem Fahrer: »Zum Städel, bitte«, was ein Kopfschütteln bei dem Mann am Steuer hervorrief. Was will einer zu dieser Uhrzeit bei diesem Museum, fragte der sich. Bertholdy wollte mit dieser Adressangabe die Journalisten und vielleicht auch andere ablenken, denn vom »Städel« aus würde er direkt in Lydias Wohnung fahren.

4.

Bertholdy überlegte: Sollte er doch zuerst in sein Büro fahren, um die Minox loszuwerden? Das würde vom Nachtportier bemerkt werden, denn normalerweise kehrte er nicht vor Montagfrüh an seinen Arbeitsplatz zurück. Aber wichtiger war für Bertholdy Lydias Reaktion auf die offenen Fragen. Er musste jetzt zu ihr. Ihm würde im Laufe des Tages noch eine Möglichkeit einfallen, die Minox zu entsorgen oder sie an einem sicheren Platz aufzubewahren.

Offensichtlich kannte Andreas Seibold Lydia gut. Anders waren seine letzten Worte und sein Auftrag, ihr die Kamera zu übergeben, nicht zu verstehen. Aber warum hatte Lydia ihn nie erwähnt? Bertholdy glaubte sich daran zu erinnern, beim gelegentlichen Erzählen seiner Erlebnisse in Nizza auch Andreas erwähnt zu haben. Aber er war sich nicht sicher. Sicher war nur, dass er nicht alles erzählt hatte, was in dieser Zeit vorgefallen war. Und auch mit den Andeutungen über seine damalige Beziehung zu Madeleine war er sicherlich sparsam gewesen.

Überhaupt, mit Erzählungen über sein Leben, seine Familie und die wenigen kurzlebigen Freundschaften und Liebeleien ging Bertholdy sehr sparsam um. Aber in dieser Nacht fiel ihm auf, dass auch Lydia in dieser Hinsicht nicht sehr gesprächig war. Man unterhielt sich an den gemeinsamen Wochenenden nur wenig über die Zeit vor ihrem Zusammensein.

Leise schloss Bertholdy die Wohnungstüre auf, um Lydias Schlaf nicht zu stören, aber auch um ein sicher schwieriges Gespräch noch etwas zu verzögern. Wie sollte er es nur beginnen? Mit der Schilderung des Vorfalls oder mit der Frage, ob sie einen gewissen Andreas Seibold kenne?

Lydia saß im Morgenrock auf dem Sofa im Wohnzimmer. Sie hatte auf ihn gewartet, mit großer Ungeduld und auch mit Angst. Bevor Bertholdy etwas sagen konnte, fuhr sie ihn an: »Was ist denn so Aufregendes geschehen, dass du mich nicht anrufen konntest? Mehrmals habe ich versucht, dich übers Handy zu erreichen. Ich habe mich sehr um dich gesorgt nach diesem mysteriösen Anruf. Kannst du dir das nicht vorstellen? Ich finde das rücksichtslos!«

Bertholdy räusperte sich. Dann sagte er: »Es gab zwei Tote. Einen habe ich erschossen, der zweite nannte deinen Namen, bevor er starb.«

Lydia erstarrte. Leise fragte sie: »Wer war der zweite?«

»Mein ehemaliger Freund Andreas Seibold.«

Diese Worte hatten Wirkung. Entsetzen veränderte Lydias Miene und Haltung. Bertholdy sah den Schock in ihren Augen. Körper und Hände fingen an zu zittern. Sie schlug beide Hände vors Gesicht, und ein mühsam unterdrückter Schrei ging in ein Wimmern über: »Er ist mein Bruder!«

Was folgte, war ein Zusammenbruch, dem Bertholdy fast hilflos gegenüberstand. Er versuchte sie in den Arm zu nehmen. Sie stieß ihn zurück, stand auf und schloss sich in das Schlafzimmer ein. Allein in ihrem Zimmer, unterdrückte sie ihr Entsetzen und ihren Schmerz nicht mehr. Bertholdy hörte ihr Wimmern und Weinen.

Er blieb eine Weile stehen. Mit allem hatte er gerechnet, aber damit nicht. Er war sich fast sicher, Andreas vollen Namen genannt zu haben, als er ihr von seinen Erlebnissen in Frankreich erzählte. Warum hatte sie ihm nichts von ihrem Bruder gesagt? Nie hatte sie Andreas erwähnt. Jetzt fiel ihm wieder eine Bemerkung Lydias ein, sie habe mit ihrer Familie gebrochen. Diese Bemerkung machte sie ganz am Anfang ihrer Beziehung. Er möge doch bitte Verständnis dafür haben, wenn sie über dieses Thema nicht mit ihm sprechen wolle. Bertholdy hatte das akzeptiert, zumal er auch seine sehr komplizierte Familiengeschichte lieber für sich behielt.

Bertholdy hängte seine Jacke und das leere Pistolenhalfter an einen Garderobehaken, zog die schweren

Schuhe aus, holte sich die Cognacflasche und einen Schwenker und setzte sich auf das Sofa. Wenn er die Situation richtig einschätzte, würde es sein heutiges Nachtlager sein. Ein großer Schluck brachte etwas Wärme in seinen durchgefrorenen Körper. Angesichts dieser wirren Situation beschloss er, dem Cognac so lange zuzusprechen, bis der Schlaf ein weiteres Trinken untersagen würde.

Aber von Schlaf war keine Rede. Zu viele Fragen stürmten auf ihn ein, Fragen, die nur Lydia beantworten konnte. Warum hatte sie ihm bei ihren seltenen Erzählungen über ihre Jugendzeit, es waren eher kurze Bemerkungen, nicht gesagt, dass sie einen Bruder hat? Einen Bruder, dem sie offensichtlich sehr zugetan war. Wäre sonst diese Reaktion, dieser Ausbruch von Tränen denkbar? Warum diese Geheimniskrämerei? Und was hatte es wohl mit der Unterschiedlichkeit ihrer Familiennamen auf sich, denn seines Wissens war Lydia nie verheiratet gewesen.

Noch rätselhafter erschien Bertholdy die offensichtliche Verbindung zwischen der Mordtat und Andreas' letzter Bitte, die Minox Lydia zu übergeben. Er ahnte, dass die Tat mit der Minox in engem Zusammenhang stehen musste. Wie wäre Lydias Reaktion gewesen, hätte er berichtet, was der sterbende Bruder ihm aufgetragen hatte? Er beschloss, die Kamera nicht an Lydia weiterzugeben, sondern sie möglichst bald in Sicherheit zu bringen.

Nach einer Nacht, in der für Schlaf nicht viel übrig geblieben war, brachte der folgende Vormittag keine Veränderung. Die Schlafzimmertüre blieb geschlossen. Nach einigen vergeblichen Versuchen, Lydia eine Tasse Kaffee zu bringen und somit ein Gespräch zu beginnen, gab Bertholdy auf. Sein Kopf dröhnte, was nicht nur auf den Cognacgenuss zurückzuführen war.

Er bestellte ein Taxi, um zum »Grand« zu fahren. Auf dem Weg dorthin war zu entscheiden, was mit der Minox geschehen sollte. Es mussten mit dem Apparat Aufnahmen gemacht worden sein, die für Andreas von großer Bedeutung waren und für andere nicht weniger. Auch für seinen Mörder.

Von welchem Wert waren diese Bilder für den Täter, das Opfer oder gar für Lydia? Wie Bertholdy nach seiner Rückkehr in ihre Wohnung festgestellt hatte, zeigte die Minox an, dass nur zehn Aufnahmen mit ihr gemacht worden waren. Der Rest des Films war noch nicht belichtet gewesen. Er beschloss, vorläufig auf die Kenntnis vom Inhalt der Bilder zu verzichten. Wem auch sollte er sie in dieser Situation zum Entwickeln geben?

Vielleicht wäre es gut, an der Brücke kurz zu halten, als wollte er den Tatort noch einmal sehen und dabei unauffällig die Minox in den Main entsorgen? Oder den kleinen Apparat doch Lydia übergeben, wie es Andreas gewollt hatte, was sie aber mit Sicherheit in eine noch schlimmere Situation, ja in Gefahr bringen könnte.

Auch die Übergabe an seinen ehemaligen Kollegen Hansen erschien ihm nicht angebracht, hätte er doch der Polizei erklären müssen, warum er das nicht bereits am Tatort getan hatte. Und außerdem würde Lydia mit der Übergabe der Minox sofort in die Ermittlungen des Mordfalls einbezogen werden. Das musste verhindert werden.

Bertholdy entschied sich für eine Zwischenlösung, die ihm alle Optionen offen hielt. Später, wenn die ersten Ergebnisse der polizeilichen Ermittlungen vorlägen, aber auch das Ergebnis seiner eigenen Bemühungen, sich Klarheit zu verschaffen, könnte er immer noch entscheiden, was mit der Minox geschehen sollte. Vorläufig würde er sie Lydia weder übergeben, noch sie ihr gegenüber erwähnen. Und vor jedem anderen würde er die Existenz des kleinen Fotoapparats abstreiten – falls er überhaupt danach gefragt werden sollte.

Aber wo wäre die Kamera sicher und unauffällig zu verstecken? Sein Zimmer im »Grand« schied dafür aus, denn es konnte im Lauf der polizeilichen Ermittlungen durchsucht werden. Besser geeignet erschien ihm, zumindest als zeitweiliger Aufbewahrungsort, das Fundbüro der Hausdame im Hotel. Dort würde er die Kamera zu den Fundstücken legen, die Gäste vergessen hatten. Da jene aus Vorsichtsgründen nur auf Aufforderung an die Gäste geschickt werden, man will ja mit der Übersendung nicht eventuelle Indiskretionen begehen, entsteht im Laufe der Zeit eine beachtliche Sammlung von Brillen, Kulturbeuteln, Pillendosen, vergessener Unterwäsche und Negligés und ab und an auch von Fotoapparaten.

Bertholdy hatte mit seinem Generalschlüssel Zugang zum Fundbüro, das, wie alle Serviceräume des Hotels, glücklicherweise – oder besser gesagt: aus falscher Sparsamkeit – noch nicht wie die Gästeräume auf ein Kartenschließsystem umgestellt worden war, das jeden Schließvorgang speicherte. Es traf sich gut, dass das Fundbüro im Zwischenstock nur wenige Meter von seinem Zimmer entfernt lag. So konnte er spät in der Nacht unbemerkt die Minox unter die Fundstücke schmuggeln, nicht ohne mit verstellter Schrift den dafür vorgesehenen Anhänger mit Fundort und Datum zu versehen. Da eventuelle Fingerabdrücke oder Blutspuren unbedingt entfernt werden mussten, hatte er sich neue Gummihandschuhe übergestreift und die Kamera sorgfältig gereinigt. Eine Eintragung in das Fundbuch unterließ er lieber. So gut war er im Verstellen seiner Handschrift oder im Nachahmen einer anderen nicht.

5.

Am Montag erschien Lydia nicht zur Arbeit, sie hatte sich krankgemeldet. Die Zeitungen, besonders die Boulevardblätter, brachten den Mordfall groß heraus. Und dass der Hausdetektiv des »Grand Hotel« bei dem nächtlichen Ereignis nicht nur zugegen, sondern aktiv daran beteiligt war, stand in allen Blättern. Das führende Boulevardblatt hatte sogar einen Aufmacher aus dem Vorfall gemacht und eine Aufnahme von Bertholdy in der Mordnacht veröffentlicht.

James King, der Generaldirektor des Hotels, an diesem Tag ausnahmsweise pünktlich in seinem Büro, rief Bertholdy sofort zu sich. Auf dem Schreibtisch lagen alle Frankfurter Zeitungen. Seine erste Frage kam Bertholdy bekannt vor: »Was haben Sie morgens um zwei Uhr auf dem Eisernen Steg zu suchen? Gehört das zu Ihren Freizeitvergnügungen?«

Bertholdy lächelte gequält. Er berichtete natürlich nur den Teil der Geschichte, der in den Zeitungen stand, und begründete sein Treffen auf der Brücke mit der für seinen Freund offensichtlich lebensgefährlichen Situation, in der er ihm helfen wollte. Dann bat er Herrn King um Verständnis, jetzt nicht mehr die Zeit zu haben, den Vorfall zu erläutern, da er zu einer Besprechung auf die Polizeidirektion gebeten sei.

An der Türe zu Hansens Büro war ein Schild befestigt mit der Aufschrift

Siegfried Hansen
Kriminalrat
Mordkommission Frankfurt II

Bertholdys Vernehmung durch Hansen in Gegenwart seiner Assistentin war sachlich, nüchtern, korrekt, ohne spitze Fragen und Bemerkungen. Seinem ehemaligen Kollegen berichtete Bertholdy unaufgefordert, dass der Ermordete der Bruder seiner langjährigen Partnerin Lydia Haffner gewesen sei, was er vorher nicht gewusst habe. Er sagte sich, Hansen würde diese Tatsache sehr bald selbst ermittelt haben und dann Lydia wohl intensiver über die Zusammenhänge befragen und sie um Erläuterung ihrer Beziehung zu ihrem Bruder bitten.

»Sie hat ihren Bruder tatsächlich nie erwähnt?«, argwöhnte Hansen.

»Nein, nie. Ich weiß bis jetzt nicht mal, ob es ihr Bruder oder ihr Stiefbruder ist. Sie war die letzte Nacht nicht ansprechbar. Ich konnte sie in dieser Situation nicht danach fragen. Da sie nicht den gleichen Nachnamen haben, kann Andreas Seibold eigentlich nur ihr Stiefbruder sein.«

»Eine andere Erklärung für den unterschiedlichen Namen wäre, dass deine Freundin bereits einmal verheiratet war«, warf Hansen ein.

»Davon habe ich nie etwas gehört.«

In Hansens Gesicht war Zweifel zu sehen. »Das ist schon außergewöhnlich! Du kennst, wie du mir sagtest, die Frau schon sehr lange, bist aber mit ihrem Lebenslauf und ihren Familienbeziehungen nicht vertraut.«

»Lydia sagte mir bereits vor Jahren, sie habe alle Verbindungen zu ihrer Familie abgebrochen«, antwortete

Bertholdy in der Hoffnung, mit dieser Bemerkung einen eventuellen Verdacht Hansens zu zerstreuen, Lydia sei in den ganzen Fall verwickelt. Um ihr eine sofortige Vernehmung zu ersparen, berichtete er Hansen über ihren schlechten gesundheitlichen Zustand. Sie sei vom Arzt krankgeschrieben und stehe noch immer unter Schock. Daher sei sie im Augenblick nicht vernehmungsfähig. Er bat Hansen, Lydias Verwandtschaftsverhältnis zu dem Ermordeten nicht der Presse weiterzugeben. Seine eigene Verwicklung in den Fall sei bereits belastend genug für den Ruf des »Grand Hotel«.

Hansen stimmte dem zu. Da er von Bertholdy gehört habe, dass Seibold Schweizer Staatsbürger gewesen und in dessen Jacke ein Schweizer Pass gefunden worden sei, habe er das Schweizer Generalkonsulat angerufen und von dem Mord berichtet. Das Konsulat habe inzwischen die Nachricht von Seibolds Tod an seine in Zürich lebende Mutter weitergeleitet. Dort sei Seibold mit seinem ersten Wohnsitz gemeldet gewesen.

Die Anschrift und Telefonnummer von Andreas' Mutter, so berichtete Hansen weiter, habe er zuvor durch das Polizeidepartement Zürich erhalten. Er habe Frau Seibold wegen der Identifizierung des Leichnams angerufen und sie sei sofort bereit gewesen, nach Frankfurt zu kommen. Sie werde sowohl für die Überführung sorgen als auch für die Beerdigung im Familiengrab in Zürich, hatte sie Hansen mit Nachdruck erklärt.

»Frau Haffner und du, ihr habt doch sicherlich nichts dagegen einzuwenden, wenn sich die Mutter um diese Dinge kümmert, zumal die gesundheitliche und nervliche Verfassung deiner Partnerin, wie du mir sagtest, nicht sehr stabil ist«, fragte Hansen. »Ich nehme ja an, sie hat inzwischen mit ihr gesprochen.«

Zu dieser Annahme wollte sich Bertholdy nicht äußern. »Ich kenne die Mutter noch nicht und hatte bisher keinen Kontakt zu ihr. Die Beziehung zwischen Mutter und Tochter ist wohl nicht die beste«, sagte er aus einer gewissen Vorsicht. Es musste ja einen Grund geben, warum er und Lydia auf Hansens Informationen zur Überführung und über den Ort des Begräbnisses angewiesen waren. »Kannst du mich rechtzeitig informieren, wann sie nach Frankfurt kommen und wann das Begräbnis stattfinden wird?«

Hansen blickte ihn etwas erstaunt an und sagte: »Gewiss, vielleicht werden wir uns dort sehen, denn es scheint mir nach wie vor nützlich zu sein, an der Bestattung eines Ermordeten teilzunehmen. Man bekommt doch manchmal einige Hinweise durch die Personen, die an der Trauerfeier teilnehmen.«

»Wirst du bei der Aufklärung des Falls mit den Schweizer Behörden zusammenarbeiten? Ist das aus deiner Sicht notwendig?«, fragte Bertholdy.

»Das kann ich noch nicht sagen«, meinte Hansen, »wahrscheinlich nicht nur mit den Schweizer Behörden. Das Opfer ist bekannt, und wer der Täter ist, werden wir wahrscheinlich mit Hilfe der französischen Polizei herausfinden, denn er trug ausschließlich französische Kleidung. Die Etiketten der Läden, wo sie gekauft wurde, waren nicht entfernt worden. Einen Ausweis oder Pass hatte er nicht bei sich, nicht einmal einen Führerschein, aber eine Taxiquittung für eine Fahrt zum Flughafen Charles de Gaulle sowie ein Ticket der Air France auf den Namen Durand für einen Flug Nizza-Frankfurt und zurück. Auf der Passagierliste der Fluggesellschaft steht dieser Name, aber er dürfte dem tatsächlichen Namen des Mannes nicht entsprechen. Damit wissen wir, wie und wann er nach Frankfurt kam. Ob und wo er hier übernachtete, wissen wir dagegen noch nicht. Aber das werden wir anhand seines Fotos bald herausbekommen, das wir ebenso wie die Fingerabdrücke an die französische Polizei geschickt haben. Ich nehme an, in einigen Tagen wissen wir mehr. Und mit dir haben wir nicht nur einen Tatzeugen, sondern auch einen Beteiligten. Die offenen Fragen lauten: War der Mörder nur ein Auftragskiller? Wenn ja, wer beschloss, Andreas Seibold zu ermorden? Was ist das Motiv gewesen? Oder handelt es sich um eine persönliche Rechnung zwischen den beiden Männern auf dem Eisernen Steg? Um das zu beantworten, wird es nicht genügen, nur in Deutschland zu ermitteln.«

Bertholdy war überrascht, so ausführlich von Hansen informiert zu werden. Dessen Aussage genügte ihm, um zu erkennen, dass aus diesem Fall ein Dauerbrenner entstehen könnte. Nach Unterzeichnung des Protokolls, das er in der Mordnacht Hansens Sekretärin diktiert hatte, verabschiedete er sich von seinem ehemaligen Kollegen. Dabei bemerkte Hansen, er rechne fest mit seiner Bereitschaft, für die Aufklärung des Falles mit ihm zusammenzuarbeiten. Er sei offen zu ihm gewesen, Gleiches erwarte er auch von ihm.

»Was ich tun kann, werde ich tun«, erwiderte Bertholdy. Dann fuhr er zur Wohnung auf dem Sachsenhäuser Berg.

6.

Nachdem Bertholdy die Wohnungstür aufgeschlossen und nach Lydia gerufen hatte, ohne eine Antwort zu erhalten, fand er sie im Wohnzimmer. Sie wirkte um Jahre gealtert, grau im Gesicht, mit unruhigem Blick. Nichts spiegelte ihren Gemütszustand deutlicher wider als die ungewohnte Unordnung im Zimmer. Beide warteten darauf, wer den ersten Satz sagen würde. Bertholdy wagte es und fragte: »Soll ich uns einen Kaffee machen?«

Lydia nickte. »Verzeih mir, ich habe letzte Nacht die Beherrschung verloren«, brachte sie zaghaft vor. Sie wirkte gefasst, auch wenn ihre Hände einander festhielten, damit ihr Zittern nicht bemerkt würde. Bertholdy kannte sie bisher nur beherrscht, mit fester, klarer Stimme. Innere Regungen, Gefühle hatten sich bisher selten in Gesten und nur in feinsten Veränderungen ihrer Gesichtszüge gezeigt.

»Als in der Nacht der Anruf kam«, fuhr sie fort, »habe ich wirklich nicht gedacht, es könnte Andreas sein. Das letzte Mal haben wir uns hier vor einigen Monaten getroffen. Dabei sagte er mir, er müsse wegen eines für ihn sehr wichtigen Geschäfts längere Zeit verreisen. Er sprach sogar von einem halben Jahr. Wenn er wieder zurück sei, würde er sich bei mir melden. Deshalb habe ich den Anruf nicht mit ihm in Verbindung gebracht.«

Bertholdy setzte sich neben sie auf das Sofa. Er legte seinen Arm um ihre Schultern, streichelte ihr verstörtes Gesicht. »Zuerst will ich dir berichten, was in dieser Nacht geschehen ist. Du musst es wissen, auch wenn es für dich schmerzlich sein wird. Später solltest du mir einiges erklären, was ich nicht verstehe.«

»Ja, bitte erzähle es mir, alles, jede Einzelheit. Ich kann das schon aushalten.«

Es war mit anderen, vorsichtigeren Worten eine Wiederholung des Protokolls, das er bei Hansen unterschrieben hatte. Die Minox blieb auch jetzt unerwähnt. Dann sprach Bertholdy noch über die Zeit in Nizza, in der er Andreas kennengelernt hatte. Das Ende seiner Beziehung zu Madeleine Piccoboni, an dem Andreas nicht unschuldig war, erwähnte er nicht.

Zu seiner Überraschung sagte Lydia, diesen Teil der Geschichte kenne sie seit langem, denn Andreas habe sie ihr vor einigen Jahren erzählt. Bei einem seiner ersten

Besuche in Frankfurt habe sie ihm von der Freundschaft zwischen ihnen beiden berichtet. Da habe er sie darum gebeten, Bertholdy nichts von ihrer Verwandtschaft zu sagen. Es könnte schädlich für ihre Beziehung zu ihrem neuen Freund sein, befürchtete er, denn der habe einigen Grund, böse auf ihn zu sein.

»Hast du Andreas oft gesehen, war er oft in Frankfurt?«, fragte Bertholdy, und seine Überraschung, ja Befremdung war ihm deutlich anzusehen.

Lydia zögerte etwas. »Nicht oft, aber ab und zu, und immer nur zwischen Dienstag und Freitag, denn das Wochenende gehörte ja uns. Da wollte er nicht stören. Und manchmal waren wir auch in den Ferien zusammen. Wir hingen seit unserer Jugend sehr aneinander. Zu Hause, bei unserer Mutter, konnten wir uns nicht sehen, denn zwischen ihr und mir ist schon vor vielen Jahren jeder Kontakt abgebrochen. Ich verließ das Elternhaus, sobald ich konnte. Seitdem herrscht Kriegszustand. Auch meine Berufswahl hängt damit zusammen. Ich wollte möglichst bald ins Ausland, möglichst bald auf eigenen Beinen stehen. Bitte, frage nicht nach Einzelheiten. Du hast meine Bitte, nicht darüber sprechen zu müssen, all die Jahre akzeptiert. Dafür bin ich dir dankbar.«

»Das auch heute zu akzeptieren, fällt mir schwer«, stellte Bertholdy fest. »Ich empfinde dein Verschweigen als einen Mangel an Vertrauen. Was sollte ich dagegen haben, wenn er dich ab und zu besucht? Ich dachte immer, wir würden uns ganz und gar vertrauen.«

»Ich weiß, du bist verletzt, zu Recht. Verzeih mir, wenn ich dich erneut bitte, auf die vollständige Kenntnis dieses sehr persönlichen Dramas zu verzichten. Es spielte sich ja auch in einer Zeit ab, als wir uns noch nicht kannten. Ich, nein, Andreas und ich, wir haben bedrückende, ja schmerzhafte Situationen in unserem Leben gehabt, die ich auch im Rückblick nicht erneut erleben möchte. Vielleicht kann ich darüber später mit dir sprechen.«

»Und wie kommt es zu euren unterschiedlichen Familiennamen? War er etwa dein Stiefbruder?«, wollte Bertholdy jetzt wissen.

Lydia zögerte, dann antwortete sie: »Er war nicht mein Stiefbruder. Er war mein richtiger Bruder, mein jüngerer Bruder. Wir hatten denselben Vater, der leider früh verstarb. Der unterschiedliche Nachname ist dadurch entstanden, dass ich bereits einmal verheiratet war. Es war keine richtige Ehe, es war eher, so unglaublich das klingen mag, eine gekaufte Scheinehe. Ich werde dir das alles eines Tages erzählen. Heute habe ich nicht die Kraft dazu.«

Bertholdy war dabei, die Fassung zu verlieren. Er hatte aber Angst davor, sie weiter zu bedrängen. Jede ihrer eher kargen Antworten warf neue Fragen auf, und zum ersten Mal tauchte der vage Verdacht in ihm auf, Lydia könne in diesem Mordfall auch eine andere Rolle spielen als nur die der tief betroffenen Schwester des Ermordeten.

Um das Thema zu wechseln, berichtete er ihr nun, Hansen habe über das Schweizer Generalkonsulat für die Benachrichtigung ihrer Mutter gesorgt. Sie sei also über den Tod ihres Sohnes informiert. Sie sei gebeten worden, nach Frankfurt zu kommen, um die Leiche zu identifizieren. »Oder willst du Andreas vor der Überführung sehen?«, fragte Bertholdy. »Ich glaube, ich könnte das mit Hansens Hilfe arrangieren. Bei deinem nervlichen Zustand wäre das allerdings kaum zu verantworten. Außerdem legt deine Mutter offensichtlich Wert darauf, die Identifizierung selbst vorzunehmen. Auch die Überführung nach Zürich und den Ablauf des Begräbnisses wollte sie keinem anderen überlassen. Hansen sagte mir, es handle sich um ein Familiengrab.«

Lydia bemerkte dazu bitter lächelnd: »Sie will das vor allem nicht mir überlassen. Auch beim Begräbnis will sie mich nicht dabeihaben. Aber ich werde dennoch nach Zürich fahren und wäre dir dankbar, wenn du mich begleiten könntest. Die Tage bis zur Beerdigung nehme ich frei, ich kann jetzt im »Grand« nicht meiner gewohnten Tätigkeit nachgehen. Mein Hausarzt ist informiert, er wird mir einen Krankenschein ausstellen. Irgendwann werden die Kollegen und unser hochgeschätzter Generaldirektor herausfinden oder in der Presse lesen, dass der Ermordete mein Bruder war. Diese Neugier, diese Einmischung kann ich nicht ertragen.«

»Im Augenblick weiß nur der zuständige Kriminalrat von eurer Verwandtschaft. Er hat mir versprochen, der Presse gegenüber vorläufig nichts davon zu erwähnen. Wie lange das hält, weiß ich nicht. Es hängt mehr von der Presse ab als von der Polizei.«

Dankbar blickte sie ihn an. Bertholdy bot ihr an, bis zum nächsten Morgen bei ihr zu bleiben, doch sie wollte lieber alleine sein und das Geschehene verarbeiten. Sein Angebot, wenigstens fürs Abendessen zu sorgen, nahm sie aber an.

Dann musste er zurück ins »Grand Hotel«, wo mit Sicherheit seine befreundeten Kollegen darauf warteten, von ihm persönlich einen Bericht über die Ereignisse des Wochenendes zu bekommen. Die Montagszeitungen hatten über den Mord berichtet. Zu Bertholdys Bedauern auch über seine Rolle.

Vielleicht hätte Bertholdy in jener Mordnacht doch an der Wohnungstüre mit dem Namensschild »Marco Galliano« klingeln sollen! Ich hätte ihm dann zumindest einen Teil des Rätsels auflösen können, denn ich wusste schon seit einigen Jahren von der Existenz eines Bruders der auch von mir verehrten Lydia. Ich hatte sie und ihren Bruder zufällig in einem Ferienhotel getroffen, in das ich von einer alten Freundin eingeladen worden war.

Wie ich als damaliger Chef des Toprestaurants des »Grand Hotel« dazu kam, für zwei Wochen ein Luxushotel am Lago Maggiore zu besuchen, darüber will ich an anderer Stelle erzählen, denn ich müsste dafür weit in meine Jugendzeit in Neapel zurückgreifen. Es wäre eine zu lange Unterbrechung im Bericht meines Freundes Bertholdy.

Als ich damals zur Cocktailstunde die Hotelbar betrat, zusammen mit Madame Carlotta, wie ich in gebotener Diskretion meine Freundin nennen will, saß zu meiner Überraschung Lydia Haffner am Tresen. An ihrer Seite ein sehr gut aussehender Mann. So wie sie zusammen saßen – er hatte eine Hand auf ihren Arm gelegt – schienen sie vertraut miteinander.

Die Überraschung war groß, bei Lydia wie bei mir, und offensichtlich peinlich für uns beide. Nach kurzem Zögern ging ich auf sie zu, wobei ich nicht umhin konnte, Madame Carlotta mitzunehmen, denn sie hatte sich bei mir untergehakt. Das Vorstellungsritual begann, und zu meinem Erstaunen hörte ich, der Beau an ihrer Seite sei ihr Bruder, ihr Stiefbruder offensichtlich, denn er hatte einen anderen Nachnamen als meine unverheiratete Kollegin aus Frankfurt.

Am nächsten Morgen brachte der Page eine Nachricht in mein Zimmer. Sie kam von Lydia, die mich um ein Treffen am Seeufer des großen Hotelparks bat, am besten gleich nach dem Frühstück. Ich gab den genauen Termin, um zehn Uhr, dem Pagen mit.

Als ich zum Seeufer des »Castello del Sole« kam, so lautete der Name unseres Hotels, stand Lydia bereits dort. Sie wirkte leicht verlegen und sagte zu mir: »Ich hoffe, lie-

ber Marco«, und benutzte dabei zum ersten Mal meinen Vornamen, »auf Ihre Diskretion. So habe ich Sie immer eingeschätzt. Ich möchte nicht, dass in Frankfurt etwas von dem Treffen mit meinem Bruder bekannt wird, denn Andreas und Bertholdy kennen sich aus gemeinsamer Zeit in Nizza und sind nicht als Freunde auseinandergegangen.«

»Wir sind offensichtlich beide auf Diskretion angewiesen, liebe Lydia«, entgegnete ich und traute mich, auch sie mit ihrem Vornamen anzusprechen. Sie können jetzt sagen, verehrter Leser, ich hätte damit die Situation ausgenützt, womit sie nicht ganz Unrecht hätten. »Seien Sie unbesorgt«, versprach ich ihr, »auch die kleinen Geheimnisse sind es wert, wie die großen, Geheimnisse zu bleiben. Ich schlage vor, wir begrüßen uns, wenn wir uns im Hotel treffen, freundlich von weitem, denn Gespräche zwischen unseren Ferienbegleitern könnten Fragen aufwerfen, die besser vermieden werden sollten.«

Lydia war sichtlich erleichtert. »Ich wusste, Sie sind ein verlässlicher Freund. Vielen Dank für Ihr Verständnis!«

Damit gingen wir auseinander, beide über die Situation des anderen nachdenkend. War das der Grund, warum Lydia immer allein in Ferien ging, zwei Mal pro Jahr? Bertholdy hatte das, wie er mir einmal sagte, akzeptiert, zumal sein Bedürfnis, zu verreisen von Jahr zu Jahr geringer wurde. Wie mir aus Gesprächen mit ihm bekannt war, zog er es vor, auf »Gedankenreise« zu gehen. Dafür bereitete er sich sehr genau vor, las Bücher über sein »Rei-

seziel«, sah sich entsprechende Filme im Fernsehen an, beschäftigte sich mit der Kultur der jeweiligen Region und ganz besonders mit der Frage, was dort auf den Tisch kommt. Er hielt die Kenntnis der heimischen Küche und der Weine, die dort wuchsen, für sehr wichtig, um die Bedeutung seiner gedanklichen Ferienwelt richtig einschätzen zu können. Er dachte auch im Traum nicht daran, in Länder oder Regionen zu reisen, in denen kein Wein angebaut wurde. Denn in der Regel gab es dort auch keine Küche von Qualität.

Das »Castello del Sole« ist mir nicht nur wegen dieses Ereignisses in bester Erinnerung geblieben, sondern auch wegen seiner beeindruckenden Lage am See und seines unverwechselbaren Charakters. Ich besuchte es später noch mehrere Male mit Madame Carlotta, traf aber dort nie wieder das Geschwisterpaar. Das eine Treffen hatte jedoch Lydia genügt, um mich häufiger als zuvor zu einem der an Wochenenden zelebrierten Abendessen einzuladen. Vor der Begegnung im »Castello del Sole« in Ascona war ich nur an Weihnachten und an meinem Geburtstag bei ihr zu Gast gewesen. Ich habe mich bisweilen gefragt, ob Lydia mich doch ein wenig unter Kontrolle halten wollte oder ob es eine dankbare Geste für meine Verschwiegenheit war.

7.

Am Dienstag berichteten die Frankfurter Zeitungen erneut über den Mord auf dem Eisernen Steg. Eine Recherche der Polizei hatte ergeben, dass Andreas Seibold im »InterCityHotel« am Bahnhof abgestiegen war. Eine Empfangsangestellte hatte bei der Polizei und auch gegenüber Zeitungsreportern ausgesagt, sie habe gesehen, wie der Gast von Zimmer 111 einen kleinen Fotoapparat aus dem von ihm belegten Safe beim Empfang herausgenommen habe. Er habe von ihr einen Schnappschuss gemacht und dann den Fotoapparat in seine Manteltasche gesteckt. Sogar den Typ des Apparates habe sie als begeisterte Hobbyfotografin erkannt. Es sei eine Minox gewesen.

So stand es folglich auch in allen Zeitungen. Bertholdy war darüber entsetzt. Hansen würde ihn dazu sicher eingehend befragen. Es war klar, jetzt würde er ins Schussfeld geraten. Hoffentlich nur in das der Fotografen und nicht der Auftraggeber des Mörders vom Eisernen Steg. Umso dringender wurde der Ersatz seiner Pistole, die Hansen als Beweisstück mitgenommen hatte. Er rief sofort ein Waffengeschäft in der Berliner Straße an, und glücklicherweise war eine Walther desselben Typs auf Lager, die er noch am selben Tag abholte.

Die Jagd nach dem Fotoapparat begann. Beteiligt war nicht nur die Kripo, sondern, zu Bertholdys Erstaunen, auch ein ihm bestens bekannter Stammgast des »Grand

Hotel«. Für Dr. Martin Leuenberger, Rechtsanwalt und Notar aus Vaduz, hatte er schon häufig wichtige Geschäftsessen und Sitzungen arrangiert. Die von Leuenberger empfohlenen Klienten und VIPs waren von ihm besonders sorgsam betreut worden. So war fast so etwas wie eine vertraute, ja bisweilen freundschaftliche Beziehung zwischen beiden entstanden.

Überrascht war Bertholdy, als ihn der Anwalt, der sich entgegen seiner Gewohnheit sehr kurzfristig im Hotel angemeldet hatte, auf die nächtlichen Ereignisse auf dem Eisernen Steg ansprach, über die er auffallend gut unterrichtet war. Bald darauf stellte er ihm zwei weitere Anwälte vor, die ebenfalls etwas über den Vorfall und vor allem über den Verbleib der Minox wissen wollten. Dem einen sah man schon von weitem an, welchen Beruf er ausübte. Kleidung, Haarschnitt, Brille, die Bewegungen und seine Stimme, alles war auf seriöse Ausstrahlung bedacht. Das konnte man von dem zweiten Anwalt nicht behaupten. Die Dame war mit der luxuriösen Schlichtheit einer Jil Sander gekleidet und von jener knochigen Dürre, die man von Models kennt. Sie versuchte, ihre Nervosität durch eine aufgesetzte Ruhe zu überspielen.

Nach einem unverbindlichen Wortgeplänkel über den Verbleib der Minox, an der beide Anwälte, wie sie betonten, sehr interessiert seien, kam die Anwältin zur Sache. Ihre Äußerung verriet nicht nur Interesse, natürlich im Namen des ungenannten Klienten, sondern Unruhe,

Besorgnis, ja Angst. In etwas verschlungenen Worten gab sie Bertholdy zu bedenken, der gegenwärtige Besitzer der Minox könne Gefahr laufen, das Schicksal des Ermordeten zu teilen. Die Minox sei ein heißer Gegenstand. Es wäre wohl besser für den unbekannten Finder, ihn unauffällig loszuwerden. Dabei könnten sie und auch die anderen Anwälte behilflich sein. Falls bei der Beschaffung der Kamera Aufwendungen entstünden, würden diese natürlich voll ersetzt werden.

Bertholdy spielte den Überraschten. Ob sie etwa ihn für die Person hielten, die in Gefahr sei? Er könne nur wiederholen, was er der Kripo gesagt und zu Protokoll gegeben habe: Bei seinem toten Freund habe er nichts gefunden oder gar entwendet, keine Kamera oder sonst einen Gegenstand. Und das, so sagte er sich insgeheim, entsprach auch den Tatsachen, denn Andreas hatte ihm die Minox übergeben. Es war ebenso wenig ein zufälliger Fund, noch hatte er die Kamera gegen den Willen des Schwerverletzten an sich genommen.

Er bat die Anwälte zu bedenken, Andreas Seibold könnte die Minox zwischen dem Verlassen des »InterCityHotels« und seiner Ankunft am Eisernen Steg jemand übergeben oder sie während der Verfolgung durch den Mörder verloren oder weggeworfen haben. Auch die Untersuchung des Tatorts durch die Kripo habe keine Kamera zutage gebracht. Die beunruhigten Frager überzeugte das alles offensichtlich nicht.

Im Übrigen, so glaubte Bertholdy hinzufügen zu müssen, würde seiner Erfahrung nach ein, wie von den Anwälten soeben erwähnt, in Lebensgefahr schwebender Besitzer eines so gefährlichen und von vielen begehrten Gegenstands Vorsorge für den Fall treffen, ihm stieße etwas zu, das seiner Gesundheit abträglich sein könnte. Aber gäbe es wirklich den hypothetischen Fall, ein unbekannter Finder des Apparates existiere, dann könne der doch überhaupt nichts von der Gefährlichkeit des Fundes wissen, es sei denn, er wäre inzwischen mit den Anwälten zusammengetroffen.

Wenn er aber die Warnung seiner Gesprächspartner richtig interpretiere, dann wüssten sie, wohl als Einzige, welche Bedeutung dem Apparat oder besser gesagt dem belichteten Film in ihm zukomme und für wen er von so großer Wichtigkeit sei. Das sollten sie doch am besten der Polizei mitteilen, denn offensichtlich seien sie besser informiert als diese. Er stelle gern eine Verbindung zu dem ermittelnden Kriminalrat her, den er seit langer Zeit gut kenne.

Die Anwälte verabschiedeten sich, ohne Bertholdys Äußerungen kommentiert zu haben. Dr. Leuenberger blieb noch kurz bei Bertholdy. Er versuchte, das eben Gesagte zu entschärfen. »Wir sind ja seit Langem gute Bekannte, um nicht zu sagen: fast Freunde. Sollten Sie in dieser Angelegenheit einen guten Rat brauchen, rufen Sie mich einfach an. Ich spiele hier nur eine vermittelnde Rolle.«

Bei Bertholdy verstärkte sich der Eindruck, die kleine Minox entwickle sich zu einer gefährlichen Zeitbombe. Der Film musste Informationen enthalten, die für einige Leute sehr gefährlich waren. Nur so ließ sich das Verhalten der Anwälte erklären. Sollte mit dem Film etwa ein Erpressungsversuch gestartet werden? Erpressung? Andreas Seibold ein Erpresser? Nein, das traute er ihm doch nicht zu. Aber das Gefühl, er könne sich irren, war geweckt worden. Bertholdy beschloss, sie aus dem Magazin für Fundgegenstände im »Grand« zu entfernen und alle Spuren dort zu tilgen, um sie an einem anderen Ort aufzubewahren. Gut geeignet erschien ihm die Kochbuch-Bibliothek im Hause des verstorbenen Großaktionärs des »Grand Hotel«. Außer ihm selbst interessierte sich kein Mensch dafür, in den Kochbüchern und der Menüsammlung zu schmökern.

In der Bibliothek griff er nach einem dicken, in abgegriffenes Leder gebundenen Wälzer mit einem golden beschrifteten Rücken. »The Spirit of the Cook« lautete der Buchtitel. Der Buchblock war innen ausgeschnitten zur Aufnahme eines nicht mehr vorhandenen kleinen Flachmanns. Für die kleine Kamera war in diesem Hohlraum genug Platz. Da die vielen Bücherreihen nur selten vom Hauspersonal mit dem Staubwedel berührt wurden, hielt er das Versteck für gut geeignet, stand doch dieser Spezialband in der obersten Reihe, die nur über die Bibliotheksleiter zu erreichen war. Hier konnte der Apparat für viele Monate bleiben, bis sich die Aufregung über den Vorfall gelegt hätte. Dann fuhr Bertholdy zurück ins

»Grand«, denn seine vier engsten Kollegen wollten ja die von der Presse breitgetretene Geschichte aus seinem Mund hören. Das schuldete er ihnen, denn im Laufe der Jahre war das Vertrauen zueinander so gewachsen, dass sie sich selbst als »Quintette amical« bezeichneten.

8.

Zur nachmittäglichen Kaffeestunde traf man sich, wie gewohnt und nur durch die Ereignisse der letzten Tage unterbrochen, in Bertholdys Büro. Man war an die Unordnung in diesem Raum gewöhnt. In den Augen des für die Sicherheit verantwortlichen Kollegen war er fast aufgeräumt, denn Bertholdy hatte den runden Tisch, an dem sie saßen, von Büchern, Zeitungsausschnitten und anderen Gegenständen freigehalten, die er in seinem Schlafzimmer nebenan verteilte.

Da war Hans Carolus, der Chefportier des »Grand Hotel«, von den Gästen hochgeschätzt wegen seiner freundlichen Bereitschaft, alle ihre Anliegen entgegenzunehmen und ihre Wünsche auch in schwierigen Fällen zu erfüllen. Schon in jungen Jahren war er Teil der Legenden geworden, die man über das »Grand« erzählte.

Für Bertholdy als den Verantwortlichen für die Sicherheit des Hauses war er eine wichtige Informationsquelle, denn Carolus war über alle Ereignisse im Hotel immer bestens informiert. Außerdem hatte er glänzende Beziehungen zu allen Leuten und Institutionen, die in der Stadt wichtig waren. Dieser Chefportier gehörte nicht zu den Vertretern seines Berufsstandes, die wie angewurzelt hinter der Theke stehenbleiben und diese als Barriere gegenüber den Gästen verstehen.

Mehmet Köprülü, den alle, auch die Gäste, wegen seines schwierigen Nachnamens nur mit Mehmet ansprachen, war verantwortlich für den Service in der Hotelhalle und der Autorenbar. Er war die andere Institution des Hauses. Schon über 20 Jahre arbeitete er in dieser Position im »Grand« und fieberte jedes Jahr dem aus seiner Sicht schönsten Ereignis entgegen, der Frankfurter Buchmesse. Dann wurden die Halle und die Bar und jeder begehbare Quadratmeter des Erdgeschosses zum Treffpunkt aller Büchermenschen. Und diese ließen Mehmet an diesen Tagen die sehr langen Nächte klaglos hinnehmen. Seine Gäste begrüßten ihn und verabschiedeten sich mit Handschlag.

Der Küchenchef des Sterne-Restaurants war der Jüngste in diesem Kreis. Er war sehr lang geraten und hatte die Haartracht eines Künstlers, der mit der elektrischen Gitarre auf der Bühne steht. Außerdem lief er bei allen berühmten internationalen Marathonläufen mit und kam, zu Bertholdys Erstaunen, immer im Ziel an. Und dieser Typ konnte auch noch exzellent kochen! Das verwunderte die Kollegen immer wieder. Denn ab und zu ließ Patrick, so hieß er, die Kollegen seine neueste Kreation probieren und beurteilen. Das verschlechterte zwar den Wareneinsatz der Küche, verbesserte aber erheblich das betriebliche Mikroklima dieser Tafelrunde.

Marco Galliano war der Vierte im Quintett. Von den Stammgästen wurde er mit »Herr Marco« angesprochen, von den jungen Mitarbeitern mit »Signor Galliano«. Marco war seit vier Jahrzehnten im »Grand Hotel« tätig, eingestellt im Jahre 1963 als 1. Oberkellner für das Toprestaurant, das »Französische« genannt. So kannten sie ihn alle, gerade die betagten Gäste. Rein äußerlich war sein Alter schwer zu schätzen. Wenn er danach gefragt wurde, korrigierte er die Anzahl der Jahre nach unten, denn normalerweise arbeitet in diesem Alter keiner mehr. Er selbst, so meinte er ironisch, habe nach dem siebten Jahrzehnt zu zählen aufgehört.

Bei den Gästen war er so beliebt und geschätzt, dass kein Direktor es gewagt hatte, ihn nach Erreichen und Überschreiten der Altersgrenze in den Ruhestand zu verabschieden. Marco lehnte den Ruhestand prinzipiell ab. Was sollte er allein in seiner kleinen Wohnung in Sachsenhausen den ganzen Tag tun, fragte er die Neugierigen, die wissen wollten, wie lange er denn noch zu arbeiten gedenke. Gerade die Arbeit und der Kontakt zu seinen Gästen erhielten ihn jung. Und die Gäste waren froh, dass er blieb. Sie konnten sich das »Grand Hotel« ohne »Herrn Marco« kaum vorstellen.

Bis zum Jahr 1990 war Marco Galliano Oberkellner im »Französischen« gewesen. In jenem Jahr feierte er seinen 68. Geburtstag und stellte den Antrag, in den nun folgenden Jahren den Gästen in der Halle und auf der Sommerterrasse behilflich sein zu dürfen. Nicht als volle Servicekraft, sondern eher als Betreuer. Nachdem er dieses Ansinnen Mehmet und Carolus erläutert hatte und diese damit einverstanden waren, gab auch der damalige Generaldirektor, ein bei seinen Mitarbeitern sehr beliebter Mann, schließlich seinen Segen, natürlich nicht zum bisherigen Gehalt eines Oberkellners.

Marco Galliano stimmte dem sofort zu und sagte, er wolle sich mit dem Trinkgeld begnügen, das seine Gäste für angemessen hielten. Dagegen hatte die Verwaltung des Hauses Bedenken, denn eine solche Lösung sei im Tarifvertrag nicht vorgesehen. Und überhaupt die Versicherungsfrage! Und schließlich das Finanzamt! Das lasse derartige Ausnahmesituationen nicht zu.

Bertholdy schließlich, der zu Galliano ein besonders enges Verhältnis hatte, fand die Lösung. Marco, der gute Geist des Hotels, erhielt einen Vertrag als Stagiaire oder, wie man im Deutschen sagen würde, als Volontär mit einem geringen Festgehalt inklusive Verpflegung. Ein solches Arbeitsverhältnis war normalerweise nur für junge Berufseinsteiger vorgesehen, aber das störte niemanden. Und seine Zweizimmerwohnung in Sachsenhausen, eine der selten gewordenen Betriebswohnungen, konnte er auch behalten. Alle waren mit dieser Lösung glücklich und achteten darauf, dass sie der Kontrollinstanz der Hotelgesellschaft nicht bekannt wurde.

Was sah Herr Marco als seine neue Aufgabe an? Nicht, dass er in den normalen Serviceablauf eingreifen wollte. Nein, das hätte zu Schwierigkeiten geführt. Im Laufe der Jahre war Marcos Haltung etwas gebückter, seine spärlichen Haare immer grauer geworden, und bisweilen zitterten seine Hände leicht, aber nur, wenn er sich um die Gäste kümmerte. Natürlich konnte er sich nicht mehr mit der gewohnten Schnelligkeit bewegen. Aber das alles war für seine neue Tätigkeit auch nicht notwendig. Er war trotz aller Altersmerkmale ein noch immer sehr gut aussehender Mann.

Was die Gäste an ihm schätzten, war einmal seine freundliche, aber nie überschwängliche Begrüßung. Aufgrund seines phänomenalen Namensgedächtnisses sprach er die Gäste meistens direkt mit ihrem Namen an. Und das in vielen Sprachen, wobei unklar blieb, welche davon seine Muttersprache war. Wenn er danach gefragt wurde, sagte er: »Ich bin ein mediterraner Mensch, also sehe ich alle Sprachen, die an den Küsten des Mittelmeers gesprochen werden, als Muttersprache an.« In seinen Ausbildungsjahren hatte er weitere Fremdsprachen erlernt, die nicht aus der lateinischen Sprachfamilie kamen, und sich in exotischen Sprachen zumindest einige freundliche Begrüßungs- und Verabschiedungssätze sowie das für eine Bestellung notwendige Vokabular angeeignet.

Es waren aber nicht die Sprachkenntnisse, die seinen geradezu legendären Ruf begründeten, es waren vielmehr sein Charme, das freundliche Lächeln und die Aufmerksamkeit gegenüber seinen Gästen.

War ein Gast zum ersten Mal im Hause, setzte Marco seinen ganzen Ehrgeiz daran, den Namen des Neuankömmlings beim Empfang zu erfahren. War ihm das nicht möglich, legte er mit freundlichen Worten dem ihm unbekannt Gebliebenen ein kleines Kärtchen vor. Dies für den Fall, der Gast erwarte einen Besucher oder eine Nachricht. Dann könne er leichter den Kontakt herstellen. Viele Gäste waren von der Fürsorge des alten Herrn beeindruckt und füllten ihm das Kärtchen aus. So war Marco Galliano immer bestens orientiert, wen das Haus beherbergte, zumal er vom Empfang die Gefälligkeit erbat, am Vorabend die Ankunftsliste des nächsten Tages einzusehen.

Die persönliche Ansprache des Gastes ergänzte er durch kleine Handreichungen, für die das Servicepersonal oft keine Zeit hatte. Er kümmerte sich um die Mäntel, versprach im Winter den Damen, ihren Pelzmantel in einem speziellen Schrank der Garderobe einzuschließen.

Für die weiblichen Gäste, denen seine besondere Aufmerksamkeit galt, hielt er kleine Beistelltischchen bereit, die er selbst gekauft hatte, damit sie darauf ihre wertvollen Hermes-Handtaschen ablegen konnten. Und schien ihm eine der Damen seiner speziellen Fürsorge wert, nahm er die übliche kleine Hotelvase mit dem einsamen Blümchen vom Tisch und ersetzte sie durch eine hübsche Kristallschale, in deren Wasser eine voll aufgeblühte Rosenknospe schwamm. Diese bezog er zu Sonderkonditionen vom Blumenlieferanten des Hotels, nicht ohne Hinweis, eine voll aufgeblühte Rose sei für den Händler kaum noch verkäuflich und daher nur noch als Geschenk zu sehen. Die Damen aber schätzten diesen Gunstbeweis des alten Herrn.

So war für alle gut gesorgt. Die Gäste fanden die Aufmerksamkeit und Freundlichkeit, die sie erwarten durften, und Marco Galliano erhielt großzügiges Trinkgeld, dessen Höhe weder seinen Kollegen noch dem Finanzamt bekannt wurden.

Gelegentlich nahm auch Lydia Haffner an der Kaffeerunde teil. Man hatte ihr gesagt, dass sie jederzeit willkommen sei. Aber insgeheim legten die Fünf doch Wert darauf, eine Männerrunde zu bleiben.

Die das Hotel tragenden Säulen erwarteten nun mit Spannung den Bericht ihres Kollegen Bertholdy. Doch der konnte nur mitteilen, was schon in der Zeitung stand. Die Tatsache, dass es sich bei dem Ermordeten um Lydia Haffners Bruder gehandelt hatte, verschwieg er ihnen nicht, bat sie aber, die Information für sich zu behalten. Sie hätten es ihm verübelt, hätten sie das aus der Zeitung erfahren. Bertholdy stellte bei ihren Fragen erfreut fest, dass sie mehr an Lydias Verfassung interessiert waren als an der Schilderung der Ereignisse in der Mordnacht.

9.

Erst fünf Tage nach dem Mord gelang es Bertholdy, mit Lydia ein zusammenhängendes Gespräch über das für sie so schmerzliche Ereignis und über die Beziehung zu ihrem Bruder zu führen. Auf das Thema ihrer frühen Ehe, ihrer »gekauften Ehe«, wie sie sich ausgedrückt hatte, wollte sie noch nicht eingehen, zumal das mit der Mordtat nichts zu tun hätte. »Später vielleicht, wenn ich mich mit Andreas' Tod einigermaßen abgefunden habe, falls das je möglich sein wird.« Damit schloss sie dieses Thema ab.

»Aber kannst du mir wenigstens sagen, was Andreas in den letzten Jahren gemacht hat? Für wen er tätig war? Auch in der Zeit, als ich ihn in Nizza kennen lernte, war seine berufliche Tätigkeit undurchsichtig.«

Zuerst war Lydia mit weiteren Angaben zögerlich. Als sie jedoch von Bertholdy erfuhr, sie laufe Gefahr, in den Fall einbezogen zu werden, gab sie nach und begann zu erzählen.

»In den letzten Jahren war mein Bruder als Kurier für internationale Konzerne und Anwälte tätig. Er hat mich ein bis zweimal pro Monat besucht, mir bisweilen auch Pakete oder Kuverts zur Aufbewahrung oder Übergabe an eine von ihm benannte Person dagelassen. Ich habe mir nichts dabei gedacht.«

Auf Nachfrage gab sie zu, dass die Übergaben im »Grand Hotel« erfolgt seien und nicht in ihrer Wohnung, was Bertholdy mit einem Kopfschütteln zur Kenntnis nahm. Über den Inhalt der Pakete oder Umschläge habe Andreas sie nicht informiert. Er habe sie dringend gebeten, niemandem etwas von seiner Tätigkeit zu erzählen. Auch ihm, Bertholdy, sollte sie nichts sagen, angeblich, um ihn als Security Officer des »Grand« nicht in Verlegenheit zu bringen. Deshalb habe er sie auch nur in der ersten Wochenhälfte besucht, wenn Bertholdy nicht zugegen war. Für die Ausführung seiner bisweilen nicht ungefährlichen Aufträge sei absolute Diskretion eine Grundvoraussetzung, so habe er betont.

Bertholdy spürte: Das kann nicht alles sein. Sie will sich nicht öffnen, will mit letzter Energie ihre ganz persönliche Haltung zu ihrem Bruder, die Art ihrer Zuneigung, für sich bewahren. Dennoch fragte Bertholdy, wie er sich das Verhältnis zwischen den Geschwistern vorzustellen habe.

Lydia antwortete mit fast tonloser Stimme: »Ich hing mein ganzes Leben, seit meiner Kindheit, sehr an Andreas, war immer bereit, alles für ihn zu tun. Ohne diesen engen Zusammenhalt hätten wir unsere Kindheit nicht ertragen können, denn wir waren sehr einsam, waren oft auf gegenseitige Hilfe angewiesen. Unsere Eltern hatten wenig Zeit für ihre Kinder übrig. Und als unser Vater früh verstarb, wurde das Gefühl, allein gelassen zu sein, noch größer.«

Nach einer Pause, die Bertholdy nicht unterbrechen wollte, fuhr sie fort: »Andreas bei der Durchführung seiner Aufträge zu helfen, für ihn die Pakete und die Briefe an die von ihm benannten Empfänger zu übergeben, schien mir nicht außergewöhnlich zu sein, sondern ganz normal.«

Für Bertholdy waren Lydias Bemerkungen über ihre Jugendzeit nicht klar genug, und so wagte er die Frage: »War das persönliche Verhältnis zwischen dir und Andreas nur durch eure Einsamkeit beeinflusst? Oder war eure Mutter ein Störenfried, vielleicht der Feind in der Beziehung zwischen ihren Kindern? Ist das der Grund für dein Zerwürfnis mit deiner Mutter? Und warum waren davon die Beziehungen zwischen Sohn und Mutter nicht in gleichem Maße betroffen?«

»Viele Fragen, komplizierte Fragen, die so einfach mit Ja oder Nein nicht zu beantworten sind. Meine Mutter kannte nur ein Ziel, uns zwei auseinanderzubringen. Dafür war ihr jedes Mittel recht! Sie vergötterte Andreas geradezu, wollte ihn für sich allein haben. Sie war und ist krankhaft eifersüchtig.«

Bertholdy setzte nach: »War denn das Zueinander zwischen Schwester und Bruder so eng? Und was für ein Druckmittel hatte denn die Mutter, um euch auseinanderzubringen? Hat sie denn, ebenso wie ich, von euren Begegnungen in den letzten Jahren nie etwas erfahren?«

»Das Druckmittel hatte sie hauptsächlich gegenüber Andreas. Wir beide haben beim Tod unseres wohlhabenden Vaters ein kleines Vermögen geerbt. Andreas hatte keine glückliche Hand, was Geld anbetraf. Als er, so wie ich auch, nach Erreichen der Volljährigkeit über das Erbe verfügen konnte, dauerte es nur etwa drei Jahre, dann war das Vermögen fast vollständig aufgebraucht. Und da er trotz seiner guten Ausbildung keine erfolgreiche Karriere zustande brachte und nie lernte, mit seinem Geld sorgsam umzugehen, war er finanziell immer weitgehend von seiner Mutter abhängig. Um seine Mutter als ›Finanzquelle‹ zu erhalten, berichtete er nie über unsere gelegentlichen Zusammentreffen. Da bin ich mir sicher.«

»Das beantwortet nur einen Teil meiner Frage«, meinte Bertholdy, »aber ich möchte dich auch nicht weiter drängen.« Lydia nahm seine Rücksicht dankbar zur Kenntnis.

Wenige Tage nach diesem Gespräch suchte die Assistentin von Kriminalrat Hansen Lydia zu Hause auf, denn sie war noch immer krankgeschrieben. Bertholdy bestand darauf, bei der Vernehmung anwesend zu sein, und begründete das mit dem schlechten Gesundheitszustand seiner Partnerin. Auf Fragen von Frau Klaar gab Lydia an, ihr Bruder habe sie gelegentlich, wenn er in der Frankfurter Gegend zu tun hatte, aufgesucht. Das letzte Mal habe sie etwa fünf Monate vor seiner Ermordung Kontakt mit ihm gehabt. Von seiner beruflichen Tätigkeit habe sie nur gewusst, dass er als Business Consultant Aufträge großer Firmen durchführe. Sie hätten aber im Detail nie darüber gesprochen.

»Dann haben Sie auch nicht gewusst, dass Ihr Bruder sich in der fraglichen Nacht in Frankfurt aufhielt?«

»Nein«, antwortete Lydia, »ich habe erst davon erfahren, als Herr Bertholdy nach dem Vorfall auf dem Eisernen Steg zurückkam und mir sagte, was passiert war.«

»Und warum, glauben Sie, hat Ihr Bruder kurz vor seiner Ermordung in Ihrer Wohnung angerufen und dort nicht Sie, sondern Herrn Bertholdy, um Hilfe gebeten?«, setze die Kriminalassistentin nach.

»Ganz einfach«, erwiderte Lydia, »weil ich ihm in so einer Situation schwerlich hätte helfen können und er über unsere Treffen am Wochenende Bescheid wusste.«

Hansens Assistentin gab sich mit dieser Erklärung zufrieden. Lydia und Bertholdy hatten angenommen, sie würde danach fragen, weshalb Lydia die Besuche ihres Bruders vor ihrem Freund verschwiegen hatte, zumal die beiden doch alte Bekannte, ja einst Freunde waren. Denn Bertholdy hatte zu Protokoll gegeben, Andreas seit Jahren nicht mehr gesehen zu haben. Zum Abschluss sagte Frau Klaar, dass die Leiche von Andreas freigegeben worden sei. Im Übrigen rechne man mit dem Kommen seiner Mutter in den nächsten Tagen, aber das hätten sie sicher schon durch die Familie erfahren.

Am folgenden Tag rief Bertholdy Hansen an, um den Termin der Überführung und der Bestattung sowie den Namen des Friedhofs zu erfahren. Zu fragen, wann Klara Seibold, Lydias Mutter, nach Frankfurt kommen werde, schien ihm nicht angebracht.

Am Tag der Beisetzung flogen Lydia und Bertholdy nach Zürich, um Andreas auf seinem letzten Weg zu begleiten. Das Familiengrab war auf dem Friedhof Fluntern. Bertholdy hatte im Internet festgestellt, dass es sich um einen Prominentenfriedhof handelte, auf dem auch James Joyce, Elias Canetti und die berühmte Therese Giehse ruhten. Die werden sich wohl fragen, dachte er, was ein Erpresser dort zu suchen habe.

Viele Menschen waren zur Beerdigung gekommen. Wie Lydia später berichtete, auch gemeinsame Jugendfreunde und einige Verwandte, die aber für Lydia nicht mehr als eine offizielle Kondolenz übrig hatten. Bertholdy und alle Trauergäste erlebten, wie Mutter und Tochter kein Wort miteinander wechselten und nach der Beerdigung grußlos auseinandergingen. Von vielen Trauergästen war Lydia demonstrativ nicht beachtet worden. Sollte Andreas wirklich ein Erpresser gewesen sein? Diese Vermutung hatte sich bei Bertholdy inzwischen zu einem starken Verdacht entwickelt. Dann werden sich diese Zelebritäten wohl fragen, dachte er bei sich, was ein Verbrecher in ihrer Nachbarschaft zu suchen hatte.

»Unsere Ermittlungen gehen weiter, kommen aber nicht zu wesentlich neuen Erkenntnissen«, berichtete Hansen, der eine Woche nach der Beisetzung Bertholdy anrief. »Andreas Seibold hatte seinen zweiten Wohnsitz in Monte Carlo. Als Heimatort und erster Wohnsitz war in seinem Schweizer Pass die Anschrift seiner Mutter in

Zürich eingetragen. Ich warte noch auf Informationen meiner Kollegen in Monte Carlo. Sie versuchen herauszubekommen, welche Art von Geschäften Seibold betrieb. Die Identität des Mörders konnte bereits nach wenigen Tagen geklärt werden. Es handelt sich um Franco Buonamici, einen einschlägig bekannten Killer aus Nizza, genannt »Il tiratore«, der Schütze. Er und seine Familie sollen einer mafiösen Organisation nahe stehen.«

»Nizza«, dachte Bertholdy, »immer wieder diese Stadt!« In Nizza hatte er Andreas kennen gelernt, der dort seinen, selbst von seinen Freunden und Bekannten, nicht ganz durchschaubaren Geschäften nachging. Dort hatte Andreas ihm seine Freundin Madeleine Piccoboni ausgespannt. In der Altstadt hatte Andreas ihn bei dem nie geklärten Überfall vor dem Schlimmsten bewahrt. Kam der Mörder zufällig auch daher? Kam der Auftrag, Andreas zu töten oder zumindest ihm die Minox abzunehmen, ebenfalls aus Nizza? War das eine Spur?

Bertholdy beschloss, diese Überlegung lieber für sich zu behalten und gegenüber Hansen nichts davon zu erwähnen. »Wenn ich etwas von Belang erfahre, melde ich mich bei dir«, versprach er Hansen.

Nach diesem Gespräch nahm er sich vor, einen möglichst großen Abstand zu den Ermittlungen zu gewinnen. Es war schließlich nicht seine Aufgabe, die Hintergründe und Motive für den Mord aufzudecken. Sein Wunsch war vielmehr, wieder sein normales Leben zu führen, mit dem er eigentlich ganz zufrieden war. Dazu gehörte auch die Wiederherstellung seiner doch etwas gestörten Beziehung zu Lydia, deren Nerven offensichtlich überstrapaziert waren. Sollte er ihr vorschlagen, sich an einem ruhigen Ferienort auszuruhen – zum ersten Mal gemeinsam?

Da fiel ihm wieder die Minox ein. Wenn alles gut lief, würde sich die vergebliche Suche nach der Kamera schon bald zu Tode laufen. Eine Annahme, die auf einem Irrtum beruhte, wie sich schon kurze Zeit später zeigte.

Nach einigen Tagen schien sich die Lage etwas zu normalisieren, wenn auch Lydia ihre Arbeit im Hotel noch nicht wieder aufgenommen hatte. Bertholdy nahm sich vor, sie bei nächster Gelegenheit zu fragen, wann ein Weekend alten Stils wieder zu erwarten sei, denn an den Wochenenden nach der Mordnacht waren diese genussvollen und auch, wie er jetzt deutlich erkannte, glücklichen Stunden ausgefallen. Darauf angesprochen, bat Lydia ihren Partner noch um einige Zeit Geduld. Gleichzeitig dankte sie ihm für sein Verständnis und seine Hilfe in diesen schrecklichen Tagen.

10.

Als Bertholdy eine Woche später von einer Konferenz über »Sicherheit im Hotel« aus Berlin zurückkehrte, warteten zwei unangenehme Überraschungen auf ihn.

Zum einen hatte Lydia die Direktion des Hauses schriftlich um die Auflösung ihres Arbeitsvertrags gebeten, wie ihm Chefportier Carolus gleich bei der Rückkehr ins »Grand« verkündete. Zum anderen sei in der vergangenen Nacht in sein Büro eingebrochen worden. Er habe vergeblich versucht, Bertholdy auf seinem Handy zu erreichen. Die Polizei sei schon mit der Spurensicherung da gewesen und habe in seiner Gegenwart auch einen Kriminalrat Hansen angerufen und ihm den Vorfall geschildert. Danach hätten die Beamten die Räume wieder freigegeben und er habe ein neues Schloss einbauen lassen, denn das alte sei nicht mehr zu reparieren gewesen. Es sei ja wohl klar, was in seinen Räumen gesucht worden sei: die verflixte Minox. Auch ihn habe die Kripo gefragt, ob er etwas über deren Verbleib wisse.

Bertholdy verzichtete auf einen Kommentar und dankte seinem Kollegen für seine Hilfe und die Mühe, ihn telefonisch zu erreichen. Er habe wohl wieder einmal aus Versehen sein Handy auf »stumm« geschaltet. Dann ging er die Treppe in den Zwischenstock hinauf und schloss sein Büro auf. An der Unordnung auf seinem Schreibtisch war einiges verändert worden, wie er sofort erkannte. Der Aktenschrank war aufgebrochen, ebenso der kleine Hotelsafe, den Bertholdy nur für die Aufbewahrung seiner Adresskartei benutzte. Diese war verschwunden.

Nachdem er auch sein Schlafzimmer und das Bad inspiziert hatte, ohne Auffälliges festzustellen, ging er zur Poststelle des Hotels und öffnete dort sein Brieffach. Zwischen internen Hausmitteilungen und zwei Rechnungen lag ein Brief von Lydia, den er sofort öffnete.

Mein lieber Bertholdy,

ich weiß, ich habe die vergangenen Wochen nur überstanden, weil Du so viel Verständnis für mich hattest. Wenn Du diese Zeilen liest, bin ich nicht mehr in Frankfurt. Der Tod meines geliebten Bruders ist ein großer Einschnitt in meinem Leben. Ich muss mich völlig neu orientieren.

Das jedoch kann ich nur allein und in neuer Umgebung. Deshalb habe ich Frankfurt und auch Dich verlassen müssen. Es wäre sicher zu viel von Dir verlangt, auch dafür noch Verständnis zu zeigen und mir zu verzeihen, zumal ich diesen Entschluss gefasst habe, ohne mit Dir darüber zu sprechen. Aber dazu hätte meine Kraft nicht ausgereicht.

Vielleicht gelingt es mir, das Stimmungstief zu überwinden, vielleicht wird eine Rückkehr möglich sein – falls Du mich dann überhaupt wiedersehen möchtest.

Ich wäre Dir dankbar, wenn Du Dich mit meinem Anwalt, dessen Anschrift ich meinem Brief beifüge, in

Verbindung setzen würdest. Er hat Anweisungen, wie mit der Wohnung zu verfahren ist.

Hab Dank für alles, was Du in den letzten Jahren und besonders nach dem Unglück mit Andreas für mich getan hast. Du warst ein wunderbarer Freund!

Ich umarme Dich, Deine Lydia.

Bertholdy war entsetzt und ratlos. Lydia wollte sich von ihm trennen! Er hatte auch für die Art, ihm diese Entscheidung mitzuteilen, kein Verständnis. Ein Brief, sonst nichts. Kein Gespräch, als habe sie Angst vor seinen Fragen. Als habe man nie Vertrauen zueinander gehabt.

Diese Trennung würde sein Leben verändern, nein: seine beiden Leben, denn er hatte in zwei Welten gelebt. In beiden hatte er sich komfortabel eingerichtet, sie waren eine für ihn ideale Kombination aus Bindung und Freiraum gewesen. Und nun erst erkannte er, wie wichtig ihm das »zweite Leben«, die Wochenenden mit Lydia, geworden war. Offensichtlich, so stellte er fest, war er ihr enger verbunden, als er gedacht hatte. Was hatte er sich nur in all den Jahren vorgemacht? Warum musste erst diese Katastrophe geschehen, um zu erkennen, was Lydia ihm wirklich bedeutete? Mitleid packte ihn, Mitleid mit sich selbst.

Am folgenden Tag suchte Bertholdy Lydias Anwalt auf, um ihm seinen Schlüssel zu ihrer Wohnung zu übergeben. Zuvor hatte er seine Kleidung und die persönlichen Gegenstände aus der Wohnung geholt und sich dabei umgesehen, ob Lydia noch irgendein Zeichen hinterlassen hatte, einen kleinen Zettel, vielleicht mit einer Anschrift oder Telefonnummer. Doch die Schreibtischschubladen waren leer, nirgends fand er einen Hinweis, wohin sich Lydia zurückgezogen haben könnte. Und die kleine Abstellkammer, die er nie betreten hatte, da Lydia sie stets verschlossen hielt, konnte ebenfalls keine Geheimnisse preisgeben, denn sie war auch an diesem Tag zugesperrt.

Von Lydias Anwalt hörte er, sie wolle ihm ihre Wohnung bis auf weiteres zur Nutzung überlassen. Er habe die Weisung und Vollmacht erhalten, alle für die Wohnung anfallenden Kosten von ihrem Bankkonto zu begleichen. Als sich Bertholdy nach der Höhe der monatlichen Miete erkundigte, erfuhr er zu seiner Überraschung, dass Lydia diese Wohnung gehöre. Über Geld und Vermögen hatten sie nie gesprochen.

Bertholdy lehnte das Angebot ab. Er könne nicht auf Kosten seiner Freundin wohnen, was er, so schoss es ihm durch den Kopf, zumindest an Wochenenden bisher getan hatte. Der Anwalt ließ ihn wissen, Lydia sei eine durchaus wohlhabende Frau, die sich das leisten könne. Und übrigens sei damit auch eine gewisse Kontrolle der Wohnung gesichert, zumal Lydia Haffner viele persönliche Gegenstände darin zurückgelassen habe. Außerdem sei nicht auszuschließen, dass sie eines Tages wieder zurückkehre, wenn sie auch zu verstehen gegeben habe, dass sie Abstand von diesen traurigen Ereignissen gewinnen wolle. Er solle sich alles nochmals überlegen, meinte der Anwalt, er könne jederzeit den Schlüssel bei ihm holen.

Bertholdy fühlte sich nicht nur verlassen, sondern in gewisser Weise auch verraten! Wie sollte er mit diesem Vertrauensentzug zurechtkommen? Diese Nacht hatte sein ganzes, einst so wohlgeordnetes Leben verändert. Seine Frau war ihm abhandengekommen. Er nannte sie in seinen Selbstgesprächen nicht mehr wie früher Partnerin oder Freundin. Warum nur war sie gegangen? Hatte das Verhältnis zwischen den Geschwistern dabei eine Rolle gespielt? Und was hatte es mit der Minox auf sich? War Lydia etwa in die undurchsichtigen und offensichtlich gefährlichen Geschäfte ihres Bruders verwickelt gewesen?

Er beschloss, sich ebenfalls eine Auszeit zu nehmen, sobald der Fall für die Kripo geklärt und abgeschlossen wäre. Da er nie in Ferien ging, war die Zahl der aufgelaufenen Urlaubstage groß genug für eine längere berufliche Pause. Er wollte dann selbst ermitteln. Nicht etwa die Hintergründe der Mordtat oder das Geheimnis um die Minox. Die Klärung der Frage, warum Lydia aus seinem Leben verschwinden wollte, war unerlässlich. Und schließlich wollte er sie wieder bei sich haben. Zuerst musste sie aber gefunden werden.

Nach einigen Tagen des Nachdenkens erschien Bertholdy erneut bei Lydias Anwalt und nahm seine Schlüssel wieder in Empfang, um, wie er erklärte, während ihrer Abwesenheit für die Pflege der Wohnung zu sorgen. Und tatsächlich wurde er dort alle zwei Wochenenden zum Hausmann, um Ordnung und Sauberkeit bemüht. Allerdings bei reduziertem und vereinfachtem Speiseplan. Hier, in den vertrauten Räumen, begann er auch seine Ermittlungen vorzubereiten. Sie sollten nicht nur alle unbeantworteten Fragen klären, sie hatten vor allem das Ziel, den Ort zu finden, an dem sich Lydia »verborgen« hielt. Er wollte sie überreden, zurückzukehren, zu ihm, in ihre Wohnung und, falls möglich, in das »Grand Hotel«. Als sei alles nur ein böser Traum gewesen.

11.

In den ersten Märztagen erhielt Bertholdy einen Anruf von Kriminalrat Hansen. Er wolle ihn nochmals zum Verbleib der Minox befragen. Im Polizeipräsidium bestätigte Bertholdy seine alte Aussage. Er sei überrascht über die weitere Verfolgung des Falles, da aus seiner Sicht der Tathergang geklärt sei. Der Mörder sei identifiziert. Als bekannter Auftragskiller sei sein Motiv klar. Auftragskiller fragten nicht nach dem Warum, sie wollten anständig bezahlt werden. Auch seine, Bertholdys Rolle, sei durch das Ergebnis der Untersuchung und Auswertung der Beweisstücke einwandfrei geklärt. Das müsse doch genügen, meinte er.

Hansen sah das nicht so. Er wolle den Auftraggeber des Mordanschlags ermitteln, dessen Motiv und auch die Beziehung zwischen Auftraggeber und Opfer. Und schließlich suchten nicht nur die Polizei, sondern auch andere involvierte Kreise noch immer nach der Minox, wie der Einbruch in Bertholdys Büro gezeigt habe. Dort sei ein Profi am Werk gewesen, denn man habe, außer dem aufgebrochenen Türschloss, keinerlei Spuren gefunden. Das sei auch schwierig gewesen, weil die Unordnung in den Räumen offensichtlich nicht nur auf den Einbrecher zurückzuführen gewesen sei. Das zu betonen, konnte sich Hansen nicht verkneifen.

Wenn seine, Bertholdys, Angaben zum Tathergang auf dem Eisernen Steg der Wahrheit entsprächen, dann müsse die Minox zwischen dem Verlassen des »InterCityHotel« und den Schüssen auf der Brücke abhanden oder in andere Hände gekommen sein. Die Minox, so meinte Hansen, sei der Schlüssel zur Auflösung des Falles. Er werde in jedem Fall weiter ermitteln.

Bertholdy betonte, er wolle ihm, soweit möglich, dabei behilflich sein. Von seinem Gespräch mit Dr. Leuenberger und dessen Anwaltskollegen über die verschwundene Minox, das er bisher Hansen gegenüber nicht erwähnt hatte, sagte er auch jetzt nichts. Die Verabschiedung fiel etwas frostiger aus als die Begrüßung.

Nach diesen Äußerungen von Hansen nahm Bertholdy sich vor, in den nächsten Wochen die Kochbuchsammlung nicht aufzusuchen und darauf zu achten, ob er observiert würde. An den Wochenenden arbeitete er in Lydias Wohnung seine Reisepläne aus. Der Mai schien ihm der richtige Zeitpunkt zu sein, denn es sollte nicht so aussehen, als hingen seine Besuche im Ausland in irgendeiner Weise mit der Minox zusammen. Mit seinen angesammelten Urlaubstagen standen ihm fünf bis sechs Wochen zur Verfügung. Das sollte ausreichen, um die offenen Fragen zu klären, meinte er. Der Generaldirektor des »Grand« gab ihm schließlich dazu seinen Segen, nicht ohne darauf hinzuweisen, es täte dem Hause gut, wenn über die ganze Sache möglichst bald Gras gewachsen wäre.

Zuerst, so beschloss Bertholdy, würde er nach Zürich reisen, in der Hoffnung, dort Lydias Mutter treffen zu können. Als er sie auf Andreas' Beerdigung zum ersten Mal gesehen hatte, war er trotz allem, was er von Lydia gehört hatte, von ihrer noch immer jugendlichen Schönheit und Ausstrahlung beeindruckt gewesen – was er allerdings für sich behielt. Von ihr hoffte er zu erfahren, welcher Art das Verhältnis von Lydia zu ihrem Bruder war? Und außerdem bestand die Möglichkeit, dass Frau Haffner ein mögliches Refugium von Lydia kannte.

Sein zweites Reiseziel sollte Nizza sein. Vielleicht wusste Madeleine Piccoboni etwas über die berufliche Tätigkeit von Andreas. Warum sollte sie nicht etwas über seinen Bekanntenkreis und über seine Tätigkeit als Consultant erfahren haben? Vor allem interessierte ihn, ob sie noch mit Andreas befreundet oder ob der Kontakt zu ihm abgebrochen war.

In Nizza wollte er auch seinen Kollegen im dortigen Hotel »Negresco« besuchen, der in Fachkreisen für seine guten Beziehungen zur Sûreté, der Sicherheitspolizei, bekannt war. Außerdem, so hatte er auf der Tagung in Berlin gehört, sei der Kollege bestens über zwielichtige Kreise an der Côte informiert. Von ihm hoffte er etwas über das private und berufliche Umfeld seines ermordeten Freundes zu erfahren. Von Zeit zu Zeit fragte er sich, ob er ihn überhaupt noch als Freund bezeichnen konnte und wollte, hatte Andreas doch die ganz Katastrophe ausgelöst.

Auf seiner dritten Reise würde er Dr. Leuenberger in Vaduz aufsuchen. Erstaunlich groß war dessen Interesse an dem Fall gewesen, zu auffällig das noch größere Interesse seiner Anwaltskollegen. In irgendeiner Weise schien auch Leuenberger seine Finger im Spiel zu haben. Davon hatte Bertholdy bei seiner Vernehmung durch die Kripo aber nichts erwähnt. Es war ja nicht mehr als eine Vermutung.

Anfang Mai rief Bertholdy Hansen an und lud ihn zum Abendessen ins »Grand Hotel« ein. Er wollte erfahren, was es Neues gäbe. Auch hielt er es für richtig, Hansen mitzuteilen, dass Lydia mit unbekanntem Ziel verreist sei und er versuchen werde, sie zu finden. Sie habe nach ihrer überstürzten Abreise nichts von sich hören lassen. Aus einer Nebenbemerkung von Hansen erfuhr er, Lydia habe seiner Assistentin mitgeteilt, sie werde für längere Zeit nicht in Frankfurt sein. Auch habe sie gefragt, ob sie noch für die Ermittlungen benötigt werde.

Für alle Fälle habe sie ihre neue Handynummer angegeben, die ihm ja sicherlich auch bekannt sei. Bertholdy verneinte, er habe nur die alte Nummer, auf der sie aber nicht erreichbar sei. Dann werde er ihm morgen die neue per SMS durchgeben, versprach Hansen.

Ansonsten gab er sich wortkarg. Entscheidend Neues sei nicht bekannt geworden. Er versuche noch immer, den Verbleib der Minox zu klären oder zumindest zu erfahren, was wohl mit ihr fotografiert worden war. Erst dann ließe sich die Spur zum Auftraggeber des Mordanschlags verfolgen.

Bertholdy betonte, Lydia zu finden und sie zur Rückkehr nach Frankfurt zu bewegen, sei der Hauptzweck seiner Reise. Sonst wolle er möglichst nichts mehr mit dieser Angelegenheit zu tun haben.

Nachdem Bertholdy am nächsten Tag von Hansen Lydias neue Handynummer erhalten hatte, versuchte er, seine Freundin zu erreichen. Es meldete sich, wie auch in den folgenden Tagen, ein Telefonauftragsdienst in der Schweiz. Dennoch hinterließ er jedes Mal die Nachricht, sie möge ihn möglichst bald zurückzurufen, er vermisse sie sehr.

12.

In Zürich traf Bertholdy zuerst seinen alten Freund und ehemaligen Kollegen Domenico Sieger, der fast sein ganzes Berufsleben für die Sicherheit der Gäste im Hotel »Baur au Lac« verantwortlich gewesen und seit einem halben Jahr pensioniert war. Kurz nachdem Bertholdy im »Grand Hotel« als Hoteldetektiv eingestellt worden war, hatten sie sich zum ersten Mal getroffen und einander sofort sympathisch gefunden. Sieger gab Bertholdy wertvolle Hinweise für dessen neue Tätigkeit, die sich doch erheblich von der eines Kripobeamten unterschied. Sie kannten sich nun schon seit vielen Jahren und hatten nie den Kontakt zueinander verloren. Die Freundschaft hielt, auch wenn sie sich nicht oft sahen und selten am Telefon miteinander sprachen. Aber sie schrieben sich einmal im Monat lange Briefe und waren so im Laufe der Jahre enge Freunde geworden.

Schon früh hatten sie ihr gemeinsames Interesse für Waffen entdeckt und ebenso waren beide begeisterte Schützen. Bertholdy war eher an Handfeuerwaffen interessiert, Domenico Sieger war ein großer Kenner von Jagdwaffen, die er auch als Weidmann einsetzte. Sein Patron hatte ihn als Begleiter auf seinen Jagdausflügen auserwählt. Das führte zu einer starken persönlichen Bindung an das Hotel, das er bis zu seiner Pensionierung nie verließ.

Bertholdy hatte ihn einige Tage vor ihrem Treffen gebeten, Auskünfte über Lydias Mutter einzuholen. Zuerst aber feierten die beiden Freunde ihr Wiedersehen im Restaurant »Kindli«, das dank der neuen Besitzerin eine wahre Renaissance erlebt hatte, wie Domenico betonte.

Als der obligate Käse gegessen war, den ein Rotwein aus dem Wallis begleitet hatte, übergab Domenico seinem Freund ein kleines Dossier über Klara Seibold. Es enthielt die Anschrift ihrer Villa auf dem Kilchberg und ihre Telefonnummer. Aus den Unterlagen ging hervor, Frau Seibold, ursprünglich deutsche Staatsbürgerin, sei eine Witwe, die zweimal reich geheiratet habe, natürlich Schweizer Bürger. Aus der ersten Ehe habe sie zwei Kinder, eine Tochter und einen Sohn. Letzterer sei vor einigen Monaten in Frankfurt ermordet worden. Die Dame gelte als etwas exzentrisch und werde in konservativen Kreisen der Stadt an der Limmat gerade noch akzeptiert. Dennoch habe sie als sehr vermögende Frau ausgezeichnete Beziehungen zu Persönlichkeiten aus der Finanzwelt und sei trotz ihres Alters eine blendende Erscheinung, was Bertholdy bestätigen konnte.

Nun war es an der Zeit, dachte Bertholdy, seinem Freund die ganze Geschichte zu erzählen. Domenico hatte bisher nur in der Presse gelesen, welche Rolle Bertholdy in der Mordnacht auf dem Eisernen Steg gespielt hatte. Bertholdy war zu vorsichtig, seinen Freund am Telefon über Details zu informieren, als er ihm seine Ankunft in Zürich mitteilte.

Deshalb schlug Bertholdy vor, das »Kindli« zu verlassen und an der Limmat entlang zum See zu schlendern, denn Mithörer im Restaurant wollte er nicht haben. Sein Vertrauen zu seinem Freund war so groß, dass er ihm sogar von der Minox berichtete, allerdings ohne ihren derzeitigen Aufbewahrungsort zu erwähnen.

Domenico war fasziniert. Endlich einmal ein Ereignis im spannungsarmen Leben von Hoteldetektiven, das der mühevollen Aufklärung wert war.

»Ich bin dabei, wenn du mich brauchst. Ich habe jetzt nach meiner Pensionierung genug Zeit, dir behilflich zu sein. Die Aufklärung der Hintergründe dieser Mordtat kann man nicht der Polizei überlassen, die allzu gern mysteriöse Fälle vorzeitig zu den Akten legt, wenn – wie in diesem Fall – der Mörder bekannt, aber tot ist. Deine Rolle in dieser Angelegenheit ist ja unzweifelhaft. Und wenn du die Minox an einem sicheren Platz verwahren willst, hole ich sie in Frankfurt ab und lege sie in meinen Privatsafe bei der UBS. Da wird sie keiner suchen, weder die Polizei noch obskure Anwälte.«

Bertholdy war gerührt von so viel Hilfsbereitschaft, und dennoch konnte er ein Lächeln nicht unterdrücken. »Ich will nichts anderes, als Lydia zurückhaben«, sagte er seinem Freund, »wieder das normale Leben führen. Und du möchtest am liebsten den ganzen Fall übernehmen, ihn aufklären in allen Verzweigungen. Das geht nicht! Es könnte auch für allzu Neugierige gefährlich werden.«

Domenico war fast enttäuscht. Sie beschlossen, noch ein Glas auf ihre Freundschaft zu trinken, und suchten die von beiden geschätzte Bar der »Kronenhalle« auf. Es wurde spät an diesem Abend.

An nächsten Morgen rief Bertholdy Klara Seibold an. Sie konnte seinen Namen sofort einordnen und gab ihm zu verstehen, dass sie seinen Kontaktversuch erwartet habe. Auch sie wollte mit ihm über die für sie sehr schmerzliche Angelegenheit sprechen. Er sei schließlich der Letzte, der ihren Sohn vor seinem Tod gesehen habe. Offensichtlich hatte sie keine Kenntnis von Lydias Entschluß, sich von ihm zu trennen. Sie verabredeten sich für den Abend im Grill des Hotels »Baur au Lac«.

Als eine Frau von beeindruckender Eleganz und Schönheit das Grillrestaurant betrat, erkannte Bertholdy Lydias Mutter sofort wieder. Das musste sie sein! Zweifel gab es nur, ob die Angabe ihres Alters in der Dokumentation von Domenico richtig war. Sie sah aus wie eine Frau von Mitte vierzig. War aber weit über fünfzig.

Die Erwartung Bertholdys, bereits an diesem Abend Antwort auf seine vielen Fragen zu bekommen, wurde enttäuscht. Frau Haffner war sehr freundlich, gab ihm aber zu verstehen, sie müsse ihn erst einmal näher kennenlernen, bevor sie bereit sei, über alles zu sprechen. Außerdem erwarte sie von ihm einen ebenso offenen Bericht über alles, was mit dieser »affaire tragique« zusammenhinge. Nach einigem Zögern beschloss Bertholdy, Lydias Mutter von seiner langjährigen Partnerschaft mit ihrer Tochter zu berichten. Dass er dabei manches im Unklaren beließ, war nicht nur auf Diskretion zurückzuführen. Er war ja selbst unsicher, wie das persönliche Verhältnis zu seiner Freundin einzuordnen sei. Aus Frau Seibolds Reaktion war nicht zu entnehmen, ob sie von dieser Partnerschaft wusste und ob ihr Sohn sie darüber informiert hatte.

Die Stimmung an diesem Abend war gut, der Informationsgehalt der Gespräche jedoch unbefriedigend. Als Bertholdy einen neuen Termin für den nächsten Tag vorschlug, meinte Frau Haffner, es wäre wohl besser, diese vertraulichen Gespräche nicht in einem Hotel oder Restaurant zu führen. Sie schlage ihm daher vor, für zwei bis drei Tage in ihrem Haus zu wohnen. Es sei groß genug und habe mehrere Gästezimmer. Dort sei man ungestört und könne zwischen den Gesprächen auch längere Pausen einlegen. Nur so könnten sie sich gut genug kennenlernen, um Vertrauen zueinander zu bekommen und auch heikle Themen zu besprechen. Schließlich sei er fast so etwas wie ein Schwiegersohn.

Bertholdy versuchte, sich nicht anmerken zu lassen, wie sehr ihn diese Einladung verblüffte. Nach kurzer Überlegung sagte er zu, er werde morgen gegen 11.00 Uhr an ihrer Haustüre läuten. Dadurch, so dachte er, habe er vorher Gelegenheit, mit seinem Freund Domenico über diese überraschende Entwicklung zu sprechen.

Dann bestellte sie, seinen Widerstand nicht beachtend, die Rechnung für das Abendessen. Eine Frau von schnellen Entschlüssen, dachte er.

13.

Als er sich am nächsten Morgen mit Domenico zum Frühstück traf, hatte der eine Neuigkeit für ihn, die ihn nicht sonderlich überraschte. Es gab ein Ereignis im Leben von Lydia und Andreas, über das die Zürcher Society heute noch gelegentlich tuschelte, besonders als Andreas beerdigt wurde. Die Geschwister hatten, so wurde behauptet, in ihrer Jugendzeit ein inzestuöses Verhältnis gehabt. Nachdem die Boulevardpresse ungewohnt vorsichtig über dieses Gerücht berichtet hatte, sorgte die Mutter für Vertuschung. Er könne natürlich nicht den Wahrheitsgehalt dessen, was in der Presse zu lesen war, überprüfen, sagte Domenico einschränkend, zumal es damals kein Verfahren nach Paragraph 213 des Schweizer Strafgesetzbuches gegeben hatte, der Beischlaf zwischen Blutsverwandten unter Strafe stellt. Bertholdy verzichtete auf jeden Kommentar.

Ein Taxi brachte ihn nach dieser wenig erfreulichen Nachricht zur Villa am Kilchberg. Domenicos Aussage über den Wohlstand im Hause Haffner wurde eindrucksvoll bestätigt. Diese Frau hat nicht nur Geld, sie hat auch Geschmack, dachte Bertholdy. Die Einrichtung des Hauses war eine stilsichere Mischung aus wertvollen antiken Möbelstücken und modernen Einrichtungsgegenständen bekannter Designer. Die Kunstwerke an den Wänden, vorwiegend Bilder der klassischen Moderne, verrieten nicht nur Kennerschaft, sondern auch einen wohlgefüllten Geldbeutel.

Es folgten Frühlingstage, wie sie nur an einem See in der Schweiz zu erleben sind. Die Bergspitzen trugen noch ein winterlich weißes Kleid, die Sonne ließ die Wasserfläche silbern glitzern. Man konnte schon draußen zu Mittag essen auf der großen Terrasse, in deren Mitte ein beeindruckend großer Granittisch stand. Gekocht wurde gemeinsam. Dabei stellte Bertholdy fest, dass die Kochkunst der Hausherrin sich auf die Tochter vererbt hatte, was Frau Seibold ohne Widerspruch akzeptierte. Abends ging man aus, ins »Bürgli«, einen alten Gasthof, der am Berg über dem Zürichsee liegt. Für Gesprächsstoff war gesorgt, aber worüber Bertholdy wirklich sprechen wollte, wurde nicht thematisiert.

Klara Seibold und ihr Gast verstanden sich immer besser, fast zu gut, fand Bertholdy. Er nahm sich vor, den ursprünglichen Zweck seines Besuchs nicht aus den Augen zu verlieren. Am dritten Abend, bei Kaminfeuer und einem hervorragenden Barolo, kam es endlich zu dem Gespräch, das Bertholdy gesucht hatte.

»Was war das Besondere am Verhältnis der beiden Geschwister?«, wollte er von Klara Seibold wissen, obgleich er das bereits erfahren hatte.

Sie zögerte kurz und begann dann zu erzählen.

»Es war eine Amour fou, eine inzestuöse Liebe, die das ganze Familienleben zerstörte«, beschrieb Klara Seibold ihre Sicht der Dinge. »Sie waren bereits in jungen Jahren einander mehr zugetan, als das bei Geschwistern üblich ist. Schuld daran hatte allein Lydia. Sie war die ältere von beiden, ohne jegliches Verantwortungsgefühl. Als Lydia schwanger geworden war, wurde der Skandal leider öffentlich. Daran konnte auch eine überstürzte Heirat nichts mehr ändern. Der einzige Nutznießer dieser Affäre war der angeheuerte Ehemann, der sich zweimal bezahlen ließ: einmal bei der Hochzeit, ein zweites Mal bei der Scheidung. Das Kind kam einige Wochen zu früh auf die Welt und starb im Brutkasten. Es war wohl auch besser so!«

Diese skandalöse Situation habe zum Bruch mit ihrer Tochter geführt. Lydia habe sich entschlossen, eine Ausbildung in der Hotellerie zu machen, obgleich sie durch ihr Erbe die Möglichkeit gehabt hätte, zu studieren. Aber dabei habe sie offenbar im Auge gehabt, möglichst bald die Schweiz verlassen zu können. Sie wollte wohl lieber im Ausland tätig sein, wo diese Skandalgeschichte nicht durch die Presse gegangen war. Sie wisse nicht, wie intensiv sein Verhältnis zu Lydia sei, zumal er darüber bisher wenig berichtet habe. Dennoch hielte sie es für richtig, ihm mit aller Deutlichkeit zu sagen, dass er sich kaum auf Lydia verlassen könne.

Mit dieser Geringschätzung der Tochter war auch Eifersucht verbunden, nicht nur mütterliche Eifersucht, dachte sich Bertholdy. Deshalb erlaubte er sich die Feststellung, man könne Lydia nicht allein für diese Situation verantwortlich machen, Andreas sei doch auch nicht ganz unbeteiligt gewesen.

Das wollte Klara Seibold so nicht stehen lassen. Mit Andreas habe es zwar auch Auseinandersetzungen gegeben.

Die müsse man aber anders einordnen, denn er sei der Schwächere von beiden gewesen, der Verführte. Ihm konnte man ja auf Dauer nicht gram sein, zu charmant sei er gewesen, eine blendende Erscheinung, liebenswert als Kind wie als Mann. »Und die Frauen konnten sich seiner Ausstrahlung, seinem Sex-Appeal kaum entziehen«, begeisterte sich die Mutter, ohne zu bedenken, dass dies bei ihrer Tochter wahrscheinlich auch nicht anders war.

Andreas' Ausstrahlung, Andreas' Sex-Appeal, das war für Bertholdy eine euphorische Umschreibung des Drangs seines ehemaligen Freundes, Frauen ins Bett zu kriegen. Unwiderstehlich war er wohl für alle gewesen, nicht nur für Madeleine Piccoboni in Nizza, sondern auch für Lydia. Vielleicht sogar in gewissem Sinn unwiderstehlich für die Mutter…

Über Andreas' berufliche Tätigkeit zeigte sich seine Mutter wenig informiert. Er sei wohl nicht allzu erfolgreich gewesen, denn er habe sie immer wieder um Vorschüsse auf das Erbe gebeten, obgleich er ihr oft von großen bevorstehenden Geschäftsabschlüssen erzählt habe. Beide Kinder hätten beim Tod ihres Vaters beachtliche Mittel geerbt. Bei Andreas seien diese bald durch unglückliche Geschäfte verlorengegangen. Aber sie habe ihm gern ausgeholfen.

Nun hatte auch seine Gastgeberin Fragen an Bertholdy. Wie und wann er Andreas kennengelernt habe, wie sich sein Verhältnis zu ihrer Tochter entwickelt habe und ob sie überhaupt von seiner Reise nach Zürich wisse. »Lydia wird sicher nicht sehr erbaut sein, von dem Besuch, von diesen gemeinsamen, harmonischen Tagen zu hören«, bemerkte sie. »Überraschend harmonisch, wohl für uns beide.«

»Lydia ist für eine längere Zeit verreist«, erwiderte er. »Der Tod ihres Bruders hat sie sehr getroffen. Verständlich bei dieser Vorgeschichte. Deshalb habe ich ihr auch zu dieser Reise, zu einer Auszeit geraten«, flunkerte Bertholdy.

Der erste Teil der Fragen seiner Gastgeberin war für ihn leicht zu beantworten. Er erzählte seine Erlebnisse mit Andreas so, wie sie sich in Nizza zugetragen hatten. Als er vom Ende seiner Beziehung zu Madeleine Piccoboni berichtete, sagte seine Gastgeberin, sie habe davon gehört, denn Andreas habe ihr von all seinen Abenteuern berichtet. Bertholdy konnte die Bemerkung nicht unterdrücken, da habe er ja viel zu erzählen gehabt. Klara Seibold bestätigte dies mit einem Lächeln.

Den zweiten Teil ihrer Frage wolle sie aber auch beantwortet haben, denn sie habe ihm mit großem Vertrauen viel über ihre Kinder berichtet. Deshalb erwarte sie einen ebenso offenen Bericht über seine Beziehung zu ihrer Tochter.

Bertholdy blickte eine Weile durch das große Panoramafenster auf den vor ihnen liegenden See. Auf den kleinen Wellen tanzte die Abendsonne. Die Stimmung lud eher zum Träumen ein als zur Schilderung einer Beziehung, die aus seiner Sicht nicht nach den üblichen Kriterien beurteilt werden konnte. Außerdem hatte er sich, wenn er ehrlich zu sich war, in der Vergangenheit über die Art und Intensität seiner Zuneigung nicht allzu viele Gedanken gemacht. Es war eben so gekommen. Seine Wochenendbeziehung hatte er immer als unproblematisch und angenehm empfunden. Er war überrascht, wie sehr er Lydia vermisste.

»Über eine gemeinsame kleine Leidenschaft haben wir zueinander gefunden: über unser kulinarisches Interesse. Das führte zuerst zu Freundschaft, im Lauf der Zeit zu einer starken Zuneigung. Wir gehen vertrauensvoll, ja liebevoll miteinander um. Das Verhältnis hat sich in all den Jahren gefestigt. So kam dieser Einschnitt in unser gemeinsames Leben nicht nur unerwartet, er traf mich auch schmerzlich.«

»Was meinen Sie mit dem Wort Einschnitt?«, fragte seine Gastgeberin.

»Eines habe ich Ihnen noch nicht berichtet: Lydia hat sich von mir getrennt. Wir sind zwar nicht im Streit auseinandergegangen, sie hat mir aber nicht gesagt, wohin sie gehen wird. Nur, dass sie einen ruhigen Platz suche, um mit sich ins Reine zu kommen. Ich will alles tun, um Lydia zur Rückkehr zu veranlassen. Aber im Augenblick weiß ich ja nicht einmal, wo sie sich aufhält. Ich hatte gehofft, es hier von Ihnen zu erfahren.«

Klara Seibold lachte laut: »Ich habe seit Jahren kein Wort mit ihr gesprochen. Woher sollte gerade ich wissen, wo sie sich aufhält? Ich halte es für besser, Sie überlegen sich, ob es nicht sinnvoller wäre, Sie zögen einen Schlussstrich unter dieses Verhältnis. Allzu tiefgehend scheint es mir nicht gewesen zu sein! Und sehr viel Vertrauen scheint sie Ihnen auch nicht entgegengebracht zu haben, sonst hätte sie doch etwas über ihr Vorleben berichtet. Wer weiß, vielleicht ist sie sogar verstrickt in dieses Verbrechen, ich traue ihr alles zu.«

Dann fuhr sie fort: »Schade, einen Schwiegersohn wie Sie hätte ich mir schon gewünscht. Sie sind mir sehr sympathisch, ja ich mag Sie. Lassen wir doch das förmliche Sie, sagen wir Du zueinander. Und wenn du einige Tage mit mir hier verbringen willst, können wir uns noch näher kennenlernen.«

Bertholdy verschlug es die Sprache. Dieses Du zurückzuweisen, würde ihm alle weiteren Informationen verbauen. Außerdem hatte er selten die Kraft, andere vor den Kopf zu stoßen. Der direkte Widerspruch war seine Sache nicht. »Ja, wir haben uns überraschend gut verstanden und die Tage mit dir waren sehr angenehm. Ich würde ja gern noch bleiben, aber ich habe feste Termine in Nizza vereinbart, dem nächsten Ziel meiner Reise. Vielleicht sehen wir uns bald wieder, wer weiß?«

»Ich habe verstanden«, beendete Klara Seibold das Gespräch. Verwertbare Auskünfte darüber, wohin Lydia sich zurückgezogen haben könnte, waren nicht zu erwarten. Sie war auf der Flucht. Und Bertholdy fragte sich immer wieder, vor was? War sie gar in den ganzen Fall verwickelt, wie ihre Mutter annahm? War es auch eine Flucht vor den Ermittlungen der Polizei?

Muss ich mir Vorwürfe machen, allzu diskret gewesen zu sein? Meinem Freund Bertholdy lange Jahre verschwiegen zu haben, was er jetzt erfahren hatte: Dass seine Freundin ein engeres Verhältnis zu ihrem Bruder hatte, als es Konvention und Gesetz erlaubten.

Ich hatte davon schon gehört, als ich die beiden im Jahre 1997 in Ascona im Hotel »Castello del Sole« getroffen hatte. Der Portier, ein alter Freund aus der gemeinsamen Wintersaison Anfang der fünfziger Jahre in Ägypten, hatte es mir erzählt, als ich ihn nach dem Herrn an Lydias Seite fragte.

Aber was hätte es für meinen Freund bedeutet, damals von diesem auf Dauer angelegten Seitensprung von mir zu erfahren? Es wäre sicher zu Ende gewesen mit der von beiden geschätzten Wochenendbeziehung. Diese hatte sich im Laufe der Jahre auch für mich günstig entwickelt, war ich doch häufiger bei den beiden zu Gast. Lydia fasste Vertrauen zu mir und ließ mich kleine Besorgungen für sie erledigen. Bisweilen war ich auch, zugegeben, eine Art von Relaisstation für sie und ihren Bruder. Päckchen liefen immer über mich, bisweilen auch große und kleine Briefumschläge.

Außerdem hatte ich Lydia mein Wort gegeben. Und ein wenig verliebt hatte ich mich in sie, auf meine alten Tage .Aus dem Alleinsein wird ja leicht Einsamkeit. Von meinen temporären Freundinnen, die meist älter waren als ich, lebten nur noch zwei, aber nicht in Frankfurt. Die Kontakte zu ihnen beschränkten sich auf monatliche Telefongespräche und gelegentliche Briefe zu Festtagen. Lydia aber sah ich fast jeden Tag. Sie war stets freundlich zu mir und hatte eine fürsorgliche Art, mir bisweilen das Leben zu erleichtern. Das weiß ein alleinstehender Mann in meinem Alter zu schätzen!

14.

Bevor das Verhältnis zwischen dem »Fast-Schwiegersohn« und der schönen Hausherrin noch enger werden konnte, buchte Bertholdy einen Flug von Zürich nach Nizza, um dort Madeleine Piccoboni aufzusuchen. Von ihr wollte er etwas über Andreas erfahren, in welchen Kreisen er verkehrt hatte, welcher Beschäftigung er nachgegangen war. Seine neue »Freundin« Klara Seibold ließ es sich nicht nehmen, ihn mit ihrem Wagen zum Flughafen zu bringen. Zum Abschied gab sie ihm einen Kuss und sagte: »Lass von dir hören, ich möchte dich wieder sehen.« Aus Bertholdys Lächeln war nicht zu erkennen, ob er ihrer Aufforderung folgen würde. Hatte sie wirklich vor, ihrer Tochter den Freund auszuspannen?

In Nizza hatte ihm sein Kollege im Hotel »Negresco«, Hubert Lebrun, ein Zimmer zum Personalpreis vermittelt, ein Vorteil, den ihm seine Tätigkeit im internationalen Verband der Hoteldetektive verschaffte. Von dort rief er Madeleine an, um seinen Besuch anzukündigen. Madeleine zeigte sich von seinem Kommen nicht überrascht, aber auch nicht erfreut. In der Presse hatte sie, wie sie ihm später erzählte, über Bertholdys Verwicklung in den Mordfall gelesen, bei dem ein Bürger der Stadt getötet worden war, zwar einer mit zweifelhaftem Ruf, der aber zu einer Familie gehörte, die in der Unterwelt an der Côte d'Azur einen großen Namen hatte.

Unverständlich für ihn, bat sie mit fast ängstlicher Stimme, nicht ins »Pescadou« oder in ihre über dem Restaurant liegende Wohnung zu kommen. Sie bevorzuge ein Treffen mit ihm im »Negresco«. Dessen bei vielen Gästen beliebte Halle sei groß genug, um nicht aufzufallen. Oder noch besser, er solle in seinem Zimmer auf sie warten. Bertholdy war damit einverstanden, bat sie aber um dezente Kleidung, falls sie wirklich nicht auffallen wolle. Das Schimpfwort, das sie ihm an den Kopf warf, machte ihm klar: Sie hatte sich nicht geändert.

Madeleines Bericht über ihre Beziehung zu Andreas und über dessen Tätigkeit brachte wenig Neues oder Wesentliches für Bertholdy. Sie habe das Verhältnis glücklicherweise rechtzeitig abgebrochen, zumal Andreas Bedürfnis nach Abwechslung in seinem Sexualleben immer größer geworden sei. Bertholdy konnte ein spöttisches Lächeln nicht unterdrücken, denn auch Madeleine war, wie er sich erinnerte, in dieser Hinsicht immer auf Abwechslung bedacht gewesen.

Sie ließ in einer Nebenbemerkung anklingen, Andreas habe zu Beginn seiner Tätigkeit als Kurier die meisten Aufträge durch ihre Vermittlung bekommen. Bertholdy hatte Grund zu der Annahme, dass nicht wenige Gäste ihres Restaurants als Kunden für diese Dienste in Frage kamen. Über Einzelheiten dieser Aufträge, was denn da so alles transportiert oder überbracht würde, konnte oder wollte Madeleine keine Aussagen machen.

Nach dem Mordanschlag, über den auch in der französischen Presse berichtet worden war, sei sie mehrfach darauf angesprochen worden, ob sie noch Kontakt zu Andreas gehabt habe und auch zu ihm, Bertholdy. Wie er sehe, sei er trotz jahrelanger Abwesenheit in Nizza nicht ganz vergessen. Der Fall werde in Nizza mit großem Interesse verfolgt, zumal der Mörder von Andreas, Franco Buonamici, ebenso wie seine Familie seit Langem in Nizza wohnten. Und nach der Minox suche offensichtlich nicht nur die Kripo in Frankfurt.

Die Frage, wer sich nach der Kamera erkundigt habe, ließ sie unbeantwortet. Sie sei ja nicht lebensmüde. Und wenn er das auch nicht sei, wäre es ratsam, möglichst bald die Côte d'Azur zu verlassen. Schließlich sei der von ihm erschossene Buonamici in gewissen Kreisen sehr geschätzt worden. Von seiner Familie ganz zu schweigen.

»Kennst du seine Familie?«, wollte Bertholdy von ihr wissen.

»Nein, aus diesen Kreisen halte ich mich lieber heraus. Ich bin schon froh, wenn diese Typen nicht, wie andere Clans, um die Sicherheit meines Restaurants besorgt sind. Du merkst also, ich möchte nicht in diese Angelegenheit hineingezogen werden.«

Madeleine verabschiedete sich in Eile. Erst als sie gegangen war, fiel Bertholdy auf, selbst die üblichen Wangenküsse waren dem Wunsch zum Opfer gefallen, ihre Begegnung möglichst rasch zu beenden. Waren die Worte seiner ehemaligen Freundin auch eine Warnung gewesen?

Am nächsten Tag besuchte Bertholdy Hubert Lebrun, der im »Negresco« für Sicherheitsfragen zuständig war. Lebrun war ein Profi. Sein Informationsstand über die sicherheitsrelevante Szene war dem der örtlichen Kripo meistens überlegen. Bertholdy hatte ihn bei dem Kongress in Berlin getroffen und ihm dort, da Lebrun außer seiner Muttersprache nur Englisch sprach, als Dolmetscher geholfen. Von ihm erfuhr er einiges über Andreas' Kurierdienste: Geldtransporte in die Schweiz und von dort ins Ausland, für ihn als Schweizer Staatsbürger relativ unkompliziert. Weiter das Überbringen geheimer Dokumente und Verträge. Bisweilen auch Wertpapiere. Für die Überbringung von Edelsteinen und Edelmetallen stand Andreas nicht zur Verfügung. Über die Auftraggeber konnte oder wollte sein Kollege nichts sagen.

Bertholdys Frage, ob er vermute oder gar wisse, was Andreas bei seinem letzten Auftrag zu überbringen hatte, beantwortete Lebrun mit einem Achselzucken. »Ob das ein Auftrag war oder nicht, kann ich nicht sagen. Aber offensichtlich sind viele am Verbleib der Minox interessiert – oder eher am Filmmaterial.« Lebrun schien aus vielen Quellen über die Nacht auf dem Eisernen Steg informiert zu sein.

»Ich bin weder an dem einen noch an dem anderen interessiert. Mir geht es mehr darum, der Polizei bei der Aufklärung behilflich zu sein, sowie um die Klärung einiger privater Dinge, die mit dem Fall zusammenhängen. Meine Partnerin war die Schwester des Ermordeten.« Aus Lebruns Reaktion war nicht zu erkennen, ob er diese Information bereits hatte oder nicht.

Auch wenn das Gespräch mit Lebrun nicht allzu ergiebig gewesen war, schien sich Bertholdys Vermutung zu bestätigen, dass der noch nicht entwickelte Film Aufnahmen von sehr vertraulichen und bedeutenden Dokumenten enthielt. Was aber hatte Andreas damit vorgehabt? Wollte er sie wirklich Lydia überbringen oder einem anderen? Für wen waren sie so wichtig, dass man auch vor einem Mord nicht zurückschreckte, um in ihren Besitz zu kommen? Ob der Besuch bei Dr. Leuenberger in Vaduz mehr Klarheit bringen würde?

Nach dem Gespräch mit Lebrun verabschiedete er sich und nahm ein Taxi zu einer Autovermietung, die er aus dem Telefonbuch herausgesucht hatte. Den Typ des Leihwagens hatte er bereits telefonisch festgelegt. Es sollte ein unauffälliges Fahrzeug sein. Bertholdy entschied sich für einen Peugeot, der für ihn noch erschwinglich war.

15.

Bertholdy war sich darüber im Klaren, dass der nächste Schritt seiner Recherche sehr schwierig werden würde. Bevor er in Vaduz bei Dr. Leuenberger vorsprach, waren die bisher erhaltenen, spärlichen Informationen zu analysieren, zu bewerten, zueinander in Beziehung zu setzen. So beschloss er, auf der Reise nach Liechtenstein einige Ruhetage einzulegen. Wo das sein würde, wollte er auf der Fahrt durch die Schweizer Berge entscheiden.

Er verließ die Stadt in Richtung Genua. Durch häufiges Aufsuchen von Rastplätzen und Tankstellen versuchte er sich Gewissheit darüber zu verschaffen, ob ihm ein Fahrzeug folgte. Von Genua aus ging es weiter in Richtung Mailand. Er hatte sich vorgenommen, im Restaurant des berühmten Gualtiero Marchesi in Erbusco, nahe dem Lago d'Iseo, zu Mittag zu essen. Das war zwar ein Umweg, aber Bertholdy wollte schon lange die viel gepriesene Aromenvielfalt der Küche von Marchesi kennen lernen. Außerdem benötigte er eine Ablenkung, um nicht immer mit dem gleichen Thema beschäftigt zu sein.

Auf der Karte fand er einen zu Unrecht vergessenen Klassiker: »Tournedos Rossini«. Marchesi servierte sie mit gebratener Gänsestopfleber, Madeirajus, Steinpilzen und Polenta. Eine wahre Hommage an den weltberühmten Feinschmecker und Komponisten. Dazu trank Bertholdy einen zehn Jahre alten Brunello di Montalcino, der zu seiner Freude auch glasweise ausgeschenkt wurde. Obwohl hingerissen von der Kochkunst Marchesis, verzichtete er auf die Panna Cotta, die der italienische Meister mit Vanille und Limonen veredelte.

Mit Hochachtung vor Marchesis Kunst und geschockt von seinen Preisen, fuhr Bertholdy nun in Richtung Comer See und an dessen Ufer entlang weiter in Richtung Graubünden. Maloja und Julier waren schneebedeckt bis an den Straßenrand, aber die Fahrbahn war geräumt.

In Davos kam er am Hotel »Belvedere« vorbei, wo ein ehemaliger Assistent des »Grand« inzwischen zum Direktor aufgestiegen war. Ihm wollte er Guten Tag sagen. Der Portier bedauerte, der Herr Direktor sei auf Verkaufsreise, ob er etwas für ihn tun könne.

»Ja, können Sie mir einen Makler, ein Immobilienbüro benennen, das mir für einige Tage eine ruhig und einsam gelegene Ferienwohnung vermitteln würde?«, fragte ihn Bertholdy.

»Darf es auch ein Ferienhaus sein? In der Vorsaison sind die billig zu haben. Ein Freund von mir besitzt ein kleines altes Bündner Bauernhaus im Sertigtal, einem kaum besiedelten Seitental von Davos. Es liegt am Ende der Straße. Ruhiger geht es nicht. Soll ich nachfragen?«

Bertholdy war einverstanden, und nach wenigen Minuten hatte er das Haus gemietet. Der Preis war wirklich vernünftig, und Bertholdy bezahlte gleich für eine Woche.

Als er die Haustüre aufschloss, schlug ihm die Winterkälte entgegen, die in den dicken Mauern steckte. Ein kühler Kopf zum Nachdenken war mithin gesichert.

Am zweiten Tag, als er im Sonnenschein auf der Bank vor dem Haus saß, kam ein Wanderer vorbei, der an der Kleidung unschwer als katholischer Priester zu erkennen war. Er grüßte freundlich und es entspann sich ein angenehmes Gespräch in französischer Sprache. Man plauderte über das Licht, das die schneebedeckten Berge funkeln ließ, über die Ruhe in diesem Tal, dessen Straße vor den letzten Bäumen endete. Schließlich kam das Gespräch auf die Küche dieser Bergregion, die von den Schweizern als »währschaft« bezeichnet wird. Und von den bäuerlichen Gerichten war es nur ein kleiner Sprung zu den Weinen. Das veranlasste Bertholdy, den Pfarrer zu einem Glas Roten einzuladen, den er im Keller seines Domizils vorgefunden hatte.

Das Gespräch wurde zur Mittagszeit im nahegelegenen Gasthaus bei einer Bündner Graupensuppe und reichlich rotem Malanser fortgesetzt, bis schließlich Bertholdy seinem sympathischen Zechgenossen, der sich als François Pittoni vorgestellt hatte, ein Zimmer im Ferienhaus anbot.

Monsieur Pittoni hatte ihm erzählt, dass er in einem kleinen Hotel wohne, dessen einziger Vorzug im niedrigen Preis läge. Der Pfarrer nahm das Angebot gern an und fuhr zurück, um seine Sachen zu holen. Bertholdy war froh, einen Gesprächspartner gefunden zu haben, denn er hatte sich auf dem letzten Teil der Reise doch etwas einsam gefühlt.

Die beiden ersten Tage verliefen harmonisch mit Wandern, gemeinsamem Kochen der Mahlzeiten und dem Testen der Weinbestände, die im Keller lagerten. Der Eigentümer des Hauses hatte dies mit dem Hinweis erlaubt, die leeren Flaschen separat aufzubewahren, damit man sie in Rechnung stellen könne. Es genüge, die Anzahl und Sorten dem Portier im Belvedere zu nennen, der dann kassieren könnte. Als Bertholdy das hörte, dachte er: typisch Schweiz!

Der Rotwein schmeckte gut und war ein süffiger Begleiter der Gespräche. Sie erzählten einander Geschichten aus ihrem Leben, bis schließlich am dritten Abend Bertholdy seinem Feriengast über die Ereignisse auf dem Eisernen Steg in Frankfurt berichtete und wie sich seine einst so liebevolle Beziehung zu Lydia durch dieses Ereignis in Nichts aufgelöst hatte. Ganz gegen seine Gewohnheit, möglichst wenig von sich preiszugeben, packte er aus und fühlte sich danach geradezu erleichtert. Er hatte großes Vertrauen zu seinem neuen Freund gefasst.

François war ein guter, geduldiger Zuhörer, der mit geschickten Fragen ein gelegentliches Stocken in Bertholdys Bericht zu überwinden vermochte. Dieser erzählte ihm alles, fast alles. Auch von der Minox. Nur über den Verbleib der Kamera äußerte er sich nicht.

Für den nächsten Tag hatten die beiden, die sich schon wie alte Freunde benahmen, einen Einkaufsbummel durch Davos geplant. Die Vorräte waren zu ergänzen. Sie fuhren mit François' Wagen nach Davos-Platz, parkten ihn am alten »Grandhotel Belvedere« und begannen den Einkaufszettel abzuarbeiten. François wies darauf hin, dass er übermorgen abreisen müsse, was beim Einkauf zu berücksichtigen sei.

Ihren Apéro nahmen sie auf der Terrasse des alten »Café Schneider« an der Promenade und genossen die Frühlingssonne. Da ertönte aus Bertholdys Manteltasche die Signalmelodie seines Handys. Er meldete sich und vernahm zu seinem Erstaunen die ihm vertraute Stimme von Hansen, dem Mann von der Kripo Frankfurt. Dieser bat ihn, mit möglichst unbewegtem Gesicht und unverfänglichen Antworten dem neben ihm sitzenden Herrn das Gefühl zu geben, dass es sich um einen unwichtigen Anruf handle. Dann kam die Botschaft: »Neben dir sitzt ein auf dich angesetzter Killer. Er hat in der vergangenen Nacht einen ferngesteuerten Sprengkörper unter deinem Leihwagen angebracht. Suche die Toilette des Lokals auf. In der Zwischenzeit erfolgt der Zugriff meiner Schweizer Kollegen.«

Bertholdy rief den Kellner, bestellte noch einen zweiten Drink und gab François fünfzig Franken mit der Bitte, den Apéro zu bezahlen. Er müsse mal für kleine Jungs. Als François sich nach dem Kellner umsah, erfolgte der Zugriff. Vier kräftige, als Touristen getarnte Polizisten überwältigten den falschen Pfarrer. Die Handschellen waren bereits zugeschnappt, als Bertholdy wieder erschien. Er sah, wie der Verhaftete von den Polizisten mit gezogener Pistole zu dem vorgefahrenen Kleinbus geführt wurde. François blickte Bertholdy hasserfüllt an und sagte: »Was hab ich dir getan?«

»Warum wolltest du mich ermorden?«, lautete die Gegenfrage.

»Weil du meinen Sohn getötet hast!«, schrie François Bertholdy ins Gesicht. Dann wurde er in den Wagen geschoben, der mit großer Geschwindigkeit den Ort der Überrumpelung verließ.

Bertholdy war verstört, erst jetzt bemerkte er seinen ehemaligen Kollegen Hansen. Der nahm ihn am Arm und führte ihn an den zahlreichen Gaffern vorbei zu seinem Wagen. Sie fuhren zurück ins Sertigtal. »Es ist an der Zeit«, so Hansen, »alles in Ruhe zu besprechen.«

Im Ferienhaus erfuhr Bertholdy, dass er seit seiner Abfahrt aus Frankfurt beobachtet worden sei. Und das, wie Hansen betonte, in Kooperation mit den Polizeibehörden der Schweiz und Frankreichs. Besonders für die Schweizer Kollegen seien die Hintergründe des Mordfalls auf dem Eisernen Steg wichtig genug, um diesen Aufwand zu rechtfertigen, sei doch der Ermordete Schweizer Staatsbürger gewesen. Bertholdy ärgerte sich, seine Beschattung nicht bemerkt zu haben.

Wie Hansen nun erneut bestätigte, hatte der freundliche »Pfarrer« in der letzten Nacht einen Sprengkörper unter Bertholdys Leihwagen montiert. Dabei wurde er von den Kollegen des Eidgenössischen Polizeidepartements nicht nur beobachtet, sondern auch mit einer Nachtsichtkamera gefilmt.

»Nachdem dein vermeintlicher Freund François Pittoni, kein Pfarrer, sondern der Vater des von dir auf dem

Eisernen Steg erschossenen Buonamici, mit dir zusammen das Ferienhaus zum Einkaufsbummel nach Davos verlassen und sein Auto auf dem Parkplatz des »Belvedere« abgestellt hatte, bauten die Ermittler den ferngesteuerten Zünder in deinem Leihwagen aus, machten ihn funktionsunfähig und setzten ihn wieder ein. Den Sprengkörper ließen sie unter dem Chassis des Wagens, montierten ihn nicht ab. Pittoni hätte sich nach der Rückkehr in das Haus im Sertig überzeugen können, ob die Bombe noch an ihrem Platz sei. Wir waren nicht sicher, ob der Zugriff möglich und erfolgreich sein würde.«

Bertholdy erfuhr nun, dass François Buonamici alias Pittoni nicht nur der Vater des Mörders von Andreas Seibold gewesen sei, sondern selbst ein einschlägig bekannter Killer. Er war vor einigen Jahren in Italien wegen eines Doppelmordes angeklagt worden, konnte aber aus Mangel an Beweisen nicht verurteilt werden.

»Ich biete dir«, setzte Hansen nach einer kurzen Pause das Gespräch fort, »erneut eine enge Zusammenarbeit an, die aber den Austausch aller Informationen beinhalten muss. Ich sage: aller! Das gilt auch für die Suche nach der Minox. Sie ist, so vermuten wir, der Schlüssel zu diesem Fall. Der Mord an Andreas Seibold ist nur ein Teilaspekt. Falls du die Kamera in der Mordnacht an dich genommen hast, war das Unterschlagung eines wichtigen Beweisstücks. In der weiteren Ermittlung können wir das zwar nicht außen vor lassen, aber deine, wenn auch verspätete Bereitschaft zur Zusammenarbeit berücksichtigen. Allerdings nur, wenn die Zusammenarbeit ohne Einschränkung erfolgt.«

Noch leicht schockiert vom jähen Ende seiner Freundschaft zu seinem sympathischen Feriengast und von der bitteren Erkenntnis, sein Leben wäre bald nach dessen Abreise zu Ende gewesen, entschloss sich Bertholdy, Hansen alles zu berichten, was er ihm bisher verschwiegen hatte. Schließlich könnte eine Vernehmung Pittonis ergeben, dass die Minox in seinem, Bertholdys, Besitz war. So erzählte er ihm nun nicht nur von den kargen Ergebnissen seiner Erkundungsreise und vom Interesse des Vaduzer Rechtsanwalts Dr. Leuenberger und dessen Kollegin an der Minox. Auch den »Fund« der Minox in der Mordnacht gab er zu, unterschlug aber die letzte Bitte von Andreas, sie an Lydia weiterzugeben.

»Hast du noch immer Zugang zur Minox? Wo hast du sie aufbewahrt?«, wollte Hansen wissen.

»Ja, das habe ich, aber ich kann dir nicht sagen, wo ich sie aufbewahrt habe. Wenn wir in Frankfurt sind, werde ich dir die Kamera übergeben. Von Bedeutung dürfte allein der noch nicht entwickelte Film sein, der in der Minox steckt.«

»Hast du mit Sicherheit festgestellt, ob der Film noch drinsteckt?«

»Ja, er war noch in der Kamera. Nur zehn Aufnahmen waren gemacht worden, von wem auch immer.«

»Und warum hast du die Minox eingesteckt und mir nicht am Tatort übergeben?«, wollte Hansen wissen.

»Weil mich mein Freund mit seinen letzten Worten darum gebeten hatte, sie für ihn aufzubewahren. Mehr als diesen einen Satz konnte er nicht mehr sagen. Als ich seinen Tod festgestellt und Krankenwagen und Überfallkommando bestellt hatte und dann du noch erschienst, ging alles in meinem Kopf durcheinander. Und am nächsten Tag schien es mir für eine Weitergabe an dich zu spät zu sein. Ich wollte nicht noch mehr in diesen Fall gezogen werden und beschloss, die Minox alsbald verschwinden zu lassen. Als dann in der Zeitung stand, Andreas Seibold habe sie auf seinem Weg zum Eisernen Steg bei sich gehabt, da war alles zu spät.«

Hansen beschloss, seinem alten Kollegen zu glauben, obwohl Bertholdys Worte den letzten Zweifel bei ihm nicht ausräumen konnten. »Gut, du kannst das Versteck für dich behalten, wobei ich davon ausgehe, dass die Minox noch dort ist und du wirklich Zugang hast. Mit anderen Worten: Die Kamera muss so bald wie nur möglich übergeben werden.«

Bertholdy war damit einverstanden. Dass mit der Minox vertrauliche Dokumente oder kompromittierende Szenen abgelichtet worden waren – davon waren sie beide überzeugt.

»Eine Minox als Tatobjekt, das erstaunt mich schon«, meinte Hansen. »Das ist doch ein fast nostalgischer Apparat, ein Oldtimer. Da gibt es heute geeignetere Kameras. Außerdem muss auch ein Schnappschuss von einer Mitarbeiterin des »InterCityHotels« in Frankfurt auf dem Film sein, denn Seibold hat sie aufgenommen, bevor er das Hotel verließ. Also waren es neun wichtige Aufnahmen, von was auch immer.«

Bertholdy gab dazu keinen Kommentar, sagte auch nichts über seine Erinnerung an Andreas' Begeisterung für die kleine Minox.

Hansen erläuterte nun, was nach der Übergabe des Films zu tun sei. »Der Film wird von Spezialisten des Kriminologischen Instituts entwickelt. Danach müssen die abfotografierten Dokumente oder was sonst auf den Film gebannt wurde, gescannt, auf einem PC gespeichert, in entsprechendem Format ausgedruckt und mit der Minox mit einem neuen Film aufgenommen werden. Ich bin zwar kein Spezialist für diese Dinge, aber technisch ist das alles ein Kinderspiel«, sagte Hansen und fuhr fort: »So wird der Eindruck erweckt, der Film sei noch nicht entwickelt und die Aufnahmen noch nicht ausgewertet worden. Das Foto von der Mitarbeiterin des »InterCity-Hotels« lässt sich leicht wiederholen. Gegenüber dem Reporter der Boulevardzeitung hatte die junge Dame ja erwähnt, Herr Seibold habe aus Jux von ihr eine Aufnahme gemacht, bevor er an jenem Abend das Hotel verließ. Und dadurch war schließlich bekannt geworden, dass der Ermordete eine Kamera bei sich hatte.«

Hansen betonte, dass nur die von ihm vorgeschlagene Vorgehensweise Bertholdy Kontakte und Verhandlungen mit Personen ermöglichen würden, ohne dass diese davon ausgehen müssten, Bertholdy oder der Polizei sei der Inhalt der Dokumente bekannt. Diese Leute seien nur an der Kamera mit dem Originalfilm interessiert. Kenne man erst einmal die Personen, die über eine Übergabe der Minox verhandeln wollten, dann sei man auch den Hintermännern auf der Spur.

Bertholdy reagierte unwillig: »Ich soll mit den Interessenten verhandeln? Ich will doch nicht noch mehr in den ganzen Schlamassel hineingezogen werden!«

»Du steckst bereits mittendrin, mein Lieber. Du hast kaum eine andere Wahl, als mit uns zusammenzuarbeiten. Du bist doch genug Profi, um deine Situation zu erkennen.«

Klar sei aus seiner Sicht, so Hansen, schon heute, dass Seibold unrechtmäßig in den Besitz der Dokumente gekommen sei, sofern seine Annahme zuträfe, dass mit der Minox vertrauliche Papiere abgelichtet worden seien. Er vermute, Seibold habe die Absicht gehabt, sie in erpresserischer Weise zu Geld zu machen.

War Seibold vielleicht nach Frankfurt gekommen, um die Minox gegen eine geforderte Bestechungssumme zu tauschen? Wie und ob seine Schwester im Spiel war, sei im Augenblick schwer zu beurteilen. Bertholdy solle sich aber auf Überraschungen vorbereiten. Dafür sprächen die, wie er in der Zwischenzeit festgestellt habe, häufigen Besuche des Bruders in Frankfurt. Bemerkenswert sei auch der inzwischen in der Schweiz beim Reisebüro Kuoni in Zürich festgestellte Kauf eines Flugtickets für Lydia von Frankfurt nach Bridgetown, Barbados. Es sei ein One-way-Ticket gewesen.

Bertholdy schüttelte ungläubig den Kopf. Insgeheim dachte er, vielleicht war es nicht nur die Art des Verhältnisses zu ihrem Bruder, sondern auch eine Verstrickung in seine Geschäfte, die sie davon abgehalten hatte, seine vielen Fragen zu beantworten. Das würde auch ihre überstürzte Flucht aus Frankfurt erklären. Hansen gegenüber betonte er, danach zu seiner Freundin keinen Kontakt mehr gehabt zu haben. Seine Frage an Hansen, ob er Lydias Aufenthaltsort kenne, wurde mit einem Kopfschütteln beantwortet.

Am nächsten Tag, so beschlossen die beiden, sollte Bertholdy in Zürich den Leihwagen zurückgeben und mit dem Zug nach Frankfurt fahren. Hansen würde in Zürich die Mittagsmaschine der Lufthansa nach Frankfurt nehmen. Dort soll der Film in der Minox sofort entwickelt werden. Es sei besser, so meinte Hansen, vor dem bereits geplanten Gespräch mit dem Vaduzer Anwalt den Inhalt der Dokumente zu kennen. Bertholdy stimmte zu, bat sich aber aus, das Versteck der Kamera in Frankfurt ohne Beschattung durch die Polizei aufsuchen zu dürfen. Hansen ging darauf ein.

Beide hielten es für richtig, vor der Ankunft Bertholdys in Vaduz keinen Termin mit Leuenberger zu vereinbaren. Der Anwalt sollte überrascht werden und wenig Zeit für die Vorbereitung des Gesprächs haben. Sobald Bertholdy in Vaduz angekommen sei, solle er in der Kanzlei anrufen. Eine unverfängliche Bemerkung über die von ihm erwähnte Minox könnte einen kurzfristig angesetzten Termin bewirken.

Bertholdy meinte, es sei nun an der Zeit, Hansen über Dr. Leuenberger zu informieren: »Der Anwalt ist, so mein Eindruck, stärker in die Ereignisse eingebunden, als er vorgibt. Ich kenne ihn seit vielen Jahren. Er ist ein wichtiger Stammgast des »Grand Hotel«, den ich oft bei Tagungen und Sitzungen betreut habe. Wie ich kürzlich von einem Freund in Zürich erfahren habe, gilt der Anwalt als sehr einflussreich und international erfahren, genießt aber einen etwas schillernden Ruf. Seine Klienten seien politische und wirtschaftliche Schwergewichte, darunter undurchsichtige Geschäftsleute. Vielleicht kannst du darüber mehr von deinen Schweizer Kollegen erfahren.«

Hansen winkte ab. »Ich möchte die Kollegen vom Eidgenössischen Polizeidepartement noch nicht über eine mögliche Verwicklung von Leuenberger und seinen Kollegen in diesen Fall informieren. Das könnte die Angelegenheit sehr komplizieren. So wie du ihn schilderst, hat der Mann gute Beziehungen zu wichtigen Leuten in der Schweiz. Da ist mit Blockaden, mit Vertuschungen zu rechnen. Außerdem wissen wir noch nicht, ob unsere Vermutungen zutreffen. Ich habe vorsichtshalber auch dafür gesorgt, dass du in absehbarer Zeit nicht mit einer Vernehmung durch die Schweizer Polizei wegen des Vorfalls in Davos rechnen musst. Und solltest du dennoch von den Kollegen befragt werden, sage nichts von unserer Zusammenarbeit, sondern beschränke dich auf die Ereignisse in Davos.«

Als Hansen ging, fühlte sich Bertholdy verpflichtet, ihm für sein Verständnis und seine Hilfe zu danken. Er war erstaunt und froh zugleich, von Hansen nicht zur Preisgabe des Verstecks gedrängt worden zu sein. Dieser hatte ihm auch keine Vorwürfe gemacht, wesentliche Details der Mordnacht verschwiegen zu haben, obschon das die Ermittlungen sicher behindert hatte.

Die folgende Nacht brachte Bertholdy nur kurzen Schlaf. Er musste wieder und wieder alles noch einmal durchdenken. Hatte er zu viel preisgegeben? War das der Anfang vom Ende seiner Beziehung zu Lydia? War sie Komplizin und hatte ihn nur als Tarnschild benutzt? Warum hatte sie die Flucht ergriffen? Vor ihm, vor den Ermittlungen der Polizei?

Bertholdy fand keine Antwort. So sehr konnte er sich doch nicht in einem Menschen geirrt haben, den er seit vielen Jahren kannte, seit vielen Jahren schätzte und – wie er nun zu wissen glaubte – auch liebte.

Am nächsten Morgen telefonierte er noch vor seiner Rückfahrt mit Hansen. Der teilte ihm mit, es hätten sich bei der Vernehmung des falschen Priesters keine Hinweise darauf ergeben, dass er an der Beschaffung des Films interessiert gewesen sei. Für ihn stand wohl die Rache für die Tötung seines Sohnes im Vordergrund. Außerdem sei es mit Hilfe der in der Schweiz kooperationsbereiten Lokalpresse gelungen, den Grund der Verhaftung von François Pittoni und besonders die Nennung seines, Bertholdys, Namens unter den Tisch fallen zu lassen.

16.

In Frankfurt angekommen, schien es Bertholdy richtiger zu sein, nicht sein Zimmer im »Grand Hotel« und auch nicht Lydias Wohnung aufzusuchen. Er stieg in einem kleinen Hotel im nahen Neu-Isenburg ab. Zuerst rief er im Hause seiner »Prinzipalin« an, um seinen Besuch anzumelden. Als er die Hausherrin am Apparat hatte, bat er um Entschuldigung, sich so lange Zeit nicht mehr um die Bibliothek gekümmert zu haben. Nach seiner Reise sei es an der Zeit, den wertvollen Büchern die Aufmerksamkeit zu schenken, die sie verdienten. Auf seine Frage, wann es passe, sagte sie ihm, am nächsten Tag werde eine große Einladung im Hause stattfinden. Falls er Zeit habe, sofort in die Villa zu kommen, wäre das am besten. Bertholdy sagte zu und stand bald darauf zum ersten Mal seit Wochen wieder vor der Bibliothekswand.

Er bemühte sich um ein Verhalten, das dem seiner bisherigen Besuche entsprach. Mehrere aufgeschlagene Bücher auf dem Tisch, zwei Karteikästen neben sich, machte er eifrig Notizen für ein Wochenendmenü, das keine Chance hatte, je verwirklicht zu werden. So verbrachte er über zwei Stunden in der Bibliothek. Zum Schluss ein Griff zu besagtem Buch in der obersten Reihe, Entnahme der Minox aus dem Hohlraum, und schon glitt der kleine Apparat in seine Hosentasche.

Mit der Straßenbahn und zu Fuß war er gekommen, zu Fuß ging er nun zur nächsten Telefonzelle und rief Hansen an. Sie verabredeten sich für den Abend. Hansen, dem an einer sofortigen Übergabe gelegen war, schlug vor, sich auf dem Eisernen Steg zu treffen. Nur zögernd stimmte Bertholdy zu. Was sollte dieser Treffpunkt?

Die Übergabe erfolgte unauffällig zwischen den zahlreichen Fußgängern, die in der Abenddämmerung nach Hause eilten. Hansen wollte den Film sofort entwickeln und bearbeiten lassen. Er steckte die Minox ebenfalls in seine Hosentasche und fuhr zurück ins Polizeipräsidium. Zuvor vereinbarten sie für den nächsten Tag ein Treffen in Bertholdys Hotel in Neu-Isenburg.

Dort erfuhr Bertholdy am folgenden Morgen, was fotografiert worden war, entweder von Seibold oder einem Komplizen: Verträge über umfangreiche Waffenlieferungen in ein Entwicklungsland in Afrika. Außerdem eine Liste von »Provisionsberechtigten« sowie Belege für die Auszahlung dieser Gelder. Die Verträge waren von Dr. Leuenberger als Notar beglaubigt worden. Die in den Unterlagen genannten Personen und Organisationen würden, soweit von Deutschland aus möglich, bereits überprüft.

»Eine Angelegenheit von größter Bedeutung für nationale und internationale Sicherheitsdienste«, betonte Hansen. »Wie du noch aus deiner Zeit im Polizeidienst weißt, fällt der international organisierte, ungesetzliche Handel mit Waffen in die Zuständigkeit des Bundeskriminalamts. Das BKA kann bei der Verfolgung der Straftaten uns, die Polizeibehörde, zur Unterstützung heranziehen, muss das aber nicht. Für diesen Fall heißt das: Nicht wir bestimmen, wie es weiter geht, sondern der zuständige Sachbearbeiter des BKA. Die fotografierten Verträge sind als Ausgangspunkt für weitere Untersuchungen anzusehen. Ich habe die Unterlagen bereits an das BKA weitergeleitet.

Welche Rolle du bei den Ermittlungen des BKA als Tatzeuge des Mordes auf dem Eisernen Steg spielen wirst, ist noch nicht abzusehen. Ich nehme aber an, dass das BKA ein Interesse daran hat, ausreichend Zeit zu gewinnen, um durch weitere Ermittlungen den ganzen Umfang des Waffengeschäfts festzustellen. Und die Identität der Beteiligten muss möglichst bald geklärt sein. Das könnte dir eine Verschnaufpause verschaffen, denn alle werden daran interessiert sein, durch deine Bekanntschaft mit Leuenberger zu erfahren, wer alles an dem Film in der Minox interessiert ist. Vielleicht nicht nur die Personen, die in den Dokumenten aufgeführt sind.«

»Das sind schöne Aussichten! Ich werde ja immer mehr in die Affäre hineingezogen. Und wenn ich die möglichen Konsequenzen vor Augen habe, gerate ich immer mehr ins Visier derer, die an diesem Waffengeschäft partizipiert haben. Mit solchen Leuten ist nicht zu spaßen!«

Das sah Hansen anders. Er räumte seinem Plan eine gute Chance ein. Mit Bertholdys Hilfe sollten die Beteiligten durch die Rückgabe der Minox mit dem Zweitfilm in Sicherheit gewogen werden. Es komme nun darauf an, einen überzeugenden Anlass zu finden, der die

Bereitschaft zur Übergabe durch Bertholdy an die interessierten Kreise glaubhaft werden ließe. Er solle gegenüber Leuenberger andeuten, beim Beschaffen der Minox behilflich sein zu können. Allerdings gegen angemessenes Honorar. Das erscheine glaubwürdiger, das Geld müsse natürlich an die Staatskasse abgeführt werden. Man werde dann sehen, wer sich mit ihm in Verbindung setzen werde.

Im Übrigen werde Bertholdys Aufenthalt in Vaduz unter seinen und seiner Schweizer Kollegen Augen stattfinden. Nachdem man nun den Inhalt der Dokumente kenne, sei man verpflichtet, die eidgenössischen Kollegen weitgehend zu informieren. Diese nicht einzubeziehen, wäre, in Kenntnis der Bedeutung dieses Falles und seiner Verbindung zu einem prominenten Schweizer Anwalt und Notar, töricht. Sollten sich die Gespräche anders entwickeln als vorgesehen oder Gefahr drohen, könne Bertholdy, falls unbedingt erforderlich, während seiner »Ferientage« in Vaduz eine unverfängliche Nummer in der Schweiz anrufen, unter der er sich melden werde. Natürlich nicht unter seinem Namen Hansen, sondern unter Hans Freund.

Bertholdys Frage, ob Lydia Haffner aus der Angelegenheit herausgehalten werden könne, beantwortete Hansen nur vage. Er meinte, der von Andreas Seibold offensichtlich geplante Erpressungsversuch und eine eventuelle Beteiligung Lydias seien jetzt nur ein Teilaspekt des Falles. Das wichtigste Ziel der Verfolgung dieses Falles sei schließlich die Aufklärung eines internationalen Waffenskandals, denn die Lieferungen seien schon vor zwei Jahren in ein Land erfolgt, das sich heute noch im Bürgerkrieg befände. Und schließlich sollten die Ermittlungen die Anklage aller Beteiligten ermöglichen, soweit sie von der nationalen oder internationalen Justiz belangt werden könnten. Da auch Manager von deutschen Unternehmen und ein Politiker von Rang darin verwickelt seien, handle es sich um einen politischen Skandal erster Güte.

Bertholdy war über Hansens Situationsbericht entsetzt. Der ganze Fall geriet außer Kontrolle. Lydia schien immer tiefer in die ganze Angelegenheit verwickelt zu werden. Bisher hatte Hansen noch einige Rücksicht auf Bertholdys Beziehung zur der aus seiner Sicht untergetauchten Hausdame des »Grand« genommen. Darüber würde das BKA sich mit Sicherheit hinwegsetzen. Als er in vorsichtigen Worten Hansen seine Bedenken mitteilte, antwortete dieser: »Du bist Profi genug, um zu wissen, dass ich keine andere Wahl habe, als mit dem BKA zusammenzuarbeiten. Wenn die Zeitspanne zwischen der Übergabe der Minox an die Interessenten und dem offiziellen Beginn der Ermittlungen gegen die am Waffengeschäft Beteiligten groß genug ist, dann sind deine Befürchtungen unbegründet.«

Dann packte Hansen die präparierte Minox samt der »Filmdoublette« wieder ein. Sie war jetzt eingehüllt in ein samtenes schwarzes Tuch, eingebettet in einen stabilen Karton, der mit einem starken Gummiband verschlossen war. Er werde das Päckchen morgen in einen Banksafe der UBS in Zürich sichern. Dabei solle auch Bertholdy anwesend sein. Die Bank sei bereits informiert, und an der Grenze werde garantiert kein Zöllner oder Polizist einen von ihnen aufhalten oder gar durchsuchen.

Am nächsten Tag flog Bertholdy nach Zürich. Das Ticket hatte ihm Hansen zugesteckt. Er nahm am Flughafen ein Taxi und ließ sich zum Paradeplatz fahren, dem Hauptsitz der UBS. Hansen war dort schon eingetroffen. Als mit den Formalitäten für die Anmietung des Safes begonnen wurde, stellte er zu seiner Überraschung fest, dass auf Wunsch der Ermittlungsbehörde Kriminalrat Hansen und er nur gemeinsam Zugang zum Safe haben sollten. Wie der Bankangestellte erklärte, hatten sie die Anweisung erhalten, den Schlüssel aufzubewahren und nur den Herren Bertholdy und Hansen, beiden gemeinsam und nach Vorlage der Ausweise, die Öffnung des kleinen Faches zu erlauben. Bertholdy legte die Minox hinein, nicht ohne zuvor die Typennummer der Kamera in sein Telefonregister eingetragen zu haben, was ihm einen anerkennenden Blick seines Kollegen bescherte. Dann trennten sich ihre Wege. Bertholdy mietete erneut einen Leihwagen, dieses Mal ein komfortableres Modell, denn die Kosten blieben ja nicht an ihm hängen. Er wollte in Vaduz beweglich und nicht auf Taxis angewiesen sein. Zudem schien es ihm angebracht, bei Leuenberger nicht mit einem gänzlich prestigelosen Wagen vorzufahren.

Auf der Fahrt nach Vaduz versuchte er durch wiederholte Blicke in den Rückspiegel herauszufinden, ob ihm ein Fahrzeug folge, konnte jedoch nichts Verdächtiges feststellen. In Vaduz fand er sofort die Straße und das Haus, in dem sich das Büro seines Frankfurter Stammgastes befand. Er entschloss sich, auf eine telefonische Anmeldung zu verzichten, um unerwartet bei den Mitarbeitern der Kanzlei vorzusprechen. Leuenberger sollte ja, wie er mit Hansen vereinbart hatte, von seinem Besuch überrascht werden.

17.

Architektonisch war das Bürogebäude, zumindest von außen, nicht bemerkenswert. Eine monotone Betonarchitektur, typisch für die Architektur der 60er Jahre. Er läutete am Eingang zu Dr. Leuenbergers Kanzlei im Erdgeschoss. Die zahlreichen anderen Firmenschilder neben dem des Anwalts wiesen auf internationale Gesellschaften und Stiftungen hin, deren Namen ihm unbekannt waren.

Im Gegensatz zu der nüchternen Fassade war die Empfangshalle beeindruckend. Der Boden war mit hellgrauen Granitplatten belegt, und die vier Säulen trugen eine Stuckdecke mit flach abgestuften Profilen. An den Wänden hingen Ölgemälde, um die jedes internationale Museum den Hausherrn beneiden würde. Als Warteplätze für die Klienten dienten schwarze wuchtige Ledersessel. Die Empfangsdame saß an einem gläsernen Schreibtisch.

Nachdem Bertholdy ihre Frage, ob er angemeldet sei, verneint hatte, verband sie ihn mit dem Sekretariat von Dr. Leuenberger. Es meldete sich eine Frau Bieger. Sie fragte ihn, ob er einen Termin mit Dr. Leuenberger direkt vereinbart habe, denn es läge ihr kein Eintrag im Kalender vor. Als Bertholdy seinen Namen nannte, verstummte Frau Bieger für einen Augenblick und sagte dann, sie werde ihn sofort abholen.

Es erschien eine gut aussehende Dame, stilsicher und unauffällig gekleidet, eine jener selbstsicheren Geschäftsfrauen, die schon durch ihre Ausstrahlung effizient wirken. Bertholdy wurde von ihr in einen Besprechungsraum begleitet, wo sich Frau Bieger als Assistentin Dr. Leuenbergers vorstellte. Sein Name sei ihr durch Erzählungen bestens vertraut und sie wisse, dass der »Herr Doktor« sich sehr über seinen Besuch freuen würde. Er sei heute in Genf und komme erst morgen zurück. Sie wolle ihn aber sofort dort anrufen, um ihn über Bertholdys Kommen zu informieren. Frau Bieger bat um Geduld, sie werde in einigen Minuten mit einer Nachricht von ihrem Chef zurückkommen. Inzwischen lasse sie ihm Kaffee und Gipfeli bringen.

Nach einigen Minuten kehrte Frau Bieger mit der Nachricht zurück, ihr Chef bäte ihn, sein Gast zu sein und morgen mit ihm zu Mittag zu essen. Sie habe bereits ein Zimmer im Hotel »Real« gebucht, dessen renommiertes Restaurant bestimmt seinen Ansprüchen gerecht werde. Außerdem habe der Herr Doktor sie gebeten, sich um seinen Gast zu kümmern und mit ihm heute zu Abend zu essen. Da er morgen mit Leuenberger gewiss kein frugales Mahl zu erwarten habe, schlage sie vor, entweder eine kleine Beiz in Maienfeld aufzusuchen oder bei ihr zu Hause ein einfaches Mahl einzunehmen. Sie wohne in einem kleinen Haus vor der Stadt, und falls die Frühlingssonne es gut meine, könne man den Apéro im Garten nehmen.

Bertholdy war verblüfft. Das ließ sich ja gut an! Nicht nur wegen der Chance, im privaten Rahmen an Informationen zu kommen, gab er dem zweiten Vorschlag den Vorzug. Vielleicht hatten ja Leuenberger und seine Assistentin den gleichen Gedanken, dass eine private Atmosphäre eher zum Reden einladen würde als die eines überfüllten Restaurants. Mit der Schilderung der Wegstrecke zum Hotel und zu ihrem Haus wurde er verabschiedet. Bereits auf der Fahrt zum Hotel machte er sich Gedanken, was er heute alles preisgeben sollte und was nicht.

Als er am Abend an der Türe des Biegerschen Hauses läutete, hatte sich die Geschäftsfrau in eine Hausfrau verwandelt. Sie trug eine lange rote Küchenschürze, die ihre Figur betonte. Der Tisch war bereits gedeckt, eine Flasche Champagner stand im Eiskübel. Es war »Roederer Cristal«, Bertholdys Lieblingsmarke, die er sich wegen des hohen Preises selten gönnte. Die Gespräche begannen unverfänglich, man plauderte über Essen und Trinken, über mögliche Ferienziele und ganz am Rande über Dr. Leuenberger.

Erst beim Essen, das sorgfältig vorbereitet war und einem exquisiten kleinen Büffet nahe kam, wurde die Nacht auf dem Eisernen Steg zum Thema. Frau Bieger zeigte sich bestens informiert, hatte sie doch – wie sie ihm erklärte – alle Zeitungsartikel für Herrn Dr. Leuenberger sammeln und auswerten müssen. Selbst die zwei kurzen Beiträge im Regionalprogramm der Fernsehsender waren aufgenommen worden. Bertholdy fragte, nur aus Neugier, wie er hervorhob, weshalb sich der Anwalt so für den Fall interessiere.

Margarethe Bieger erwiderte, es seien nicht nur die Medienberichte über die Ereignisse auf dem Eisernen Steg und Leuenbergers persönliche Bekanntschaft mit Bertholdy gewesen, sondern auch mit ihm befreundete Anwaltskollegen sähen die Interessen ihrer Klienten berührt. Details kenne sie freilich nicht. Bertholdy bemerkte bei seiner Gesprächspartnerin eine gewisse Unruhe.

Dann versuchte sie, dem Gespräch eine andere Wendung zu geben. Sie fragte ihn ganz direkt, warum und worüber er mit dem Anwalt sprechen wolle. Er könne es ihr ruhig sagen, denn sie genieße das volle Vertrauen ihres Chefs und werde den Inhalt der Gespräche ohnehin von ihm erfahren. Vielleicht sei es ihr möglich, einige Hinweise zu geben, die für Bertholdys morgiges Treffen mit Dr. Leuenberger nützlich sein könnten. Er solle ganz offen mit ihr reden, so dass sie erkennen würde, in welcher Weise sie ihm behilflich sein könne. Ohne Grund sei er sicher nicht in Vaduz erschienen.

Man war inzwischen beim Espresso und einem Zuger Kirschwasser miteinander vertrauter geworden, so dass Bertholdy ihrer Bitte nachkam.

»Mir ist die Frau, die Lebensgefährtin, abhandengekommen. Ich will sie wieder finden.« Margarethe Biegers Reaktion auf diese Worte war ein ungläubiges Lächeln. »Zurückzuführen ist das Ganze auf die Ereignisse in der Mordnacht«, ergänzte Bertholdy.

Und dann erzählte er ihr die ganze Geschichte vom Mord auf dem Eisernen Steg, wobei er nicht erwähnte, dass er in jener Nacht die Minox an sich genommen hatte. Von seiner alten Freundschaft zu Andreas Seibold erzählte er ihr, von seiner Beziehung zu Lydia und ihrem Entschluss, ihn und Frankfurt zu verlassen. Auch von seiner Überraschung, als er erfuhr, dass der Ermordete der Bruder seiner Partnerin gewesen sei. Nun reise er durch die Lande, um Informationen zu sammeln bei all denen, die sich in irgendeiner Weise für diesen Fall interessierten, und um generell die Frage zu klären, wie das alles zusammenhinge: Der Mord auf der Brücke, die von vielen gesuchte Minox, das Ende seiner langjährigen Beziehung zu einer Frau, die er verehre und der er vertraue. Er müsse Klarheit in sein Verhältnis zu Lydia bringen. Auch Andreas Seibolds Rolle in dieser mysteriösen Affäre müsse hinterfragt werden. Das Wichtigste sei aber für ihn, Lydia zu finden und sie zur Rückkehr nach Frankfurt zu bewegen.

Damit hatte Bertholdy zum ersten Mal den kleinen Fotoapparat erwähnt. Margarethe Bieger wertete das als einen ersten Vertrauensbeweis. Das Gespräch drehte sich jetzt nur noch um den Fotoapparat. Beide stellten fest, dass nicht die Minox von Bedeutung sei, sondern der Film. Wüsste man, wer oder was damit aufgenommen worden war, wüsste man auch, warum sich so viele dafür interessierten.

Bertholdys Gesprächspartnerin wurde immer unruhiger. Als er ihr in einer plötzlichen Eingebung sagte, er habe den Eindruck, sie wisse genau, wer was damit aufgenommen habe, trafen seine Worte offensichtlich ins Schwarze. Margarethe Bieger erbleichte. Sie zögerte, gab aber schließlich mit einem kleinen Nicken zu verstehen, dass er mit seiner Vermutung richtig liege.

»Sie haben also Andreas Seibold die Sachen oder die Unterlagen verschafft, die von ihm aufgenommen wurden?«, setzte Bertholdy nach. »Woher kannten Sie ihn? Wäre es nicht sinnvoll, wir beide spielten mit offenen Karten? Vertrauen gegen Vertrauen, auch ich werde dann auspacken.«

»Nur wenn Sie mir bestätigen, nein schwören, dass die Minox wirklich in Ihrem Besitz ist.«

Bertholdy zögerte mit der Antwort, dann sagte er, entgegen allen bisherigen Vorsätzen: »Rein juristisch gesehen, ist sie nicht in meinem Besitz. Aber ich weiß, wo sie zu finden ist. Bitte fragen Sie jetzt nicht nach dem Ort des Verstecks.«

»Kann ich Ihnen glauben, haben Sie einen Beweis dafür?«, fragte eine ängstliche und misstrauische Margarethe Bieger. Plötzlich war die Sicherheit ihres Auftretens dahin.

»Sie müssen es mir glauben, es bleibt Ihnen keine andere Wahl. Als Beweis könnte ich Ihnen zwar die Typennummer der Kamera geben. Ich habe sie in meinem Telefonregister eingetragen, kann sie Ihnen zeigen. Aber Sie werden sie sicherlich nicht kennen.«

Margarethe Bieger reichte Bertholdy ihre Hand und sagte: »Wenn Sie dazu bereit sind, könnten wir in dieser schwierigen Situation Partner werden, uns gegenseitig unterstützen. Ich heiße Margarethe. Ich verlasse mich auf dich, auf deine Verschwiegenheit.«

»Ich heiße Johannes, aber alle sagen Bertholdy zu mir«, erwiderte der neue Partner und schlug ein. Wie nebenbei sagte er zu ihr: »Ich bin eigentlich kein Freund des schnellen Duzens!«

»Es fällt mir leichter, offen zu sprechen, wenn wir Du zueinander sagen. Das mag für dich zwar unerwartet kommen, es soll aber mein volles Vertrauen unterstreichen, das ich auch von dir erwarte.«

Margarethe packte nun wirklich aus. Sie sei seit über zwei Jahren mit Andreas eng befreundet gewesen, sehr eng sogar. Kennengelernt habe sie ihn in der Kanzlei, als er Dr. Leuenberger vertrauliche Unterlagen und bisweilen auch größere Geldbeträge überbrachte. Dieser nahm seine Kurierdienste immer häufiger in Anspruch. So sahen sich beide öfters und bekamen ein kollegiales Verhältnis zueinander. Ein langer Abend ließ aus dieser Kollegialität mehr werden. Sie habe sich in diesen Mann geradezu kopflos verliebt, sei zu ihrer eigenen Verwunderung in eine Art Abhängigkeit geraten. Es sei ihr aber gelungen, das Verhältnis zu Andreas vor Dr. Leuenberger, den anderen Anwaltskollegen und ihren Mitarbeiterinnen in der Kanzlei zu verbergen.

»Du bist also Juristin«, unterbrach sie Bertholdy. Es war mehr eine Frage als eine Feststellung.

»Ja, und umso mehr wirst du erstaunt sein über das, was ich dir jetzt erzähle.

Vor einigen Monaten hat Andreas mich gebeten, ihm einige Unterlagen aus dem Vertragsarchiv der Kanzlei zu verschaffen. Er benötige sie, so erklärte er mir, um sich gegen unberechtigte Angriffe eines ehemaligen Auftraggebers wehren zu können. Sobald er aus dieser Gefahr heraus sei, wolle er seine Tätigkeit einstellen und nach Südamerika auswandern. Ich solle ihn begleiten, solle seine Frau werden. Ich war geradezu überwältigt und habe sofort zugestimmt.«

»Ein verdammt schneller Entschluss! Du musst ja wirklich sehr verliebt gewesen sein.« In Bertholdy kamen Zweifel auf, ob er ihr diese Geschichte abnehmen sollte oder nicht.

Margarethe Bieger überhörte Bertholdys Kommentar und fuhr fort: »Andreas schlug vor, mit der Kündigung zu warten, damit niemand deren wahren Grund ahne. Daher sei es besser, wenn ich einige Wochen später als er in Südamerika einträfe.«

Bertholdy, so meinte sie, könne sich kaum vorstellen, wie eine rational denkende Juristin und Geschäftsfrau wie sie diesem Plan zustimmen konnte. Aber so sei es gewesen. Ihre Emotionen hätten offenbar ihr Denkvermögen ausgeschaltet. Ja, sie wäre Andreas sogar nach Südamerika gefolgt. Aus dieser Traumwelt sei sie erst erwacht, als die niederschmetternde Nachricht von seinem Tod kam. Niemand könne nachempfinden, welche Kraft sie in diesen Wochen aufzuwenden hatte, um nur unbeteiligt interessiert zu erscheinen.

»So sehr wundere ich mich nicht über dein Verhalten, denn Andreas ist schon immer ein großer Verführer gewesen. Das habe ich auch einmal persönlich erfahren.« Dass der »Plan Südamerika« in Wirklichkeit eher ein »Plan Karibik« und für eine andere ausgedacht und vorbereitet war, verschwieg er.

Die Dokumente seien drei Wochen vor dem Mord in ihrer Wohnung aufgenommen worden, fuhr Margarethe Bieger in ihrer Darstellung der Ereignisse fort. Sie befürchte jetzt, dass nicht nur die Seiten der Verträge aufgenommen worden seien, sondern vielleicht auch Teile der Einrichtung, die erkennbar ihrer Wohnung zugeordnet werden könnten. Denn als Andreas die Aufnahmen gemacht habe, sei sie nicht zu Hause, sondern im Büro gewesen. Sie wisse also nicht, ob er tatsächlich nur die Dokumente fotografiert habe.

Bertholdy unterbrach seine Gesprächspartnerin: »Was waren das für Dokumente? Verträge, die in der Kanzlei beglaubigt worden waren? Oder Bankunterlagen von schwarzen Konten? Was machte sie so wichtig und gefährlich, um mit ihnen, wie ich vermute, Geschäftsleute von Rang und Namen erpressen zu können?«

»Von Erpressung habe ich nichts geahnt, als ich ihm die Unterlagen brachte. Natürlich war mir bekannt, dass sie von großer Brisanz für die Vertragspartner waren, denn ich hatte sie selbst archiviert. Es handelte sich um Vereinbarungen über Waffenlieferungen in ein afrikanisches Entwicklungsland, für welches das vorgeschriebenen End-user Certificate gefälscht worden war.«

»Was ist ein End-user Certificate?«, wollte Bertholdy wissen.

»Das ist eine im Waffenhandel vorgeschriebene Bescheinigung des Empfängerstaates, dass die Ware in seinem Hoheitsgebiet zur Nutzung vorgesehen ist und nicht weiter verkauft wird. Das schreckliche deutsche Wort dafür lautet: Endverwenderbescheinigung.

Es ging dabei um Waffen aus den Beständen der ehemaligen DDR, die über Drittstaaten in ein Bürgerkriegsgebiet geliefert wurden. Neben diesen Verträgen enthielt das Dossier auch die Liste der zu verteilenden nützlichen Abgaben an alle direkt oder indirekt Beteiligten:

Europäer, darunter auch Deutsche, Afrikaner und Araber, Politiker wie Vermittler, Leute aus dem Topmanagement der beteiligten Firmen wie auch afrikanische Militärs. Da unsere Kanzlei die Drehscheibe des ganzen Deals war, dessen Geldverteilungsmaschine, waren alle Zahlungen auch in einer separaten Liste festgehalten.«

»Und das hast du tatsächlich Andreas gegeben? Der Teufel muss dich geritten haben!«, rief Bertholdy aus. »Hast du als erfahrene Juristin nicht die Gefahren gesehen, die eine Weitergabe dieser Unterlagen auslösen würde?«, fragte Bertholdy fassungslos.

»Ich war wohl blind, aus heutiger Sicht nicht mehr zurechnungsfähig. Nie hätte ich gedacht, dass mir so etwas passieren könnte«, antwortete sie ihm. Verzweiflung und Angst veränderten ihre sonst so ruhige Stimme, ließen sie schrill werden. »Das jähe Erwachen kam, als wenige Tage später einige betroffene Klienten Dr. Leuenberger anriefen, zum Teil auch ohne Terminabsprache in der Kanzlei erschienen, um empört zu berichten, dass ein gewisser Frieder Andres sie zu erpressen versuche. Andreas hatte bei diesen Kontakten seinen Namen abgeändert. Er drohe, die ihm zur Verfügung stehenden Dokumente an verschiedene Geheimdienste europäischer Staaten zu verkaufen. Die Dokumente, die er aufmerksam studiert habe, seien von ihm fotografiert worden. Er habe den Film noch nicht entwickeln lassen. Unter Umständen könne er darauf verzichten, wenn sich die in den Dokumenten genannten Personen flexibel zeigten. Der Preis, den er für die Auslieferung des Films verlange, sei in Anbetracht der Qualität der Dokumente bescheiden. Er gehe davon aus, dass Dr. Leuenberger zur weiteren Abwicklung der Angelegenheit wieder die Koordination übernehmen werde. Es sei ihm schließlich nicht zuzumuten, mit jedem einzelnen Beteiligten zu verhandeln.«

»Kannst du mir sagen, um welchen Betrag es sich handelte?«, wollte Bertholdy wissen.

»Andreas verlangte 20 % der gezahlten Kommissionen. Das ergab etwa elf Millionen US-Dollar.«

»Und an dieser bescheidenen Summe ist der Deal gescheitert?«, wunderte sich Bertholdy, spöttisch lächelnd.

»Für die empörten Klienten«, entgegnete Margarethe Bieger, »war die Anwaltskanzlei der einzige Ort, an dem alle Vertragsdokumente vereinbarungsgemäß aufbewahrt worden waren. Daher konnten nur Dr. Leuenberger selbst oder seine Mitarbeiter diesen Vertrauensbruch begangen haben. Keiner der am Geschäft Beteiligten oder seiner Profiteure hätte jemals Kenntnis gehabt, wann was an wen verteilt wurde. Die Koordination habe ja bei Leuenberger gelegen. Und jetzt sei plötzlich ein Außenstehender über alle Zahlungsströme bestens informiert! Wenn er den Skandal vermeiden wolle, solle er doch für die lächerlichen elf Millionen dem Erpresser den Film abkaufen. Sie sähen keinen Anlass, sich an der Zahlung zu beteiligen. Das war die Meinung der meisten. Einzig der Deutsche war sofort bereit, seinen Anteil an diesem Rückkaufpreis zu bezahlen.«

»Und wie reagierte dein Chef auf diese Situation?«, wollte Bertholdy wissen.

»Nur mit Mühe gelang es ihm auf einer eilig einberufenen Sitzung, seine Klienten zu beruhigen. Er werde der Sache nachgehen, versprach er, und entsprechende Maßnahmen ergreifen, um den Erpresser zum Schweigen zu bringen.«

»Willst du damit sagen, Leuenberger habe den Mord an Andreas veranlasst?«, fragte Bertholdy.

»Nein, natürlich nicht. Dazu ist er viel zu klug und zu raffiniert. Aber sicherlich hat er, über welche Wege auch immer, versucht, Andreas unter Druck zu setzten, damit der die Minox mit dem belichteten Film herausgibt. Wer den Mord in Auftrag gegeben hat, ist schwer zu sagen. Grund dazu hätten einige gehabt. Aber das herauszufinden, ist wohl Sache der Polizei, nicht unsere.«

Dem konnte Bertholdy zwar zustimmen, aber er wunderte sich doch insgeheim, wie kühl diese Frau, die scheinbar wie ein Häuflein Elend vor ihm saß, die Situation analysierte. Vor wenigen Wochen hatte sie, trotz Leuenbergers Vertrauen und ihrer unzweifelhaften Professionalität, ohne Widerspruch Andreas' Ansinnen nachgegeben, ihm die Unterlagen auszuhändigen. Und dafür war nur die Bemerkung ihres Geliebten notwendig gewesen, er benötige diese Unterlagen, um sich gegen falsche Anschuldigungen zu wehren? Entweder sagte sie Bertholdy nicht, was sie damals wirklich dazu bewogen hatte – oder war sie Andreas'

Komplizin? Oder macht Liebe wirklich blind? Mangels eigener Erfahrung konnte er diese Frage nicht beantworten. »Und wie ging es weiter?«, fragte er.

Dr. Leuenberger habe, fuhr Margarethe fort, die Mitarbeiter zusammengerufen, die Zugang zum Archiv oder die Vertragsunterlagen bearbeitet hatten. Sie habe versucht, in gleicher Weise wie die Kollegen mit Erstaunen und Empörung zu reagieren. In den folgenden Tagen sei bei ihr der Eindruck entstanden, als beobachte Dr. Leuenberger sie besonders genau. Zumindest gehörte sie zu den Verdächtigen. Deshalb sei ihr klar geworden: Ohne Kenntnis, wer die Minox und die Aufnahmen habe, sei sie den weiteren Ereignissen hilflos ausgeliefert.

Das sei auch der Grund gewesen für ihre Frage, ob er, Bertholdy, in der Mordnacht den Apparat an sich genommen habe, wie alle vermuteten. Da er dies nicht verneint habe oder zumindest wisse, wo sich die Minox zur Zeit befinde, könne nur er ihr aus der Patsche helfen, in die sie geraten sei.

»Und wie soll das geschehen?«, wollte Bertholdy von ihr wissen.

»Da du in den Augen aller und auch tatsächlich der Einzige bist, der weiß, wo die Minox geblieben ist, kannst nur du die Rückgabe einfädeln. Dazu genügt eine kleine Bemerkung, wenn du morgen mit meinem Chef zusammen bist. Ich kann nichts dazu beitragen, denn sonst würde sich der Verdacht gegen mich richten. Obwohl wir ein persönlich gutes, zuweilen auch enges

Verhältnis zueinander haben, würde er mich sofort feuern. Das wäre das Ende meiner Karriere, nicht nur in der Schweiz, sondern überall.«

Hansen hätte seine Freude an der Entwicklung der Angelegenheit, dachte Bertholdy. Genau so hatte es sich sein ehemaliger Kollege vorgestellt! Um ihre Wunschvorstellung nicht vorschnell zu erfüllen und um ihr bewusst zu machen, dass das Risiko der beiden neuen Partner bei diesem Vorgehen ungleichmäßig verteilt wäre, machte Bertholdy mit seiner Hand eine zweifelnde Geste, bewegte abwägend seinen Kopf hin und her, zog schließlich die Mundwinkel nach unten und brummte etwas von«Himmelfahrtskommando«.

Margarethe verstand das als Ablehnung ihres Vorschlags. Sie brach in Tränen aus und stammelte: »Bitte, tu es, tu es für mich. Verlange von mir, was du willst. Ich bin zu vielem, ja zu allem bereit!«

Bertholdy nahm sie tröstend in den Arm, wobei er zu seiner Überraschung feststellte, dass sie ihm wirklich leid tat. Weinenden Frauen war er, das wusste er aus Erfahrung, noch nie gewachsen gewesen.

Margarethe Bieger war erleichtert, als Bertholdy ihr endlich bestätigte, der Film in der Minox sei, als er diese zum letzten Mal gesehen habe, nur zum Teil belichtet und noch nicht entwickelt gewesen. Dass die Kripo in Frankfurt inzwischen den Inhalt der Dokumente kannte, unterschlug er wohlweislich. Und ebenso wenig sagte er ihr, dass die Minox bereits in einem Schweizer Tresor lag. Beide hielten es für sinnvoll, vor gemeinsamen Beschlüssen über das weitere Vorgehen das Gespräch mit Leuenberger am nächsten Tag abzuwarten.

Das Treffen mit Margarethe Bieger war in Hansens Plan nicht vorgesehen gewesen. Die Informationen, die sie ihm gegeben hatte, waren zur Vorbereitung seines Gesprächs mit Dr. Leuenberger von großer Bedeutung. Allerdings hatte er nun zwei Interessenten zu bedienen, Margarethe und den Anwalt. Die Sache wurde immer komplizierter. Welche Details aus ihrem Gespräch sollte er Hansen preisgeben? Nach einigen Überlegungen kam er zum Schluss, es sei zweckmäßiger, seine neue Verbündete zu schützen und diese überraschende Informationsquelle nicht aufs Spiel zu setzen. Er könnte ja zu einem späteren Zeitpunkt, nach dem Gespräch mit dem Anwalt, Margarethes Verstrickung in den Fall Hansen gegenüber offen legen, falls sich das als notwendig erweisen sollte. Nach einigem Zögern rief er die Handynummer an, die ihm Hansen gegeben hatte. Er verabredete sich mit ihm für den nächsten Abend in einer kleinen Pension in Maienfeld.

18.

Am nächsten Morgen machte sich Bertholdy auf den Weg zur Kanzlei. Dort wurde er sofort von Margarethe Bieger in Leuenbergers Büro geführt. Sie verhielt sich so, als habe ihre Begegnung am gestrigen Abend den Charakter eines harmlosen Geschäftsessens gehabt. Ihren Chef hatte sie bereits zuvor über einige Bemerkungen ihres Gastes informiert, die aus ihrer Sicht für ihn von Bedeutung sein könnten. Es waren teils Äußerungen, die Bertholdy tatsächlich gemacht hatte, und solche, die er, ihrer Überlegung und Phantasie zufolge, hätte machen können. Vor allem nutzte sie die Gelegenheit, das Vertrauen ihres Chefs zurückzugewinnen, indem sie ihr Geschick herausstellte, mit dem sie Bertholdy die wichtige Information entlockt hatte: Er wisse, wo die Kamera aufbewahrt werde.

Mit einem Dank und einer unmissverständlichen Geste schickte Dr. Leuenberger seine Assistentin ins Vorzimmer zurück und drückte sorgsam die Bürotür ins Schloss. Er begrüßte Bertholdy sehr persönlich, fast herzlich. Wenn er schon nach Vaduz komme, um ihn zu sprechen, dann hänge das sicher mit dem Mordfall und der Minox zusammen, meinte der Anwalt ohne Umschweife.

Im Vordergrund stehe für ihn, erwiderte Bertholdy, die Suche nach seiner Lebensgefährtin Lydia, die nach dem Tod ihres Bruders überstürzt Frankfurt verlassen habe. Dr. Leuenberger kenne sie ja von seinen Besuchen in Frankfurt. Der Anwalt bestätigte das und fragte, leicht verwundert, wie Bertholdy darauf käme, dass er ihm bei der Suche nach seiner Partnerin behilflich sein könne. Allerdings, fügte er hinzu, habe er erst vor kurzem erfahren, dass Seibold Frau Haffners Bruder war. Bertholdy sagte, so sei es ihm auch ergangen.

»Es ist notwendig, jeder Spur nachzugehen, auch wenn sie im ersten Moment nicht mit den Vorgängen auf den Eisernen Steg zusammenhängt. Lydia war von dem Verbrechen betroffen und reagierte darauf. Und Sie, verehrter Herr Doktor, reagierten ebenfalls auf das Ereignis – gewiss aus anderen Gründen als meine Partnerin«, stellte Bertholdy klar.

Leuenbergers Frage, ob aus seiner Sicht die Verwandtschaft der beiden mit dem Mord etwas zu tun haben könnte und wie die Dinge wohl zusammenhingen, wurde von Bertholdy mit einer wortlosen Geste beantwortet, die Unkenntnis, aber auch Unsicherheit bedeuten konnte. Dennoch war Bertholdy bereit, den Verlauf der Mordnacht auf dem Eisernen Steg und die Ereignisse danach so zu schildern, dass sich Leuenberger ins Vertrauen gezogen fühlen konnte. Es war natürlich eine bereinigte Version der Geschichte.

Der Anwalt hörte interessiert zu, ohne weitere Fragen zu stellen. Um zu unterstreichen, um was es eigentlich gehe, kam er erneut auf den Fotoapparat zu sprechen. Nochmals wies er darauf hin, die Minox sei nicht nur für einige seiner Klienten und Anwaltskollegen von besonderer Bedeutung, sondern auch für ihn persönlich. Er wisse zwar genau, was mit der Minox aufgenommen worden sei, könne es ihm wegen seiner Verschwiegenheitspflicht aber nicht sagen. Es seien sehr wichtige, vertrauliche Dokumente gewesen, deren Veröffentlichung oder Weitergabe vitale Interessen bedeutender Persönlichkeiten aus Wirtschaft und Politik berühren könnten.

Seibold kenne er schon seit vielen Jahren und habe ihm auch manchen Auftrag als Kurier übertragen. Der Ermordete sei wohl in eine finanzielle Schieflage geraten und habe die offensichtlich von ihm heimlich aufgenommenen Dokumente für einen Erpressungsversuch benutzt. Dafür habe er mit seinem Leben bezahlt. Bertholdy meinte, in der Stimme seines Gesprächspartners eine gewisse Befriedigung zu vernehmen.

Für Bertholdy war nun der Zeitpunkt gekommen, in die Offensive zu gehen. »Diese Dokumente sind Ihnen oder in Ihrer Kanzlei abhandengekommen. Oder ist meine Annahme falsch?«

»Abhandengekommen nicht, aber eines der Dokumente, das gefährlichste, war nur im Archiv meines Tresorraums abgelegt. Und der Erpressungsversuch bezieht sich hauptsächlich auf dieses eine Dokument. Also muss er hier an die Dokumente herangekommen sein. Wie das geschehen konnte, ist mir nicht klar, ich habe aber einen gewissen Verdacht.«

»Das kann ja nur eine Person Ihres Vertrauens gewesen sein«, stellte Bertholdy fest. »Wer hatte denn Zugang zum Archiv, das doch sicher in einem Tresorraum aufbewahrt wird?«

»Außer mir noch zwei Kollegen und meine Assistentin. Als Archivarin arbeitet bei mir eine ältere Dame, eine Verwandte von mir. Alle sind seit vielen Jahren für mich tätig und genießen mein Vertrauen. Wir alle waren in der in Frage kommenden Zeit mehrmals im Archiv. Ich kann aber niemanden definitiv beschuldigen, denn es fehlen mir Beweise. Verdächtigungen helfen da nicht weiter. Und Sie wissen ja: Personen, die über ein großes Insiderwissen verfügen, sollte man pfleglich behandeln.«

Um das Thema fortzuspinnen, bemerkte Bertholdy, die Suche nach der Minox habe nur dann einen Sinn, wenn man wüsste, ob der Film, der die Dokumente enthält, entwickelt worden sei oder nicht.

Dr. Leuenberger gab zu bedenken, dass, wäre der Film bereits entwickelt worden, Seibold keinen Anlass gehabt hätte, die Kamera trotz Lebensgefahr bei sich zu tragen. Außerdem habe er bei seinem Erpressungsversuch, der auch gegen ihn als Anwalt und Notar gerichtet gewesen sei, gegenüber der Kontaktperson betont, er »verkaufe« die Minox einschließlich des noch nicht entwickelten Films. Seibold wollte ihm diese persönlich in Vaduz übergeben, aber nicht in der Kanzlei, sondern zu Hause. Voraussetzung dafür sei zur selben Zeit die Überweisung des Gesamtbetrages in seiner, Seibolds, Gegenwart auf ein Konto einer Bank in Panama City. Die anteiligen Zahlungen der am Geschäft Beteiligten sollte er als Notar koordinieren. Seibold wollte sich, so erläuterte Leuenberger, telefonisch von seinem Vertrauensmann in Panama den Eingang der Buchung bestätigen lassen und sie unverzüglich auf ein anderes Konto weiterleiten.

Er sei mit diesem Procedere einverstanden gewesen, habe aber zur Bedingung gemacht, die Minox vor ihrer Übergabe in Vaduz dem Kontaktmann zu zeigen, damit dieser die Fertigungsnummer aufschreiben und sich davon überzeugen könne, dass der unentwickelte Film im Gerät steckte. All das hätte natürlich auch getürkt sein können, meinte Leuenberger, aber andere, besser kontrollierbare Maßnahmen habe er nicht erkennen können.

Das Ganze sei ein, wie er meinte, etwas amateurhaftes Vorgehen gewesen, das nicht gerade auf Seibolds Erfahrung im Geschäft mit Erpressungen und im Umgang mit verdeckten Zahlungsströmen schließen ließ. Unter seiner Aufsicht und in Gegenwart der Erpressten oder ihrer Vertreter sollte der Film dann in der Kanzlei vernichtet werden.

Seine Überzeugung, dass Bertholdy die Minox besitze, beruhe auf folgender Überlegung: »Im »InterCityHotel« hatte Seibold den kleinen Apparat noch bei sich. Er machte mit ihm sogar noch eine Aufnahme von einer Mitarbeiterin des Hotels. Und dass Seibold die Minox in der Zeit zwischen dem Verlassen des Bahnhofshotels und seiner Ankunft auf der Brücke einem Unbekannten übergeben haben könnte, ist unwahrscheinlich. Ich vermute, Seibold stand auf seinem Weg zum Tatort unter Beobachtung. Man hatte ihn wissen lassen, dass in Frankfurt eine Kontaktperson auf ihn warten würde, und zwar auf dem Eisernen Steg. Der sollte er ein Foto übergeben, aus dem die Seriennummer der Kamera ersichtlich war. Außerdem ginge aus der Anzeige der Kamera hervor, ob der Film belichtet und wie viele Aufnahmen damit gemacht worden waren.«

»Da frage ich mich doch, weshalb Seibold an diesem Abend die Minox eingesteckt hatte, wenn er sie keinem zeigen wollte oder sollte«, wandte Bertholdy ein. »Warum hat er die Minox aus dem Hotelsafe herausgenommen? Doch nicht nur, um die Dame vom Empfang zu fotografieren! Und fand das Treffen mit der Kontaktperson überhaupt statt? Und wer war diese Kontaktperson?«

»Wer das war, kann ich Ihnen nicht sagen. Ja, das Treffen hat stattgefunden. Aber dann tauchte der Mörder auf.«

»Und wer hat den geschickt?«, wollte Bertholdy wissen.

»Ich nicht! Der Dummkopf, der das veranlasst hat, hat das von mir eingefädelte Tauschgeschäft erst zur Katastrophe werden lassen. Ich weiß nicht, wer es war. Wahrscheinlich einer, der am Geschäft beteiligt war. Ich habe da so eine Vermutung … Bei dem Mörder ist nichts gefunden worden, sonst würde die Kripo in Frankfurt nicht nach der Kamera suchen. Vielleicht hat Seibold, geschockt von Todesdrohungen, beabsichtigt, die Kamera Ihnen, seinem alten Freund, zu übergeben? Als Resümee dieser Überlegungen kann die Frage an Sie nur lauten: Haben Sie die Minox oder nicht?«

Bevor Bertholdy antworten konnte, fuhr Leuenberger fort: »Sollten Sie tatsächlich nicht im Besitz der Kamera sein, können Sie diese eventuell anderweitig besorgen? Das Honorar für diese Beschaffung wird bei dem großen Interesse von allen Beteiligten gewiss beachtlich sein. Und wenn der Film tatsächlich noch nicht belichtet ist, haben Sie keinen Anlass, nach der Übergabe um Ihre Sicherheit und Unversehrtheit besorgt zu sein.«

Bertholdy erbat eine Bedenkpause, und Leuenberger schlug vor, diese zu einem gemeinsamen Mittagessen zu nutzen.

Das Essen im »Real« war vorzüglich, der Genuss desselben aber eingeschränkt. Zu sehr waren beide mit ihrem Gesprächsthema beschäftigt. Dr. Leuenberger schlug vor, den Kaffee und einen alten Cognac in seiner Wohnung zu sich zu nehmen, dort sei man ungestörter.

Für die Bildersammlung in Leuenbergers Wohnung hatte Bertholdy kaum einen Blick übrig. Als Einstieg wählte er die letzte Bemerkung des Anwalts bei ihrem Gespräch im Büro: Die Frage seiner Sicherheit und Unversehrtheit.

»Angenommen«, begann Bertholdy, »ich hätte Zugang zur Minox, was könnte mir mehr Sicherheit bieten als der Zugriff auf diese Dokumente? Dann hätte ich auch dafür gesorgt, dass sie sofort den dafür zuständigen Stellen verfügbar würden, sollte mir auch nur das Geringste zustoßen.«

»Darauf würde ich mich nicht verlassen«, erwiderte Leuenberger, »denn diejenigen, die sich bedroht fühlen, könnten zu Kurzschlussreaktionen fähig sein – wie man aus dem Anschlag gegen Sie in Davos schließen darf.«

»Nach meinen Informationen handelte es sich um einen persönlichen Racheakt des Vaters von Franco Buonamici«, meinte Bertholdy dazu, der ein Staunen zu unterdrücken versuchte. Hansen hatte ihm doch gesagt, über den Zwischenfall sei von den Medien nichts berichtet worden.

»Da wäre ich nicht so sicher. Aber solche Überlegungen bringen uns nicht weiter. Ich verstehe, dass Sie einige Tage Bedenkzeit brauchen, um sich darüber klar zu werden, unter welchen Bedingungen Sie meinen Klienten die Minox besorgen können, aber nur die mit dem noch nicht entwickelten Film. Alle Beteiligten, auch ich, haben das größte Interesse, so schnell wie möglich Gras über die ganze Angelegenheit wachsen zu lassen. Auch das sollte Ihre Sicherheit erhöhen.«

Man verabredete sich für den übernächsten Nachmittag in Leuenbergers Wohnung.

19.

Bevor Bertholdy am Abend nach Maienfeld zum vereinbarten Treffen mit Kriminalrat Hansen fuhr, rief er Margarethe an. Sie bat ihn, zu ihr zu kommen, das sei für einen Informationsaustausch sicherer. Ob sie denn nicht Angst habe, dass ihr Haus inzwischen beobachtet werde? Daraufhin schlug sie ein Treffen in der Pfarrkirche St. Florian in einer Gasse gleichen Namens vor.

Dort schilderte Bertholdy ihr kurz und nur in Auszügen den Inhalt seines Gesprächs mit Dr. Leuenberger und bat um Verständnis, dass er trotz Margarethes Aufforderung nicht länger bleiben könne, da er noch einen Termin mit einem wichtigen Informanten habe. Mehr gab er nicht preis, obwohl Margarethe darauf pochte, dass sie als seine Partnerin ein Anrecht darauf habe. Bisweilen sei Wissen auch belastend, meinte er, und da noch keine Entscheidung gefallen sei, schiene es ihm unverdächtiger zu sein, sich die nächsten Tage nur in der Kanzlei zu sehen und nicht in ihrer Wohnung. Margarethe Bieger war verunsichert, stimmte aber nach einigem Zögern zu.

»Ich hoffe, du behältst auch meine Interessen im Auge«, meinte sie zum Abschied, »das hast du mir versprochen.« Bertholdy konnte sich daran nicht erinnern. »Es wäre wichtig für mich zu wissen, wo und auf welchem Weg ich dich erreichen kann, wenn du unterwegs oder wieder in Frankfurt bist.«

Bertholdy überlegte kurz, dann schrieb er ihr die Kontaktdaten seiner Freunde Marco Galliano und Domenico Sieger auf. »Sie sind am unauffälligsten per Brief zu erreichen. Falls die Zeit drängt, dann benutze eher eine öffentliche Telefonzelle als dein Handy. In jedem Fall sollte in den Text oder zu Beginn des Telefongesprächs ein Passwort eingefügt werden, damit die beiden erkennen können, von wem die Nachricht stammt.

Erfinde dabei für dich immer neue Namen. Beide, Galliano und Sieger, sind sehr zuverlässige Freunde von mir.«

»Als Passwort schlage ich vor: Treuebonus.«

Bertholdy stimmte zu. Die Zeit war zu knapp, um überlegen zu können, wie sie auf diesen Begriff kam. Dann verließen sie getrennt den Treffpunkt, der erfreulicherweise keinen Publikumsverkehr hatte.

In dem kleinen Gasthaus in Maienfeld traf er Hansen, der ihn bat, aus Sicherheitsgründen mit ihm auf sein Zimmer zu gehen. Zu seiner Überraschung wartete dort ein Mann auf sie, der sich als Franz Olbrich, Leitender Kriminaldirektor im BKA, vorstellte. »Wie Sie sicherlich aus Ihrer alten Tätigkeit bei der Kripo in Düsseldorf wissen, ist bei einigen Tatbeständen die Einschaltung des BKA vorgesehen. Ich bin in meiner Organisation für diese Angelegenheit zuständig und arbeite in Zukunft eng mit Herrn Hansen zusammen – und hoffentlich auch mit Ihnen.«

»Ich bin bereit dazu, möchte aber möglichst bald nichts mehr mit diesem Fall zu tun haben. Ohne mein Zutun oder gar meine Schuld bin ich in etwas hineingeraten, das immer undurchsichtiger wird«, entgegnete Bertholdy. Dann berichtete er ausführlich über sein Gespräch mit Leuenberger, streifte aber nur kurz das Abendessen im Haus seiner Assistentin. Von ihrer Beteiligung an der Beschaffung der Unterlagen sagte er nichts. So ganz unwichtig war ihm seine neue »Partnerin« nun auch wieder nicht, konnte sie doch eine wichtige Informationsquelle für ihn bleiben. Außerdem hatte er ihr, wenn auch nicht ganz verbindlich, zugesagt, ihre Rolle nicht preiszugeben.

Hansen hakte nach: »Es scheint mir wichtig zu sein, alles über dein Gespräch mit der Assistentin zu erfahren. Was ist das für eine Frau? Ist sie belastbar, ist sie eventuell als Zeugin nützlich?«

»Das festzustellen, ist später deine Aufgabe.«

Man sah Hansen an, dass diese Aussage ihn nicht befriedigte. Was Bertholdy den beiden nicht sagte, aber dachte: Diese Frau kann alle Register ziehen. Sie ist sehr gut aussehend, intelligent und eine kühle Rechnerin. Ihren Gefühlsausbrüchen traue ich inzwischen nicht mehr ganz. Schwer zu unterscheiden, was echt, was gespielt ist. Eine Frau, die wohl nur einmal in ihrem Leben den Kopf verloren hat.

Hansen war der Ansicht, es sei besser, die »Beschaffung« der Minox noch etwas zu verzögern. Wenn dieser Vorgang in den Augen der Interessenten nicht mit erheblichen Schwierigkeiten für Bertholdy verbunden sei, könnten sie gegebenenfalls misstrauisch werden. Die Beteiligten müssten sich in Sicherheit wiegen, wenn sie schließlich den Film in der Minox erhielten, so meinte er. Daher solle Bertholdy das Gespräch mit dem Anwalt zwei Tage später weiterführen, dabei auch eine gewisse Bereitschaft erkennen lassen, sich um die Beschaffung des viel gesuchten Gegenstandes zu bemühen, und abwarten, ob Leuenberger tatsächlich ein beeindruckendes finanzielles Angebot für Bertholdys Dienste abgeben würde. Aus der Höhe des Betrags und den Modalitäten für die Übergabe könne man Schlüsse ziehen. Deshalb solle Bertholdy durch präzise Fragen zu erkennen geben, dass er ernsthaft zu einer Kooperation bereit sei. Der BKA-Mann gab durch ein Kopfnicken zu erkennen, dass er diese Vorgehensweise für richtig hielt.

Am nächsten Vormittag fuhr Bertholdy nach Bad Ragaz, um das Hotel »Quellenhof« zu besichtigen. Dessen Direktor hatte er im »Grand Hotel« kennengelernt, auf einer Promotionsveranstaltung für Schweizer Weine aus Graubünden. Dabei war auch der »Quellenhof« nach seinem Abriss und Wiederaufbau vorgestellt worden. Bertholdy hatte bei dieser Gelegenheit eine Einladung erhalten, den neu gestalteten Betrieb zu besichtigen.

Bereits auf der Autobahn stellte er fest, dass seinem Leihwagen ein kleiner unscheinbarer VW bis zum »Quellenhof« folgte. Der Wagen wurde gegenüber dem Hotel geparkt. Die Insassen blieben sitzen.

Während der Besichtigung des Hotels erhielt Bertholdy ein SMS von einer ihm unbekannten Nummer. Was er da las, beunruhigte ihn: »Beim Treffen morgen Nachmittag sind alle Interessenten anwesend. Sei vorsichtig!« Eine Unterschrift fehlte, aber Bertholdy wusste, dass Margarethe dies geschrieben hatte. Das war unvorsichtig, aber für ihn eine sehr wichtige Nachricht. Er entschuldigte sich für einen Augenblick beim Hausherrn, rief von der Toilette aus Hansen an und gab ihm die Nachricht weiter, ohne allerdings den mutmaßlichen Absender zu erwähnen. Hansen versicherte ihm, gewisse Sicherheitsmaßnahmen würden vorbereitet, ein Zugriff aber sei noch viel zu früh und komme nicht in Frage. Er solle die Übergabe zwar in Aussicht stellen, aber möglichst lange über die Modalitäten verhandeln und sich nicht unter Zeitdruck setzen lassen.

Das folgende Mittagessen mit dem Kollegen aus dem »Quellenhof« war für Bertholdy eine willkommene Ablenkung. Er genoss das regionale Menü und bewunderte den Bündner Wein, den sein Gastgeber ausgewählt hatte. Während des ganzen Essens, so bemerkte Bertholdy, wurden sie von zwei Herren beobachtet, die am Tisch neben dem Restauranteingang saßen.

Am nächsten Tag klingelte Bertholdy zur vereinbarten Zeit am Gartentor von Leuenbergers Villa. Der Hausherr empfing ihn und bat um Verständnis für eine Verlegung des Gesprächs an einen neutralen Ort. Aus Sicherheitsgründen sei es sinnvoller, in Ruhe in seiner abgelegenen Jagdvilla zu sprechen. Dort sei man ungestört.

Bertholdy zögerte, denn er war sich nicht sicher, ob Hansen und Olbrich, die den Tagungsort im Blickfeld haben wollten, diese Änderung des Plans bemerken und in der Lage sein würden, ihnen unauffällig zu folgen. Es blieb ihm nichts anderes übrig, als zuzustimmen.

Zugleich verlor Leuenberger mit dieser Bitte den letzten Rest an Glaubwürdigkeit, denn Bertholdy hätte erwartet, von ihm etwas über die erweiterte Runde der Teilnehmer zu hören.

Die Jagdvilla lag etwa zehn Autominuten vom Zentrum von Vaduz entfernt, auf einem großen Wiesengrundstück am Waldrand. Der Anwalt öffnete die Haustür. Sie traten in eine geräumige Empfangshalle ein, und der Anwalt führte Bertholdy in ein elegantes Speisezimmer, das für dieses Zusammentreffen als Konferenzraum zweckentfremdet worden war. Fünf Herren saßen am Tisch und, als einzige Dame, die Anwältin, die Bertholdy bereits Wochen zuvor im »Grand Hotel« kennengelernt hatte. Leuenberger bat seinen Gast, am großen Eichentisch Platz zu nehmen.

Bertholdy gab sich überrascht, ja, für jeden der Anwesenden erkennbar, verunsichert und bat den Anwalt um eine Erklärung für die Anwesenheit von Leuten, die er zum größten Teil nicht kenne. Das sei so nicht vereinbart gewesen. Außerdem sei es doch wohl üblich, dass man sich zu Beginn einer Verhandlung bekannt mache. Die Personen am Tisch reagierten nicht.

Der Anwalt versuchte ihn zu beruhigen und meinte, Namen spielten in diesem Fall keine Rolle. Es sei im Interesse aller, die Angelegenheit so diskret und schnell wie möglich zu einem Abschluss zu bringen, der für alle akzeptabel sein müsse. Sein anhaltender Redeschwall, ein Gemisch aus Verweisen auf ihre alte Bekanntschaft, den guten Willen aller Beteiligten und die Berücksichtigung auch der materiellen Interessen Bertholdys wurde jäh von dem finster blickenden, älteren Herrn unterbrochen, der in einem lupenreinen Französisch zu Bertholdy sagte: »Sie wollen Ihre Freundin wiederhaben und wir wollen die Minox mit dem Film. Frau Haffner befindet sich in unserer Gewalt. Wir nehmen an, Sie haben an ihrer Unversehrtheit großes Interesse. Unser Gespräch steht also unter dem Motto: Biete Frau, suche Minox.«

Bertholdy versuchte sein Entsetzen zu verbergen. Alle starrten ihn an, als wollten sie aus seiner Miene ablesen, ob Lydia wirklich die Bedeutung für ihn hatte, um auf ihren Vorschlag einzugehen, und ob er die Minox wirklich anzubieten hätte.

Angesichts dieser neuen Entwicklung verlangte Bertholdy einen Tag Bedenkzeit, was ihm umgehend abgeschlagen wurde. Dann bat er Leuenberger, mit ihm unter vier Augen sprechen zu können. Der Anwalt sah sich, wie er erklärte, dazu nicht in der Lage. Er sei auch nicht frei von Zwängen, biete aber seine Vermittlung an. Wie überhaupt seine Rolle in dieser Situation die eines Vermittlers sei.

Bertholdy sah sich die Männer an. Zweifel an ihrem Willen, die Angelegenheit so oder so zu bereinigen, waren nicht angebracht. Lydia war in Lebensgefahr. Er musste versuchen, sie zu retten. Damit, so schoss es ihm durch den Kopf, waren weitere Überlegungen hinfällig, wie er unauffällig und überzeugend die Frage der Rückgabe der Minox ins Spiel bringen konnte. Die Initiative lag auf der anderen Seite des Tisches.

Wie würde Hansen diese neue Situation aufnehmen? Es handelte sich zwar um eine Erpressung, quasi eine Retourkutsche zu Andreas' Versuch, die aufgenommenen Dokumente zu versilbern. Welche Prioritäten Hansen dabei setzen würde, war ihm klar. Lydias Sicherheit hatte für die Polizei und das BKA sicherlich keinen höheren Stellenwert als die Verwertung der Informationen auf dem Film. Aber diese waren ja bereits gesichert. Also musste auch Hansen alles tun, um Lydia nicht zu gefährden.

Um nicht sofort dem Tausch zuzustimmen, fragte Bertholdy den Anwalt, was er wohl vorhin mit der Wahrung seiner, Bertholdys, materiellen Interessen gemeint habe. Statt Leuenberger antwortete die ihm bereits bekannte, rothaarige Anwältin: »Nicht Dr. Leuenberger macht hier Angebote, sondern meine Mandanten. Ich kann mir nicht vorstellen, dass Ihnen das Leben Ihrer Lebensgefährtin so wenig wert ist, dass Sie noch zusätzlich finanzielle Ansprüche erheben wollen.«

»Bevor ich über Ihr Angebot verhandeln kann«, erwiderte Bertholdy, »müsste ich erst einen Beweis haben, dass sich Frau Haffner in Ihrer Gewalt befindet, bei guter Gesundheit ist und gut behandelt wird.«

Die Anwältin ging zu dem kleinen Tisch, auf dem ein Telefon stand, wählte eine Nummer, offensichtlich im

Ausland, sagte in einer ihm unbekannten Sprache zwei Sätze und übergab Bertholdy den Telefonhörer.

Es war Lydias Stimme, verzagt zwar, leicht zitternd, aber ohne Zweifel ihre Stimme. »Bitte, hole mich hier raus, bitte bald! Gehe auf ihre Forderungen ein, falls du wirklich die Minox hast. Ich werde gut behandelt, wenigstens zur Zeit noch.«

»Ich werde alles tun, was in meiner Macht steht, um dich wiederzusehen«, beruhigte Bertholdy seine Freundin. Dann wurde das Gespräch durch die Rothaarige abgebrochen.

Bertholdy bat um eine Stunde Bedenkzeit. »Zehn Minuten und keine Sekunde länger«, erwiderte die Rothaarige, »und dabei verlassen Sie nicht diesen Raum.«

Bertholdy nahm einen Notizblock und Bleistift vom Tisch und setzte sich in eine Nische des Raums. Nur nicht den Kopf verlieren, dachte er. Jetzt musste er mehr Kriminalist sein als Lebensgefährte. Er fühlte, ohne klaren Verstand, aber auch ohne Mut ginge die Sache schief. Zum ersten Mal seit langer Zeit packte ihn der Wille, sich in dieser Auseinandersetzung zu behaupten. Er nahm den Kampf an.

Bertholdy wusste, es musste zu einer klaren Abmachung kommen, die ihm Zeit ließ, den Austausch optimal vorzubereiten. Dieser sollte aus seiner Sicht am besten in Frankfurt erfolgen, denn dort könnte er bei Bedarf die größte Unterstützung finden. Ohne die Information und Einbeziehung von Hansen den Austausch zu organisieren, erschien ihm fragwürdig, mehr noch: gefährlich. Außerdem verstieße das gegen die Abmachungen, die er mit Hansen getroffen hatte.

Ein Tag war für die Rückreise einzukalkulieren, zwei Tage für die Vorbereitung in Frankfurt und die Abstimmung mit Hansen. Jetzt, hier in Vaduz, gab es keine Möglichkeit, sich mit Hansen über die Regeln des Austausches abzustimmen, die er dieser sinistren Runde unterbreiten wollte. Vielleicht besser so, dachte er und schrieb auf den Notizblock in Stichworten seinen Vorschlag, wie die Übergabe der Geisel und der Minox erfolgen könnte.

Er nahm wieder am Konferenztisch Platz und sagte: »Sie erwarten von mir einen Verzicht auf jede finanzielle Entschädigung. Von einem können Sie ausgehen: Ich hatte bereits erhebliche Aufwendungen, die mir ersetzt werden müssen, meinetwegen gegen Nachweis. Auf eine weitergehende finanzielle Entschädigung würde ich tatsächlich verzichten, auch um die ganze unerfreuliche Angelegenheit zu einem raschen Ende zu bringen. Wir könnten uns lang streiten, wer in diesem Poker das bessere Blatt hat. Voraussetzung für meinen Verzicht ist allerdings, dass Sie auf meine Modalitäten des Austauschs eingehen.«

»Lassen Sie hören«, meinte die Anwältin, während Leuenberger, der sich im Gespräch bisher zurückgehalten hatte, zu Block und Kugelschreiber griff, um Bertholdys Forderungen schriftlich festzuhalten.

»Die Übergabe findet am kommenden Sonntag, also in vier Tagen, um drei Uhr morgens auf dem Eisernen Steg in Frankfurt statt. Sie oder Ihre Beauftragten betreten die Brücke von der Frankfurter Seite. Frau Haffner begleiten maximal zwei Personen. Ich betrete den Steg am Sachsenhäuser Ufer. Auch ich werde zwei Begleiter haben. Einer von ihren Leuten und einer aus meiner Crew achtet bei den Brückenaufgängen darauf, dass kein Unbeteiligter den Steg betritt. Die Fahrzeuge, mit denen die zwei Parteien anfahren, parken fünfzig Meter vom Brückenaufgang entfernt, die Fahrer bleiben im Wagen sitzen.

Die Mitte der Brücke ist gekennzeichnet durch eine leere Champagnerflasche. Frau Haffner und ihr Begleiter bleiben dreißig Meter davor stehen, in derselben Distanz bleibe auch ich mit meinem Begleiter stehen.

Sobald ich ein Leuchtzeichen mit meiner Taschenlampe gegeben habe, setzen sich einer Ihrer Beauftragten und auch ich in Bewegung. Wir treffen uns an der Champagnerflasche. Ich zeige Ihrem Mann die Minox, damit er sich davon überzeugen kann, dass der Film eingelegt und nur teilweise belichtet ist. Ebenso zeige ich ihm die Rechnung für die Kamera mit der Seriennummer, die er bei sich trug. Seibold hatte sie einige Wochen zuvor in Frankfurt gekauft. Die Seriennummer habe ich mir notiert und kann sie Ihnen im Fall einer Einigung bereits heute geben.« Das mit der Quittung müsste Hansen in der zur Verfügung stehenden Zeit schaffen, überlegte sich Bertholdy.

»Ich werde die Minox neben die Champagnerflasche legen. Ihr Mann und auch ich gehen zurück auf unsere dreißig Meter entfernten Ausgangspositionen. Auf ein weiteres dreifaches Blinkzeichen schicken Sie Frau Haffner auf meine Seite. Sobald sie die Champagnerflasche passiert, setzt sich Ihr Mann in Bewegung und holt die Minox. Sie verlassen die Uferstraße in Richtung Bahnhof, mein Fahrzeug fährt in Richtung Deutschherrenufer. Das wär's.«

»Welche Garantie können Sie uns geben, dass die Polizei nicht eingeschaltet wird und dass Sie unbewaffnet erscheinen?«, fragte Leuenberger.

»Welche Garantie können Sie mir geben, dass Ihr Beauftragter ohne Waffen den Eisernen Steg betritt? Und dass die Polizei eingeschaltet wird, kann auch nicht in meinem Interesse liegen. Ich möchte nicht dem Vorwurf der Unterschlagung eines wichtigen Beweisstücks und der Falschaussage gegenüberstehen. Außerdem möchte ich nicht auf den ganzen Kosten sitzen bleiben, die ich bisher gehabt habe«, erwiderte Bertholdy und hoffte, dass seine Stimme überzeugend klang.

»Da wir beschlossen haben, dass ich im Falle einer Einigung als Vermittler die Übergabe vornehmen werde«, antwortete Leuenberger, »können Sie sicher sein, dass ich keine Waffe bei mir haben werde. Aus Vorsichtsgründen halte ich es aber für zweckmäßig, wenn mein

Begleiter, der sich im Hintergrund halten wird, eine Waffe trägt. Die benötigt er auch zur Absicherung für die Strecke vom Halteplatz des Fahrzeugs bis zur Brücke. Und was den Ersatz der Ihnen bisher entstandenen Kosten angeht, werden wir uns sicher einigen.«

Bertholdy stimmte zu, die Regeln sollen für beide Parteien gleich sein, betonte er.

Der Anwältin ging das alles zu schnell, zumal sie sich nicht ausreichend in das Zwiegespräch zwischen ihrem Vaduzer Kollegen und Bertholdy eingebunden fühlte. »Das müssen wir uns erst noch überlegen, ob wir Ihrem Vorschlag folgen können und welche Risiken damit für uns verbunden sind«, meinte sie sagen zu müssen. »Weshalb sollte die Übergabe der Dame in aller Öffentlichkeit erfolgen? Das erhöht für uns das Risiko!«

»Nachts um drei Uhr, an einem Sonntag, gibt es kaum eine Öffentlichkeit auf dieser Brücke. Sie haben, ebenso wie ich vorhin, zehn Minuten Zeit, meine Bedingungen anzunehmen oder abzulehnen«, erwiderte Bertholdy. »Und haben Sie dabei im Kopf, welche Möglichkeiten es gibt, wenn es nicht zu einer Einigung kommt, sowohl für mich wie für Sie.«

Die aufkommenden Unmutsäußerungen versuchte Dr. Leuenberger zurückzudrängen, bat aber Bertholdy, unter Begleitung eines Gesprächsteilnehmers für zehn Minuten den Raum zu verlassen und im Wohnzimmer Platz zu nehmen.

Die Wartezeit, die er dort unter Kontrolle eines deutsch aussehenden Herrn verbrachte, der jeden Gesprächsversuch von Bertholdy mit einem Kopfschütteln ablehnte, hatte die Dauer einer gefühlten Ewigkeit.

Als sich die Tür des Besprechungszimmers nach einer halben Stunde wieder öffnete und Bertholdy den Raum betrat, las er aus Leuenbergers Miene, dass sein Vorschlag akzeptiert worden war. Die rothaarige Anwältin war ausersehen, ihm das Ergebnis mitzuteilen. Zuvor aber fragte sie Bertholdy, was ihn denn veranlasst habe, die Minox in der Mordnacht an sich zu nehmen und ob Seibold ihm vor seinem Tod dazu etwas gesagt habe.

Bertholdy erwiderte kühl, diese Frage sei nicht Gegenstand dieser Verhandlung gewesen und auch für das Ergebnis ohne jede Bedeutung. Er erwarte jetzt eine klare Aussage, ob der Austausch zu den von ihm genannten Bedingungen erfolgen könne oder nicht. Für den Fall der Zustimmung schlage er vor, das Procedere durch Dr. Leuenberger in einer Aktennotiz in französischer oder englischer Sprache festzuhalten und von allen Anwesenden unterschreiben zu lassen. Dieses Protokoll solle dann in Leuenbergers Kanzlei verwahrt werden.

Der Herr mit den guten französischen Sprachkenntnissen widersprach. Es sei kein Protokoll notwendig, eine Unterschrift würden weder er noch die übrigen Teilnehmer der Runde leisten.

Schließlich unterschrieben die beiden Anwälte als Zeugen der Verhandlung das Protokoll. Bertholdy mahnte erneut die mündliche Zustimmung jedes einzelnen der Anwesenden zu seinem Vorschlag an, die nun ohne weitere Verzögerung gegeben wurde. Er bestand darauf, dass im Protokoll der beiden Anwälte die Einstimmigkeit der Gesprächsteilnehmer für diese Entscheidung festgehalten wurde.

Leuenberger ließ sich einen PC und einen Drucker bringen, um das Protokoll eigenhändig zu schreiben und druckte für jeden Teilnehmer ein Exemplar aus, das die Anwälte signierten. Dann übergab Leuenberger Bertholdy eine Ausführung des Protokolls ohne Unterschriften und sagte: »Ich bin bereit, eine signierte Niederschrift mit Ihnen zusammen bei einer Bank Ihrer Wahl in Vaduz im Safe zu deponieren, zu dem wir bis zum Austausch auf dem Eisernen Steg nur gemeinsam Zugang haben werden.«

Bertholdy zögerte, verstand aber diese Vorsichtsmaßnahme. Er gab sein Einverständnis, wünschte einen guten Abend und verließ rasch die Villa mit dem nicht unterschriebenen Exemplar des Ablaufplans in der Tasche, der, wie er hoffte, die Zustimmung von Hansen finden würde. Denn auf seine Unterstützung war er angewiesen.

20.

Bertholdy sah sich nach Verlassen der Jagdvilla, in der Jagd auf ihn und die Minox gemacht worden war, die Umgebung genauer an. Es war wichtig, Hansen und dem BKA-Mann das Anwesen genauer beschreiben zu können. Im großen Hof vor dem Hauseingang stand ein unauffälliger Wagen bereit. Der Fahrer öffnete die hintere Türe und winkte Bertholdy zu, sich zu beeilen. Bertholdy versuchte sich die Ansicht der Gründerzeitvilla und die Materialien ihrer Fassade einzuprägen. Zum Waldrand, der vier- bis fünfhundert Meter entfernt lag, führte ein breiter Fußweg über die Wiese. Beim Wegfahren sah er einen Hinterhof, auf dem ein Stallgebäude und Garagen standen. Welchen Zwecken wohl dieses einsam gelegene Haus diente? Von Jagdutensilien war nichts zu sehen gewesen. Margarethe wird das wissen, sagte er sich.

Nachdem er in Vaduz angekommen und der Wagen, der ihn gebracht hatte, nicht mehr sichtbar war, rief Bertholdy von einer Telefonzelle aus Hansen an und verabredete sich mit ihm wieder in dem kleinen Gasthaus in Maienfeld. Er bat ihn, dort ein Zimmer für ihn zu bestellen, denn er wollte Vaduz so schnell wie möglich verlassen. Den Anwälten und den übrigen Gesprächsteilnehmern mochte er in diesem kleinen Städtchen oder gar im Hotel nicht wieder begegnen. Den Gedanken, dass er auch eine Begegnung mit Margarethe Bieger zu vermeiden suchte, unterschlug er. Am Empfang sagte man ihm, seine Hotelrechnung würde von Herrn Dr. Leuenberger übernommen. Bertholdy bestand darauf, sie selbst zu bezahlen.

In Maienfeld kam er gerade recht zum Abendessen. Das Zimmer war bereit, aber Hansen noch nicht da. Aufregende Ereignisse schlugen Bertholdy nie auf den Magen, im Gegenteil, durch Stress wuchs sein Appetit. Daher ging er ins Restaurant und setzte sich an einen etwas abseits stehenden Tisch. Die Sorgen zu vertreiben, die er sich um Lydia machte, gelang dem Rotwein allerdings nicht.

In Anbetracht der verwirrenden, ja dramatischen Ereignisse dieses Tages wunderte sich Bertholdy über seine Haltung, sein Denkvermögen und seine plötzlich auftretende Entscheidungsbereitschaft. Diese katastrophale, für Lydias Leben höchst gefährliche Situation hatte bei ihm nicht zu Kopflosigkeit, zu emotionalen Blockaden geführt. Er hatte vielmehr einen kühlen Kopf behalten, agiert und nicht hilflos reagiert. Zum ersten Mal im Laufe der Ereignisse, so stellte er erstaunt fest, fühlte er sich in der Lage, überlegt zu handeln und weitere Entwicklungen zu beeinflussen. Jetzt war aus dem persönlichen Ungemach ein »Fall« geworden.

Hansen und Olbrich kamen erst kurz vor Mitternacht in den Gasthof. Sie informierten Bertholdy zuerst über die Ergebnisse der Observierung der Gesprächsteilnehmer in der Jagdvilla. Hansens Schweizer Kollegen hatten sofort auf die Verlegung des Tagungsortes reagiert und alle Teilnehmer beim Verlassen des Hauses mit einem Teleskop vom Waldrand aus beobachtet und fotografiert. Mit einer Ausnahme sei die Identität der Herren bereits geklärt. Es handelte sich um den Verteidigungsminister und den Geheimdienstchef eines westafrikanischen Staates, in dem die Waffen gelandet sein könnten, falls sie nicht an die Rebellen im Nachbarland weitergegeben wurden. Den Staatssekretär eines europäischen Verteidigungsministeriums, einen Industrie-Lobbyisten, bekannt für seine guten internationalen Kontakte, und einen bisher noch nicht identifizierten Teilnehmer mit arabischen Gesichtszügen. Die Anwältin sei ihnen ja aus Bertholdys Bericht bekannt.

Bertholdy wunderte sich über die rasche Identifizierung seiner Verhandlungspartner. »Sonst niemand?«, fragte er und dachte an Margarethe Bieger.

»Nur Leuenbergers Chauffeur, der während der Besprechung im Hof vor dem Eingang wartete.«

Nun berichtete Bertholdy über den Verlauf der Sitzung in Leuenbergers Jagdvilla. Hansen und Olbrich hörten zu, ohne ihn zu unterbrechen. Bertholdy las ihnen die Vereinbarung vor und gab dazu einige Erläuterungen. Nachdem er geendet hatte, sagte Olbrich: »Kompliment, das ist wirklich professionell geplant. Besser hätten wir es nicht zustande gebracht.« Und Hansen meinte, für die Klienten von Leuenberger sähe es jetzt so aus, als würden sie selbst für die Rückgabe der Minox sorgen. Das sei wirklich gut gelaufen.

Bertholdy fragte ihn sarkastisch: »Gilt das auch für die Geiselnahme von Lydia?«

Natürlich nicht, antwortete Hansen, obgleich man mit so etwas rechnen müsse, wenn man versuche, die Mächtigen zu erpressen. Und er habe da Vermutungen, allerdings keine Beweise, dass Lydia stärker in die Sache verwickelt sei, als Bertholdy recht sein könne. Im Vordergrund stünde aber nun die Unversehrtheit der Geisel.

Für Bertholdy klang das nicht sehr überzeugend. Verstimmt erwiderte er: »Ich ging bisher davon aus, dass meine Bereitschaft zu einer engen Zusammenarbeit mit der Kripo Frankfurt mit deren Bereitschaft honoriert würde, die Verwicklung Lydias in diesem Fall außen vor zu lassen. Das ist doch für die Aufklärung des Bestechungstatbestandes und der illegalen Waffenexporte ohne Bedeutung.«

Hansen erinnerte ihn daran, dass die Entscheidung darüber nicht bei ihm allein liege, dass er aber seinen Einfluss auf den Staatsanwalt in diesem Sinne ausüben wolle. Außerdem könne er davon ausgehen, dass das BKA und auch die Kripo Frankfurt der Verfolgung des illegalen Waffengeschäfts und der damit verbundenen Delikte aktiver und passiver Bestechung eine höhere Priorität einräumten als einer Aufklärung der Hintergründe des Mordes auf dem Eisernen Steg. Und was die eidgenössische Bundespolizei hinsichtlich des Entführungsfalles zu tun beabsichtige, müsse man abwarten. Sie könne ja nicht die Geiselnahme einer Schweizer Staatsbürgerin einfach so hinnehmen. Wo die Entführung stattgefunden habe, wo die Entführte sich aufhalte, sei noch nicht klar, sicher nicht in Deutschland. Man werde versuchen, die Schweizer Kripo vom Ablauf des Austausches fernzuhalten, sie höchstens als Beobachter zu akzeptieren. Aber in jedem Fall sei aus seiner Sicht die spätere Zeugenaussage von Lydia Haffner unverzichtbar. Er schlug Bertholdy vor, am nächsten Morgen getrennt nach Zürich zu fahren, um in der Bank gemeinsam die Minox aus dem Safe zu holen.

Dann, fuhr Hansen fort, werde er die Kamera an sich nehmen und mit einer Maschine der Lufthansa nach Frankfurt fliegen. Er, Bertholdy, solle besser mit der Bahn fahren, man wisse ja nie, ob man beschattet werde. In Frankfurt werde er ihm kurz vor dem Austausch der Geisel die Kamera übergeben. Das sei sicherer. So verbleibe genügend Zeit, den Ablauf und dessen Überwachung organisatorisch gut vorzubereiten.

Zur Klärung des zentralen Falles, des Waffengeschäfts und der Bestechungsaffäre, benötige man viele Wochen, wenn nicht Monate. Das sei schon für die Feststellung aller an diesem Geschäft Beteiligten und zur Beweissicherung notwendig. Er hoffe, den Austausch auf dem Eisernen Steg unbemerkt von der Presse durchführen zu können. Auch sei es besser, wenn Bertholdy sich während dieser Tage nicht im »Grand Hotel« aufhielte.

Damit war Bertholdy einverstanden. Er wollte wieder in dem kleinen Hotel in Neu-Isenburg übernachten. Leuenberger habe er seine Handynummer hinterlassen und gebeten, falls eine Kontaktaufnahme erforderlich sein sollte, ihn nur über diese Nummer anzurufen. Hansen betonte, das gelte auch für Kontakte zwischen Bertholdy und ihm.

Dem ganzen Meinungsaustausch zwischen den beiden ehemaligen Kripokollegen hatte Olbrich aufmerksam zugehört. Einen Kommentar dazu gab der Mann vom BKA nicht.

Als Bertholdy am nächsten Morgen zum Frühstück kam, waren die beiden bereits abgereist. Zuerst ging Bertholdy zum Büro von Leuenberger und deponierte, wie vereinbart, in der nächstliegenden Bank zusammen mit ihm das unterschriebene Exemplar des Protokolls. Dabei wurde nicht gesprochen. Zum Abschied aber sagte der Anwalt: »Das war nicht meine Idee. Meine Einflussmöglichkeiten sind jedoch begrenzt.«

In Zürich traf er Hansen in der Bank, wo sie gemeinsam den Safe leerten und ihn kündigten.

Im Eurocity nach Frankfurt wechselte Bertholdy mehrmals seinen Sitzplatz. In Freiburg stieg er zum Schein aus und drei Wagen weiter wieder ein. Er wollte sichergehen, dass er nicht beobachtet wurde. Nach seiner Ankunft in Frankfurt fuhr er mit der Straßenbahn zu Sixt, mietete einen unauffälligen VW Golf und fuhr direkt nach Neu-Isenburg.

Am folgenden Tag trafen sich Bertholdy und Hansen im Hotel in Neu-Isenburg, um sich über den Ablauf des Austauschs abzustimmen. Bei dieser Gelegenheit brachte Hansen eine schusssichere Weste für Bertholdy mit, die er in dieser Nacht unbedingt tragen solle. Eine Waffe könne er ihm allerdings nicht geben. Er werde aber selbst eine dabei haben. Und die Minox werde er am Sonntag zum vereinbarten Treffen auf dem Eisernen Steg mitbringen.

Bertholdy sagte ihm, dass er Leuenberger versprochen habe, unbewaffnet am Ort des Austauschs zu erscheinen. Daran wolle er sich auch halten. Es genüge ihm, wenn er die Pistole nach dem Austausch zurückbekomme. Die schusssichere Weste nähme er jedoch gern in Empfang.

Wie von Bertholdy erwartet und erhofft, war Hansen bereit, ihn während des Austauschs auf der Brücke zu begleiten. Außerdem würden in den bei den Brückenaufgängen gelegenen Häusern einige Stunden vor dem Treffen gut getarnte Scharfschützen postiert, die Anweisung hätten, nur dann einzugreifen, wenn die Übergabe nicht wie vereinbart ablaufen sollte. Und das nur auf seine Anweisung. Eine weiträumige und unauffällige Absicherung der Zufahrtsstraßen sei ebenfalls vorgesehen, auch dies nur für den Notfall.

Bertholdy wies Hansen darauf hin, dass das Bemerken dieser Sicherheitsmaßnahmen auf der Gegenseite Kurzschlussreaktionen auslösen könne, die man unbedingt vermeiden müsse. Hansen unterstrich noch einmal, dass die Polizei nur auf seinen ausdrücklichen Befehl hin in Erscheinung träte. Bertholdy meinte, die Übergabe hätte auch ohne diesen Aufwand erfolgen können.

Die verbleibende Zeit bis zur Begegnung auf der Brücke, bis zum Wiedersehen mit Lydia, verging für Bertholdy unerträglich langsam. Wie gern hätte er sich jetzt mit Marco Galliano unterhalten. Aber das wäre gegen die Verabredung mit Hansen gewesen. So versuchte er die

Fragen, die er Lydia stellen wollte, festzuhalten, ja vorzuformulieren. Hatte er sich all die Jahre ein falsches Bild von ihr gemacht? Hatte sie tatsächlich, wie Hansen vermutete, ein Doppelleben geführt? War sie tatsächlich in Andreas' Erpressungsversuch eingeweiht gewesen oder hatte sie sich gar an dessen Planung beteiligt? Kaum vorstellbar! Er hatte sie doch nie beim Lügen ertappt. Als einen sehr korrekten Menschen hatte er sie kennengelernt, als sehr ausgeglichen und nüchtern. Sensibel, aber auch fast leidenschaftslos war sie ihm vorgekommen.

21.

Der folgende Sonntag war der längste Tag in Bertholdys Leben. Er war nervös und ungewöhnlich appetitlos. Auf das Mittagessen verzichtete er. Als endlich der Abend kam und damit auch ein leichtes Hungergefühl, ging Bertholdy in den »Neuen Haferkasten«, der seinem Hotel gegenüber lag. Der »Haferkasten« hatte den Ruf, eines der besten italienischen Restaurants der Region zu sein. Selbst die kritischen Stunden, die ihm bevorstanden, waren kein Grund, auf eine gepflegte Mahlzeit zu verzichten, sagte er sich. Zur Verwunderung von Luigi, dem Wirt, bat er nach dem Essen um eine leere Champagnerflasche, die er zur Markierung der Brücke benötigte.

Als Bertholdy kurz nach Mitternacht nach Frankfurt aufbrach, begann es stark zu regnen. Darüber war er erfreut, denn Fußgänger, die früh morgens um drei Uhr im strömenden Regen den Steg überquerten, dürften sehr selten sein. Er nahm den Weg über die Darmstädter Landstraße, vorbei an dem großen Wohnturm, in dem Lydia und er die Wochenenden verbracht hatten. Dann fuhr er langsam die beiden Mainufer ab, um nach Auffälligkeiten Ausschau zu halten. Es war ruhig, auch von Hansens Leuten war nichts zu sehen. Inzwischen hatte der Regen wieder aufgehört. Die Straßenbeleuchtung spiegelte sich auf dem nassen Asphalt.

Mit Hansen hatte er sich eine halbe Stunde vor dem Austausch in der kleinen Seitenstraße bei der Dreikönigskirche verabredet. Als Bertholdy dort vorbeifuhr, trat Hansen aus einem Hauseingang hervor. Er hatte einen Beamten bei sich, der die Rolle des Fahrers übernehmen sollte. Sie stiegen ein und Hansen übergab Bertholdy die Minox sowie die Quittung für den Kauf der Kamera. Er bemerkte dazu, er habe sie nicht einmal fälschen müssen, denn Seibold habe die Minox tatsächlich einige Wochen vor seiner Ermordung in einem Laden in der Nähe des Goethehauses gekauft. Er sei wohl ein Sammler dieses Kameratyps gewesen, hatte der Verkäufer gesagt. Den Käufer zu finden, war leicht gewesen, denn diese teuren Minikameras gingen nicht oft über den Ladentisch.

Am Brückenaufgang stoppte der Wagen, Hansen und Bertholdy stiegen aus und nahmen die Champagnerflasche aus dem Kofferraum. Das Fahrzeug fuhr weiter zur vorgesehenen Position. Hansen blieb, wie vereinbart, am Brückenaufgang stehen. Bertholdy ging zur Brückenmitte. Er stellte die Champagnerflasche auf, zog sich einige Meter zurück, um die Ankunft des Wagens mit der Geisel abzuwarten.

Bis zur vereinbarten Zeit waren es noch einige Minuten, die Bertholdy sehr lang vorkamen. So kurz vor dem Ziel, vor der von ihm in die Wege geleiteten Übergabe der Geisel, seiner Lydia, durfte sich nichts Unvorhergesehenes mehr ereignen!

Schließlich erhielt Hansen über Sprechfunk Bescheid, auf der Frankfurter Uferseite fahre ein schwarzer BMW langsam am Brückenaufgang vorbei. »Sie kommen«, rief er Bertholdy zu. Der Wagen wendete und hielt an der vereinbarten Stelle. Die Scheinwerfer wurden abgestellt. Sie sahen drei Personen in Richtung Eiserner Steg gehen. Nun kamen sie die rote Sandsteintreppe herauf. Zwei Personen blieben dort stehen, eine davon war wohl Lydia. Bertholdy glaubte sie im Licht der Brückenbeleuchtung zu erkennen. Die dritte Person ging ebenfalls bis zur Ausgangsposition.

Bertholdy gab nun mit seiner Taschenlampe das vereinbarte Lichtsignal und ging zur Brückenmitte, in der Hand die Minox. Sein Gegenüber setzte sich ebenfalls in Bewegung: Es war tatsächlich Leuenberger, der da auf ihn zulief.

Als sie beide die Flasche erreicht hatten, unterblieb jede Anrede. Bertholdy zeigte dem Anwalt die Minox.

Seine Taschenlampe ließ die Seriennummer und die Anzeige für die Anzahl der noch nicht belichteten Aufnahmen gut erkennen. Dann zog er aus seiner Manteltasche die Quittung, auf der ebenfalls die Seriennummer angegeben war. Leuenberger gab seinen Begleitern ein Zeichen und ging rückwärts zur Ausgangsposition. Er beobachtete, wie Bertholdy die Kamera und die Quittung neben die Flasche legte. Bertholdy ging ebenfalls rückwärts auf seine Ausgangsposition zu. Auch er wollte Leuenberger nicht aus den Augen lassen. Dann gab er die drei Lichtsignale und sah, wie sich eine Person auf die Brückenmitte zubewegte. Er erkannte Lydia am Gang und an der Handbewegung, mit der sie sich das Haar aus der Stirn streifte. Sie ging mit langsamen Schritten an Leuenberger vorbei, ohne auf ihn zu achten, hob die Hand wie zum Gruß an Bertholdy.

Als sie die Mitte der Brücke erreicht hatte, bückte sie sich plötzlich, riss die Minox an sich, lief zum Brückengeländer und schwang sich darüber. Bertholdy hörte den Aufschlag auf dem Wasser. Sein Schrei »Nein!« verhallte. Hansen rannte an Bertholdy vorbei, der wie erstarrt stehen geblieben war, nahm ihm die Taschenlampe aus der Hand, suchte im ungenügenden Strahl der Lampe nach Lydias Körper. Auch Dr. Leuenberger lief zur Mitte der Brücke, dann aber stoppte er jäh, verharrte einen Augenblick und lief zurück zu seinem Begleiter. Der gab dem wartenden BMW ein Zeichen. Der Wagen kam in großer Geschwindigkeit zum Treppenaufgang der Brücke, die beiden stiegen ein, und der Wagen entfernte sich mit quietschenden Reifen.

Sofort meldeten sich per Funk Hansens Kollegen, die in den gegenüberliegenden Häusern versteckt gewesen waren und den ganzen Vorgang beobachtet hatten. Sie fragten, ob sie eingreifen sollten. Sie könnten den Wagen noch stoppen lassen und die Geiselnehmer verhaften. Die Wasserpolizei sei auch schon informiert und in wenigen Minuten in der Nähe der Brücke. Bertholdy stammelte nur: »Lydia kann nicht schwimmen!«

»Nein«, brüllte Hansen in sein Sprechgerät, »alle bleiben in Deckung, bis ich das Gegenteil anordne.« Er fürchtete, eine vorzeitige Verhaftung könnte seinen Plan zunichtemachen, erst Monate nach dem Austausch der Geisel die Aktion gegen die Waffenschieber zu starten. Eine verfrühte Aktion würde die Hauptbeteiligten warnen und ihnen Gelegenheit geben, rasch unterzutauchen.

Dann nahm er seinen alten Kollegen am Arm, der noch immer wie versteinert am Brückengeländer stand. »Damit war nicht zu rechnen«, sagte er, »wie konnte sie das nur tun?« Bertholdy hob die Schultern, unfähig, darauf zu antworten. Schließlich sagte er zu Hansen, er wolle jetzt allein sein und vor allem nichts mit den Kollegen von der Kripo zu tun haben, die von beiden Seiten über den Eisernen Steg kamen. Dann ging er in Richtung Sachsenhäuser Ufer. Er wollte zu Lydias Wohnung, als ob er sie dort wieder sehen könnte. Aber er fürchtete, die Einsamkeit in den Räumen und die quälenden Fragen kaum ertragen zu können. So beschloss er, seinen alten Freund Marco aufzusuchen.

Als Bertholdy mit stockender Stimme berichtete, Lydia sei tot, erstarrte Marco. »Wie ist das nur passiert?«, stammelte er.

»Sie ist in den Main gesprungen, bevor ich ihr die Hand geben und sie umarmen konnte, bevor sie wieder ganz bei mir war«, antwortete Bertholdy.

Marco Galliano benötigte eine Pause, bis er sich wieder etwas gefasst hatte. Dann stellte er die gleichen Fragen, die sich Bertholdy immer wieder stellte: »War die Situation für sie so ausweglos, dass sie ihrem Leben ein Ende machen musste? War sie doch viel tiefer in Andreas' Plan verstrickt, als bisher offenbar wurde? Das alles wegen eines Bruders, der ihrer nicht wert war?«

»Und ich, lieber Marco, muss mir auch die Frage stellen, habe ich nach dem Mord an ihrem Bruder in meinem Verhalten zu ihr versagt?«

Marco nahm seinen Freund in den Arm und sagte: »Das könnte nur sie beantworten. Aus meiner Sicht hast du getan, was du konntest.«

An dieser Stelle muss ich mich zu Wort melden. Der Bericht gibt nicht wieder, wie verzweifelt, wie ratlos wir waren. Unfähig, die Fragen, die in uns aufkamen, zu formulieren, geschweige denn sie zu beantworten.

Und ich hatte Anlass, darüber nachzudenken, ob meine Diskretion, mit der ich das Zusammentreffen mit Lydia und ihrem Bruder im Hotel »Castello del Sole« behandelte, vielleicht doch zu dieser Katastrophe beigetragen hatte. Aber wie hätte Bertholdy reagiert, hätte ich ihm bereits Jahre zuvor von dieser »Liaison dangereuse« berichtet? Und was hätte der Bruch meines Versprechens, das Treffen mit Lydia in Ascona für mich zu behalten, an der Situation geändert? Gewiss nichts an dem sehr speziellen Verhältnis unter den Geschwistern.

Vielleicht wäre für Lydia und Bertholdy das Idyll ihrer Wochenenden vorbei gewesen, aber dann hätten alle daran Beteiligten, also auch ich, einen Verlust an Freundschaft erlitten – und das für Jahre.

Dann fragte ich mich, ob Lydias Leben vielleicht anders verlaufen wäre, hätte ich damals eine Indiskretion begangen? Wäre dann diese Konstellation der Ereignisse, die zu ihrem Selbstmord führte, nie aufgetreten? Es gibt, so meine Erfahrung, Situationen, die keine richtige Entscheidung zulassen. So kam ich am Ende meines Nachdenkens zu der Erkenntnis, dass mein Verschweigen gegenüber Bertholdy ihm und auch mir einige Jahre einer unbeschwerten Freundschaft und Zuneigung geschenkt hatte.

Gewiss, dieser Text, Bertholdys Bericht, versucht, Lydias Wesen, ihre Persönlichkeit, ihre Willensstärke deutlich zu machen, sie in all den Facetten ihres Charakters darzustellen. Aber der Autor des Berichts ist kein Romancier: Er schildert sie nicht, wie sie es verdient hätte und wie sie war. Sie war eine Persönlichkeit von großer Menschlichkeit.

Ein Romancier kennt die von ihm erdachten Personen in allen Einzelheiten ihres Wesens, in ihren Stärken und ihren Schwächen. Er kann seine Protagonisten auch deshalb so ausführlich und in allen Nuancen schildern, weil er eng mit ihnen vertraut ist. Nicht so ein nahestehender, ja intimer Freund, um nicht zu sagen ein Wochenendliebhaber.

So will ich denn die Unvollständigkeit der bisherigen Schilderung dieses auf so tragische Weise umgekommenen Menschen durch eigene Worte auszugleichen versuchen, denn sie war auch meine Freundin – wenn auch (leider) in anderem Sinne als für Bertholdy. Unter all den Frauen, die ich in meinem Leben kennengelernt habe, und das waren nicht wenige, war sie die beeindruckendste. Ihre Gradlinigkeit und Einfühlsamkeit, ihre Schönheit bewunderte ich sehr. Vielleicht würde Bertholdy noch hinzufügen: Ihre fast mütterliche Fürsorge, die sie ihm zukommen ließ. Diese hatte er offensichtlich in seiner Jugend vermisst, wie ich seinen seltenen Bemerkungen über diesen Lebensabschnitt entnommen habe. Bertholdy hatte nicht nur eine Geliebte verloren.

22.

Am folgenden Tag wurde Lydias Leiche flußabwärts am nächsten Wehr gefunden. Hansen bat Bertholdy, sie in der Pathologie der Uniklinik zu identifizieren. Als das weiße Tuch zurückgeschlagen wurde, verlor er für einen Augenblick die Fassung. Er beherrschte seine Gesichtszüge nicht mehr, Tränen rollten ihm über die Wangen. Hansen legte den Arm um seine Schulter. Er versuchte erst gar nicht, ihn mit Worten zu trösten. Dann fuhren sie zusammen ins Polizeipräsidium.

Dort angekommen, schlug Hansen Bertholdy vor, die Nachricht von Lydias Tod möglichst rasch der Mutter zu übermitteln. Zur Bestätigung der Nachricht stünde er natürlich zur Verfügung. Bertholdy bat darum, das Gespräch allein führen zu dürfen. Er würde Hansen zu gegebener Zeit ins Zimmer rufen.

Er erreichte Klara Seibold telefonisch in ihrem Haus in Zürich, schilderte kurz die Vorgänge der letzten Tage und sagte ihr, dass man Lydias Leiche geborgen habe. An der Identifizierung, die vor einer Stunde erfolgt sei, habe er teilgenommen. Eine erkennbare Reaktion der Mutter blieb aus. Nach einer Pause fragte sie: »Wann ist die Beerdigung?« Bertholdy gab zu bedenken, dass zuerst der Ort der Beerdigung festzulegen sei, dann erst könne man etwas über den Zeitpunkt sagen. Den Ort, erwiderte Klara Seibold, solle besser er festlegen. In keinem Fall aber stünde das Familiengrab in Zürich zur Verfügung, in dem ihr Sohn bestattet wurde. Bertholdy zog es vor, das Gespräch zu beenden, zu sehr war er über diese Haltung entsetzt. Er würde sich in den nächsten Tagen wieder melden, um ihr Ort und Zeit der Beisetzung mitzuteilen. Das sei nicht notwendig, erwiderte sie, denn da werde sie nicht erscheinen. Wortlos legte Bertholdy den Hörer auf.

Mit einiger Beklemmung schilderte er Hansen das Gespräch mit Frau Seibold, der ihm empfahl, die Mutter schriftlich über alles zu informieren. Sie habe dann noch eine Möglichkeit, ihre Entscheidung zu überdenken. Die Leiche werde in drei bis vier Tagen freigegeben. Falls bis dahin die Mutter nichts von sich hören ließe, müsse Bertholdy eine Entscheidung treffen und die Formalitäten für die Beerdigung vorbereiten.

Dann rief Bertholdy die Direktion des »Grand Hotel« an und informierte James King, den Generaldirektor des Hauses, über den tragischen Vorfall, den die Lokalzeitungen noch nicht gemeldet hatten. Außer einem kurzen Wort des Beileids hatte King für Bertholdy nur noch die Bemerkung übrig, dass dieses Unglück gewiss nicht gut für das Image des Hotels sei.

Das nächste Telefonat führte er mit Lydias Anwalt. Er berichtete ihm in knappen Worten von Lydias Freitod und von seinem Gespräch mit ihrer Mutter. Der Anwalt bat darum, ihn möglichst bald aufzusuchen, spätestens aber, sobald die Sterbeurkunde ausgestellt worden sei. Das Testament der Verstorbenen werde in seiner Kanzlei aufbewahrt. Die Anschrift von Lydia Haffners Mutter liege ihm vor, er werde sie ebenfalls zur Testamentseröffnung in seine Kanzlei einladen.

Bertholdy nahm ein Taxi, um zur Wohnung in Sachsenhausen zu fahren. Fragen seiner Kollegen und Freunde im »Grand« hätte er jetzt nicht ertragen. Die Wahl des Friedhofs war rasch getroffen. Er lag ja direkt vor der Terrasse von Lydias Wohnung. Im Sommer waren sie oft im Südfriedhof im Schatten der großen Bäume spazierengegangen.

Nachdem er zwei Tage nichts von Lydias Mutter gehört hatte, rief er das Bestattungsunternehmen an, mit dem das »Grand Hotel« zusammenarbeitete, wenn es unter den Gästen einen Todesfall gab. Im Hoteljargon sprach man in diesen Fällen von einer »kalten Abreise«. Ein Ausdruck, über den er immer gelächelt hatte. Jetzt stellte er entsetzt fest, dass diese despektierliche Bezeichnung durch Lydias Sprung in den Main eine besondere Bedeutung erhalten hatte.

Der schwarz gekleidete Herr mit professionell traurigem Blick nahm ihm alle Formalitäten ab. Nur den Blumenschmuck sowie die Musik für die Trauerfeier solle sich Bertholdy aussuchen. Und ob ein Pfarrer gewünscht werde und welcher Konfession er denn sein solle. Verlegenheit bei Bertholdy. Er wusste nicht einmal, ob Lydia überhaupt einer Religionsgemeinschaft angehört hatte. Sie hatten nie darüber gesprochen.

Sein Gegenüber half ihm aus der Klemme. Die Lohnsteuerkarte könne darüber doch Aufschluss geben. Der

Anruf im Lohnbüro des »Grand Hotel« brachte Klarheit: Lydia war konfessionslos gewesen.

Ob er dennoch einen Pfarrer oder einen Grabredner wünsche, fragte der Mann weiter, denn einer müsse ja etwas sagen. Es stünden auch einige konfessionell nicht gebundene Trauerredner zur Verfügung.

»Ich werde selbst sprechen«, gab er zur Antwort. »Es sind ja nicht viele Trauergäste zu erwarten, nur einige Kollegen aus dem Hotel.«

Die Beerdigung fand in kleinem Kreis statt. Erschienen waren der Generaldirektor des Hotels, ein Dutzend Kollegen und, wie nicht anders zu erwarten, Hansen mit seiner Assistentin. Lydias Mutter war tatsächlich nicht gekommen. Bertholdy hatte Mühe, die wenigen Sätze, die er sorgsam vorformuliert hatte, mit klarer Stimme vorzutragen. Reden zu halten, lag ihm nicht. Er rühmte Lydias Freundlichkeit, die sie allen hatte zukommen lassen, ihre Fürsorge für ihre Mitarbeiter und ihre Korrektheit. Zum Schluss seiner Rede sagte er, Lydias Tod habe eine Lebenspartnerschaft zerstört, die aus seiner Sicht ideal war.

Zwei Tage später gab Lydias Anwalt den Termin der Testamentseröffnung bekannt. Als Bertholdy die Kanzlei aufsuchte, saß Klara Seibold bereits am Tisch des Sitzungszimmers. Die Begrüßung war kühl, sehr distanziert. Die Erinnerung an die gemeinsamen Tage in Zürich, die heiter und beinahe familiär gewesen waren, war verblasst, der »Fast-Schwiegersohn« gehörte der Vergangenheit an.

Auch Marco Galliano saß zu Bertholdys Überraschung am Konferenztisch. Er war vom Anwalt, wie dieser erklärte, dazu gebeten worden.

Der Anwalt öffnete ein versiegeltes Kuvert und verkündete, Lydia habe das Testament wenige Tage nach dem Tod ihres Bruders geschrieben und ihm zur Beglaubigung und Aufbewahrung übergeben. Nach dem letzten Willen der Verstorbenen sei als Alleinerbe Johannes Bertholdy vorgesehen. Ansprüche der Mutter gebe es keine, denn auf deren Wunsch habe man bereits vor Jahren gegenseitig auf die Auszahlung von Pflichtteilen verzichtet. Darüber liege eine beiderseitig unterschriebene, notariell beglaubigte Urkunde vor.

Aus Klara Seibolds Gesicht ließ sich keine Reaktion ablesen. Mit fester Stimme, die keine Gefühlsbewegung verriet, erklärte sie, in keinem Fall auf die Auszahlung des Pflichtteils zu verzichten. Darüber hinaus werde sie ihre Unterlagen überprüfen, ob sich noch Ansprüche gegen die Erblasserin aus vergangenen Tagen herleiten ließen. Dann gab sie dem Testamentsvollstrecker die Anschrift ihres Vermögensverwalters, der für sie die Angelegenheit abwickeln werde, und verließ grußlos die Kanzlei.

Der Anwalt verlas nun eine Auflistung der Bankkonten, Wertpapierdepots und sonstigen Vermögenswerte wie die Wohnung auf dem Sachsenhäuser Berg und drei Rustici im Tessin. Für diese Ferienhäuschen oberhalb von Ronco befänden sich Reserveschlüssel bei den Unterlagen. Von ihnen hatte Bertholdy nie gehört. Er war überrascht, verunsichert und berührt. Lydia hatte ihm ein beachtliches Vermögen vererbt. Sie hatte sich einmal, als sie sich einige Zeit kannten, als wohlhabend bezeichnet, aber sie war offensichtlich sehr wohlhabend gewesen. Aber über Geld hatten sie nie gesprochen.

Dann kam der Anwalt zu einer weiteren Bestimmung in Lydias Testament. Sie hatte als Schenkung zugunsten von Marco Galliano eine Pensionsversicherung abgeschlossen, die ihm lebenslänglich eine monatliche Rente in Höhe von 4000 Euro garantierte. Marco erbleichte. Fassungslos legte er einen Finger an die Lippen, um nichts Falsches zu sagen. »Ist das eine Belohnung für mein Verschweigen des unvorhergesehen Treffens in Ascona?«, fragte er sich.

Als die beiden unverhofften Erben von dem Anwalt verabschiedet wurden, übergab dieser Bertholdy noch einen verschlossenen Brief und sagte: »Dies ist wohl ein letzter Gruß für Sie.«

Sobald Bertholdy wieder allein war, öffnete er den Umschlag in der Erwartung, von Lydia etwas über ihr Verhältnis zu ihrem Bruder und vielleicht sogar etwas über ihr Verhalten ihm gegenüber zu erfahren. Doch auf dem Bogen stand nur ein Satz, ohne Anrede, ohne Gruß: »Kontaktiere Rechtsanwalt Dr. x in Zürich. Seine Anschrift lautet: xxxx. Er hat dir Vertrauliches zu berichten.«

23.

Zwei Tage später meldete sich Bertholdy im »Grand Hotel« zurück. Dort erwartete ihn eine unangenehme Überraschung. Der Generaldirektor des Hauses eröffnete ihm, dass man in Zukunft auf einen fest angestellten Security Officer verzichten wolle. In Anbetracht seiner langjährigen Tätigkeit sei man geneigt, ihm, falls er sich selbständig zu machen beabsichtige, dafür den entsprechenden Auftrag zu erteilen. Über die Bedingungen müsse man natürlich verhandeln. Auch sei eine Teilzeittätigkeit im Verkauf und in der Abwicklung von Tagungen und Festessen möglich. Man müsse heute ja flexibel sein. Aus seiner Sicht sei dies ein sehr großzügiges Angebot, vor allem in Anbetracht der jüngsten Ereignisse, die für das Image des Hotels nicht gerade förderlich gewesen seien.

Bertholdy konnte die Frage nicht unterdrücken, ob diese Entscheidung so dringlich sei, dass sie wenige Tage nach einem für ihn sehr schmerzlichen Ereignis getroffen werden müsse. James King aber zeigte keine Reaktion. Bertholdy bat sich Bedenkzeit aus, schließlich sei ja auch die Alternative einer Vertragsauflösung mit entsprechender Abfindung zu erwägen, falls sich das Unternehmen unbedingt von ihm trennen wolle. Einen Grund für die fristlose Kündigung seines Arbeitsvertrags sähe er nicht. Da er noch einige Tage Urlaub habe, werde er die nächsten Tage versuchen, sich über Alternativen zu dieser für ihn neuen Situation klar zu werden.

Als er das Büro verließ, stellte er beklommen fest, dass sich in wenigen Wochen sein ganzes bisheriges Leben verändert hatte. Alles war so gut geordnet, so überschaubar gewesen, sowohl seine berufliche Situation als auch seine private. Ein Ereignis hatte genügt, um alles total zu verändern. Er hatte nicht nur seine Lebensgefährtin verloren, nun lief er auch noch Gefahr, seinen Job zu verlieren.

Der Glaube, er habe zwei säuberlich voneinander getrennte Leben, hatte sich als Irrglaube herausgestellt. Er hatte doch nur ein Leben, wie andere auch. Wenn jemand zwei Leben hatte, dann war es Lydia. Aber deren zweites Leben, von dem er bis zur Ermordung ihres Bruders keine Kenntnis hatte, war für ihn nicht mehr nachzuvollziehen. Und immer wieder würde er sich die Frage stellen, ob und in welchem Ausmaß sie in die kriminellen Machenschaften von Andreas Seibold eingebunden war.

Bertholdy erkannte, dass er noch lange mit der Suche nach einer passenden Bezeichnung für das Verhältnis zwischen ihm und Lydia beschäftigt sein würde.

Darüber haben wir in diesen Tagen oft gesprochen. Kaum aber über die testamentarischen Bestimmungen, von deren Großzügigkeit und Fürsorge wir beide überrascht und fast schon beschämt waren.

»Marco, sag mir, warum?«, fragte mich mein Freund Bertholdy immer wieder. Diese berühmte Frage »Warum«, die immer nach katastrophalen Ereignissen gestellt wird, sucht in Wirklichkeit nicht den Grund des Ereignisses, die auslösenden Faktoren oder sonstigen Voraussetzungen, sondern fragt: »Warum geschieht das ausgerechnet mir?«

Für mich war allein schon der Verdacht nicht akzeptabel, Lydia sei in den Erpressungsversuch ihres Bruders eingebunden gewesen, habe Kenntnis davon gehabt oder auch nur eine Ahnung. Das passte einfach nicht zu ihr! Lydia eine Halbkriminelle? Niemals!

Zudem: Wäre sie in Andreas Seibolds Pläne eingeweiht gewesen, dann hätte sie ganz anders auf den nächtlichen Anruf reagiert. Und von dem Ticket nach Barbados wusste sie vielleicht gar nichts. Und wenn die beiden wirklich die Absicht gehabt hätten, auszuwandern, dann wäre doch, wie man jetzt weiß, Lydias Vermögen für einen Neuanfang ausreichend gewesen. Bertholdy schien meine Argumente gern anzunehmen.

Natürlich verfügte ich nicht über so viele Informationen wie er, der von Hansen in Nebenbemerkungen immer wieder auf die Variante »Lydia als Komplizin« aufmerksam gemacht worden war. Und sicherlich erschwerte meine große Sympathie für Lydia, meine fast jungenhafte Begeisterung für diese Frau, ein ganz neutrales Urteil. Aber auf mein Urteil über Frauen konnte ich mich mein ganzes Leben verlassen, und schon in meiner Jugendzeit in Neapel hatte ich einen »Riecher« für Kriminelle. Lydia hatte, im Gegensatz zu ihrem Bruder, keine kriminelle Ader, und ihn hatte ich bei unserer Begegnung im »Castello del Sole« in Ascona zu kurz gesehen, um einen solchen Eindruck gewinnen zu können.

Nun wird sich der Leser fragen, wie ich zu meiner Fähigkeit kam, Kriminelle zu erkennen. Ich könnte jetzt der Einfachheit halber sagen: »Jeder, der in Neapel aufwächst, besonders wenn er als Waise aufwächst, besitzt diese Fähigkeit.« Vielleicht ist es angebracht, doch etwas über meine Herkunft zu erzählen, denn manches erscheint dann verständlicher in meinem Auftreten in den Hotels dieser Welt, besonders aber im »Grand« in Frankfurt, einem Auftreten, das von meinen Gästen bisweilen als skurril, bizarr und doch charmant bezeichnet wurde. Die Grand Hotels waren eben meine Bühne, mein ganzes Leben lang.

Am Tag, an dem Lydia überstürzt und für uns alle überraschend abgereist war, im Februar des Jahres 2000, hatten wir die Absicht gehabt, zu dritt in ihrer Wohnung zusammenzukommen, um meinen 78. Geburtstag zu feiern. Natürlich fiel dieses Fest ins Wasser. Das war nicht schlimm für mich, da ich auf Geburtstagsfeiern nie großen Wert gelegt hatte. Sie erinnerten mich allzu sehr an den Verlust meiner Jugend. Deshalb war die Abreise Lydias, ihr Verschwinden, das wesentlich wichtigere Ereignis, nicht nur für Bertholdy, sondern auch für mich.

Aus diesen Angaben können Sie, verehrte Leser, mein Geburtsjahr ersehen. Ich wurde im Jahre 1922 geboren, in

Neapel, wo meine Eltern und Großeltern und alle anderen Vorfahren auch geboren waren. Meine Großväter habe ich nie gesehen, sie verließen diese Erde vor meiner Geburt. Männer hatten in dieser Stadt, von der einst alle träumten, die Reichen wie die Armen, keine großen Chancen, alt zu werden – es sei denn, sie waren gut geschützte Anführer der mächtigen, ja bisweilen allmächtigen Organisation. Jeder weiß, wovon ich spreche. Nicht von der katholischen Kirche.

Als ich fünf Jahre alt war, wurde mein Vater erstochen. Ich habe als Erinnerung an ihn nur noch ein Bild vor Augen, von dem ich nicht weiß, ob ich es den Erzählungen meiner Mutter und meiner Tante verdanke oder ob es wirklich in mein Gedächtnis aufgenommen wurde und nie daraus verschwand: Er brachte meiner Mutter jeden Freitag, wenn er abends nach Hause kam, einen Blumenstrauß mit. Er überreichte ihn mit einem zärtlichen Kuss.

Meine Mutter, die nach Papas Tod jeden Freitag von mir einen Kuss haben wollte, sagte mir bei dieser Gelegenheit immer wieder, meine Zukunft liege nicht in Neapel. Sobald ich groß sei, würden wir auswandern. Wohin, sagte sie nicht.

An meinem neunten Geburtstag gab ich ihr meinen letzten »venerdi bacio«, zwei Tage später starb sie. Sie war schon lange krank gewesen, und ein Arzt kam erst für die Sterbeurkunde. Nach der Beerdigung wurde ich meiner Tante Maria übergeben, die in einer der engen Straßen der Altstadt wohnte, die von kleinen Läden, Hand-

werksbetrieben und einfachen Cafés gesäumt waren. Oft versteckte sich hinter den Hauseingängen ein Labyrinth von Hinterhäusern mit Innenhöfen, ab und zu ein Baum und eine Teppichstange.

Maria sorgte, wie sie allen gegenüber betonte, für die »Feinwäsche« wohlhabender Familien. Ich wurde aufgeklärt, was man darunter versteht: Nicht etwa Küchen- oder Bettwäsche, sondern die Dessous feiner Damen, ihre faltenreichen Blusen, ihre zarten duftenden Taschentücher, die wertvolle Tischwäsche. Was ich nie kapierte: Warum hatten die Männer keine zarten Dessous? Maria wollte mir das später erklären.

Marias Wohnung hatte zwei Zimmer und eine Küche, in der auch eine verzinkte Wanne stand. In ihr wurden die eigene, manchmal auch fremde Wäsche und gelegentlich auch die Bewohner gewaschen. Das Appartamento lag im fünften und letzten Stock eines großen Wohnhauses, das im Jahre 1878 erbaut worden war. Einst war es ein schönes Haus gewesen, aber die alle paar Jahre wechselnden Eigentümer waren mehr an den Mieteinnahmen interessiert als an der Erhaltung des Gebäudes. Das Besondere an Tante Marias Wohnung war der Balkon, der seine Existenz dem Rücksprung des fünften Stockwerkes verdankte. Auch das wesentlich gepflegtere Haus gegenüber, das in gleichem Stil in denselben Materialen wie das meiner Tante Maria gebaut worden war, hatte einen solchen Balkon. Diese beiden Balkone sollten in meinem Leben eine nicht unwesentliche Rolle spielen.

An dieser Stelle will ich meine Reminiszenzen unterbrechen, damit ich mich nicht allzu sehr in Bertholdys Bericht dränge und der Leser nicht verzweifelt nach dem Faden der Handlung sucht, die ja noch lange nicht abgeschlossen ist. Dafür werde ich an anderer Stelle weiter über mich berichten.

24.

Bertholdy hielt es für richtig, bis zur seiner Entscheidung über das Angebot des Hoteldirektors sein Zimmer, nicht aber sein Büro zu räumen. Da die Einrichtung dem Hotel gehörte, musste er nur seine persönlichen Sachen zusammenpacken, darunter seine beachtliche Sammlung von Kochbüchern. Es sei wohl besser für ihn, dachte er, in Zukunft in Lydias Appartement zu wohnen. Schließlich gehörte es jetzt ihm. Seine persönliche Habe ließ er durch einen Spediteur abholen und in die Wohnung in Sachsenhausen bringen. Diese versuchte er innerhalb der nächsten Tage so um- und auszuräumen, dass sie den Bedürfnissen eines Junggesellen entsprach.

Lydias Kleidungsstücke, ihre Schuhe und was sie sonst an persönlichen Gegenständen in der Wohnung zurückgelassen hatte, packte Bertholdy in Umzugskartons und lagerte diese im Keller – als würde Lydia nach einiger Zeit doch wieder kommen. Und die Kammer, die sie immer verschlossen gehalten hatte, wagte er nicht aufzuschließen und auszuräumen.

Am Samstagmorgen läutete das Telefon. Am liebsten hätte Bertholdy nicht abgenommen. Dieses Wochenende wollte er in Ruhe über seine Situation nachdenken. Der Anrufer aber hatte Ausdauer und versuchte es immer wieder. Schließlich nahm Bertholdy ab und erkannte sofort die Stimme. Es war Margarethe Bieger, die Assistentin von Leuenberger. Sie rief aber nicht aus Vaduz an, sondern zu Bertholdys Missbehagen aus dem »Holiday Inn«, das direkt neben dem Haus lag, in das er gerade eingezogen war. Margarethe gab nicht zu erkennen, ob sie diese direkte Nachbarschaft absichtlich herbeigeführt hatte.

Sie habe das Bedürfnis, sagte Margarethe, mit ihm ausführlich über die Ereignisse der letzten Wochen zu sprechen. Seit ihrem Zusammentreffen in Vaduz habe sie ja nichts mehr von ihm gehört. In ihrer Stimme lag ein leiser Tadel. Der Tod seiner Lebensgefährtin habe sie tief berührt, obschon sie Lydia Haffner nicht persönlich gekannt habe. Damit hätte niemand gerechnet, am wenigsten Leuenberger.

Dass sie als Assistentin des Anwalts und Geliebte des Erpressers eigentlich den Startschuss für die verhängnisvollen Ereignisse gegeben hatte, kam ihr offensichtlich nicht in den Sinn.

»Wenn du schon da bist, dann sollten wir uns sehen – aber nicht in meiner Wohnung. Das wäre zu gefährlich für dich und wahrscheinlich auch für mich«, sagte Bertholdy und hatte alle denkbaren Gefahren im Sinn. »Ich schlage vor, dass wir uns in der Wohnung von Marco Galliano treffen. Du hast ja seine Adresse.«

»Ja, einverstanden. Ich habe die Adresse dabei. Passt dir heute Vormittag, elf Uhr?«

»Ich muss das noch mit Marco abstimmen. Wie kann ich dich erreichen?«

»Es ist besser, ich rufe dich in einer halben Stunde wieder an«, sagte Margarethe und hing ein.

Marco war sehr angetan. Ein Treffen in seiner Wohnung! Enttäuscht war er nur, als er erfuhr, man wolle dort unter vier Augen sein.

»Wie hast du denn die letzten Wochen in der Kanzlei Leuenberger überstanden«, fragte Bertholdy, nachdem er Margarethe begrüßt hatte.

»Die Zeit nach unserem letzten Treffen in Vaduz war wirklich schwierig für mich. Leuenberger zog mich nicht mehr ins Vertrauen, ich war ausgeschaltet. In dieser Zeit hätte ich Informationen bitter nötig gehabt. Aber von dir war nichts zu hören. Ich war und bin darüber enttäuscht, das muss ich schon sagen«.

»Meine liebe Margarethe, du kannst dir nicht vorstellen, was seit unserem letzten Treffen alles auf mich eingestürzt ist. Da hatte ich weder Zeit noch Kraft, Kontakt zu dir aufzunehmen. Und hätte ich es getan, wäre das nicht ohne Gefahr für dich gewesen. So konzentrierte ich mich darauf, dich aus den Gesprächen und Überlegungen der

Kripo herauszuhalten. Ich habe bis heute noch niemandem gesagt, woher jene Unterlagen kamen, die Seibold für seinen Erpressungsversuch verwendet hat«.

Margarethe seufzte, strich Bertholdy über die Wange und sagte: »Das war lieb von dir, vielen Dank!«

»Das zu erfahren, bist du doch gekommen«, stellte Bertholdy klar. »Aber eines will ich von dir wissen: Wann hast du von Lydias Geiselnahme erfahren?«

»Ich habe es erst erfahren, als der Austausch in Frankfurt unmittelbar bevorstand. Leuenberger rückte damit heraus, als er nach Frankfurt fuhr, um dich dort auf der Brücke zu treffen. Er hatte mir nach deinem Treffen mit den Waffenhändlern nichts davon gesagt. Sein Misstrauen war damals sehr groß. Da hat es keinen Sinn gemacht, mich bei dir zu melden«.

»Und heute, so hoffe ich, hast du Neuigkeiten mitgebracht.«

»Ich komme mit einer Information nach Frankfurt, einer für dich sicherlich unangenehmen Nachricht. Auf der letzten Sitzung, die vor zwei Tagen stattfand, beschlossen die Partner dieses Geschäftsabschlusses, dich als wichtigen Zeugen aus dem Weg räumen zu lassen. Mit der Durchführung beauftragt wurde der Geheimdienstchef des afrikanischen Verteidigungsministers. Bertholdy, dein Leben ist in Gefahr, du solltest unverzüglich untertauchen!«

Ungläubig blickte Bertholdy seine Informantin an. »Jetzt sag nur noch, du bist dabeigewesen, als der Entschluss gefasst wurde. Oder hat dein verehrter Chef dich unverzüglich ins Vertrauen gezogen?«

»Letzteres war der Fall. Es war mir in letzter Zeit gelungen, sein Misstrauen abzubauen. Leuenberger war geradezu gelähmt bei dem Gedanken, in welche Situation er hineingeraten war. Nicht nur in ein dubioses Geschäft, das war er gewohnt, sondern in ein Kapitalverbrechen. Aber er hatte niemanden, mit dem er sich aussprechen konnte. Ich spürte sein Bedürfnis, einen Gesprächspartner zu haben, und schaffte es nach einigen Tagen, sein Vertrauen wiederzugewinnen. Es war fast wie in alten Tagen.«

»Und diesem Beschluss, mich umlegen zu lassen, hat er zugestimmt?«, fragte Bertholdy mit erstauntem Kopfschütteln.

»Nein, der Beschluss kam mit Zustimmung aller Beteiligten zustande, Leuenberger war als Einziger dagegen. Als Anwalt und Berater habe er, so betonte er, gar kein Stimmrecht, denn er sei ja nicht Partner bei diesem Geschäft gewesen, sondern nur juristischer Berater und Notar. Dennoch rate er dringend von diesem Vorhaben ab. Der Minister hatte jedoch erklärt, er werde die Angelegenheit notfalls auch allein bereinigen. In diesem Fall sei davon auszugehen, dass man bisherige Partner als Feinde betrachten würde. Entsprechend sei man gezwungen zu handeln.«

Bertholdy erbat sich eine ruhige Minute, um nachdenken zu können. Das war kein Hirngespinst von Margarethe, um sich wichtig zu machen. Den Leuten war das zuzutrauen, er hatte ja ihre kühle Brutalität erlebt. Margarethe riskierte eine ganze Menge, nicht nur in ihrer beruflichen Situation. Verräter werden in diesen Kreisen nicht mit Samthandschuhen angefasst.

»Meinst du, du könntest auch herausbekommen, was im Einzelnen gegen mich geplant ist?«

»Wenn es Leuenberger erfährt, dann erfahre es auch ich. Er ist in dieser Situation überraschend hilflos, fast auf meinen Rat angewiesen. Ich fürchte aber, wir werden nicht en détail informiert werden. Sollte ich Einzelheiten erfahren, kannst du dich auf mich verlassen. Ich werde dich auf den vereinbarten Wegen, in dringenden Fällen mit einem Anruf informieren.«

Bertholdy spürte, dass es nun Zeit war, sich bei ihr zu bedanken: »Margarethe, du vertraust mir mehr, als ich dir vertraut habe. Verzeih, vielleicht bin ich von Natur aus misstrauischer als du – oder vorsichtiger. Diese Informationen sind für mich lebenswichtig, ich danke dir! Ich werde vorsichtig sein. Und sollte ich von Hansen oder dem BKA etwas erfahren, was für dich persönlich von Bedeutung sein könnte, dann lasse ich es dich wissen. Für heute nur so viel: Du und auch Leuenberger, ihr solltet damit rechnen, dass die deutschen Behörden über alle Einzelheiten des Waffengeschäfts informiert sind. Mehr kann ich nicht sagen.«

»Dann ist die Minox doch gefunden worden? Klingt unglaublich: Es wird nicht nur Lydia Haffner gefunden, sondern auch ein so kleiner Gegenstand. Und das in einem Strom wie dem Main. Oder kannst du das auf andere Weise erklären?«

»Kann ich nicht, und wenn ich es könnte, dürfte ich es nicht! Nur so viel: Keiner weiß, wer die Unterlagen aus eurem Archiv entwendet hat. Aber alle wissen, dass sie aus eurem Büro kommen. Überlegt euch, wer als Zeuge für Leuenberger und dich gefährlich werden könnte. Nicht nur ich werde in den Zeugenstand gerufen werden, sondern auch alle aus der Runde, die mir das Tauschgeschäft »Lydia gegen Minox« vorgeschlagen haben. Dabei geht es um zwei Verfahren. Einmal um das Waffengeschäft, zum anderen um die Entführung Lydias. Wahrscheinlich bekam der Killer vom Eisernen Steg den Auftrag durch diese Runde. Und eines will ich dir noch verraten: Inzwischen sind alle Teilnehmer der Besprechung in Vaduz identifiziert. Es ist sicher besser für dich und Leuenberger, wenn ihr diese Nachricht für euch behaltet. Dann habt ihr noch die Chance, euch auf seine, vielleicht auch auf deine Zeugenaussage vorzubereiten.«

Bertholdy fühlte sich nicht wohl. Er hatte mehr gesagt, als er sich vorgenommen hatte. Aber es war ihm klar geworden: In nächster Zeit war er sehr auf Informationen aus der Kanzlei in Vaduz angewiesen.

Margarethe spürte, dass Bertholdys Einstellung sich geändert hatte. Er spielte jetzt mit offenen Karten. Dann sagte sie einen Satz, der Bertholdy den Atem nahm:

»Wenn schon Zeugen für uns in Vaduz gefährlich werden könnten, dann sollten sie zum Schweigen gebracht werden. Ohne Angeklagte gibt es keinen Prozess!«

»Wenn es zu keinem Prozess kommt, wer profitiert dann von der neuen Situation am meisten? Dein Chef, nicht ich. Aber wir wollen nicht unsere kriminalistische Energie verpulvern. Ich schlage dir vor, wir gehen mit Marco essen, damit wir auf andere Gedanken kommen.«

So rief man Marco im Literaturcafé unweit des Schweizer Platzes an und ging gemeinsam zum Städel, auf dessen Terrasse ein gutes Menü auf sie wartete. Beim Apéro, ihrem Tribut an den Gast aus der Schweiz, erzählte Bertholdy beiden von dem Plan des Generaldirektors des »Grand Hotels«, ihn in Zukunft für die Tätigkeit des Security Officers nur noch freiberuflich zu beschäftigen. Marco war empört, Margarethe dagegen fand den Vorschlag von Herrn King zum Erstaunen der beiden Herren durchaus erwägenswert.

Ein Office mit Beratung in Sicherheitsfragen habe in heutiger Zeit Chancen. Und es blieben ja die vielen Kontakte zu wichtigen Gästen des Hotels erhalten, die für eine zukünftige Selbständigkeit von großer Bedeutung sein könnten. Und es sei doch beruhigend, mit gewissen Einnahmen aus einer Tätigkeit für das »Grand Hotel« rechnen zu können. Das erleichtere in jedem Fall den Einstieg.

»Und wie stellst du dir das vor? Als Einmannbetrieb kann ich wohl kaum beide Tätigkeiten, die im Hotel und die Abwicklung von Aufträgen neuer Klienten, unter einen Hut bringen. Und einen Mitarbeiter werde ich mir, zumindest am Anfang, nicht leisten können. Marco dürfte, bei aller Wertschätzung, doch etwas zu alt für diese Aufgabe sein, wenn er auch aktuell als Kontaktstelle eine große Bedeutung für uns beide hat.«

»Vor ein paar Wochen, als meine Position in Vaduz ins Wackeln geraten war, hätte ich diese Rolle übernehmen können«, meinte Margarethe Bieger. »Ich bin mit Sicherheitsfragen vertraut und außerdem Juristin, was immer von Vorteil ist. Zudem war ich im Anwaltsbüro in Vaduz jahrelang zuständig für die Beschaffung nützlicher Informationen, und das weltweit. Aber jetzt kann ich mitten in der Schlacht nicht von der Fahne gehen.«

Bertholdy konnte nicht umhin, sie direkt zu fragen: »Hattest du im Rahmen dieser Aufgabe auch den letzten Aufenthaltsort von Lydia zu ermitteln?«

»Nein, den hat offensichtlich Dr. Leuenberger selbst herausgefunden und zwar mithilfe von Lydias Mutter, die er persönlich gut kennt. Frau Seibold hatte den Tipp gegeben, in einem kleinen Rustico in den Tessiner Bergen nach ihr zu suchen. Das sei schon immer ihr Refugium gewesen.«

Bertholdy verschlug es die Sprache. Als er sich gefasst hatte, fragte er:

»Und das fandest du in Ordnung, dass eine Mutter den möglichen Aufenthaltsort ihrer Tochter preisgibt, obwohl sie weiß, dass Lydia, schuldig oder unschuldig, in Schwierigkeiten steckt? In einem Fall, den ihr Sohn zu verantworten hatte? Ich hatte ihr ja gesagt, dass Schwester und Bruder sich immer wieder in Frankfurt getroffen haben. Es musste ihr doch klar sein, dass sie damit ihre Tochter in Gefahr brachte!«

»Ich hatte damit nichts zu tun, das war Sache meines Chefs. Da musst du dich schon an Frau Seibold wenden, wenn du diese Frage beantwortet haben willst.«

Während des Essens und bei dem anschließenden Spaziergang am Mainufer plauderten Marco und Margarethe, als seien sie alte Freunde. Bertholdy beteiligte sich kaum an der Unterhaltung, die auch erlosch, als sie zum Eisernen Steg kamen. Marco verabschiedete sich und lehnte eine Mitfahrt im Taxi ab, das Margarethe telefonisch bestellt hatte.

»Willst du mitfahren?«, fragte Margarethe. »Von meinem Hotel ist es ja nicht weit zu deiner Wohnung.«

»Wann fährst oder fliegst du zurück nach Zürich?«

»Wenn du willst, mit dem nächsten Flugzeug. Ich könnte aber auch das erste morgen früh nehmen.«

Bertholdy fühlte eine Entscheidung auf sich zukommen. Er zögerte mit der Antwort aus Angst vor einem Risiko, das er so »auf die Schnelle« gar nicht definieren konnte. Zu seinem Erstaunen hörte er sich sagen: »Nimm den Flieger morgen früh.«

Das hätte ich auch gesagt. Einer so gut aussehenden, nein schönen Frau in den besten Jahren muss man sich doch zuwenden, wenn man als Mann einigermaßen normal geraten ist. Ich spürte das schon im Zusammensein mit den beiden: Margarethes zur Schau getragene Sicherheit, ihre Stärke hatte gelitten. Sie suchte eine Schulter zum Anlehnen. Zu meinem Bedauern taugte meine Schulter nicht. Margarethe war eine Person, die einen alten Herrn ins Reich der Erinnerungen führen konnte.

Apropos Erinnerungen: Lassen Sie mich fortfahren in meinem kleinen Lebensbericht, der meine Schwäche für sensible, intelligente und nicht zuletzt schöne Frauen verständlich machen wird.

Mit Tante Maria als meiner Ersatzmutter hatte ich Glück gehabt. Sie war ein fröhlicher Mensch, gut zu mir, immer in Plauderlaune, kannte alle, wie mir schien, nicht nur in unserer Straße, sondern in ganz Neapel. Sie hatte ein hübsches Gesicht, umrahmt von tiefschwarzen Haaren, die im Nacken zu einem Knoten gebunden waren. Sie war zwar etwas klein geraten, aber mit prallen Formen versehen. Ihr gewaltiger Busen ließ sich kaum verstecken. Der einzige Schönheitsfehler war ihr rechter Fuß, ein Klumpfuß, der sie hinken ließ. Dennoch hatte sie einen raschen Gang. Und ein »Köpfchen« hatte sie, das in Streitgesprächen alle in Grund und Boden argumentieren konnte.

Ich fühlte mich schon wenige Monate nach dem Tod meiner Mutter bei Tante Maria in besten Händen. Sie kochte vorzüglich, und von ihr in dem großen Zuber in der Küche gebadet zu werden, war ein Genuss. Sie behandelte mich, als wäre ich ihr Sohn, liebkoste mich beim morgendlichen Wecken wie beim Zubettgehen, lobte mich, auch wenn es eigentlich nichts zu loben gab. Wenn sie mich badete, hatte sie geradezu bewundernde Worte für meine angebliche Schönheit, meinen guten Wuchs und meine respektable Männlichkeit. Es war also bei uns zu Hause nicht anders als in den meisten Familien Neapels. Dass in dieser Familie ein Mann fehlte, was, so nehme ich an, auf den Klumpfuß zurückzuführen war, brachte Vorteile für mich. Ich war konkurrenzlos, war ihr einziger Schatz.

Die Geschichte weiterzuerzählen, ist nicht ganz einfach, will ich doch jeden Eindruck von Angeberei, von Indiskretion oder Schlüpfrigkeit in meiner Schilderung vermeiden. Ich will es so erzählen, als stünde meine Tante neben mir.

Als ich das erste Dezennium meines Knabenlebens hinter mich gebracht hatte und auf das elfte Jahr zuging, stellte ich fest, dass die Liebkosungen, die ich von meiner Tante erhielt, gewisse körperliche Reaktionen auslösten. Wenn sie mich in die Arme nahm und fest an ihren Busen drückte, empfand ich die Weichheit ihrer schweren und duftenden Brüste, die meinem vorsichtigen Druck nachgaben, als überaus angenehm.

Ich weiß nicht mehr, wie ich sie dazu bekommen habe, sich von mir den Rücken waschen zu lassen, wenn sie am Samstag in die Bütte stieg. Ich folgte dabei ihrem Beispiel, die einzelnen Körperteile mit zärtlichen Worten zu würdigen. Maria liebte das. Im Laufe der Zeit wurde auf meinen Wunsch hin öfters gebadet, und mein Hinweis, die

Wanne sei groß genug für uns beide, wurde mit einem Lächeln und einem zustimmenden Kopfnicken für richtig befunden.

Als ich meinen dreizehnten Geburtstag mit ihr feierte, zum ersten Mal mit einem Glas Prosecco, erklärte sie mich zum Mann. Ich sei ein früh gereifter, fantasiereicher und schöner Kerl, den sie aber noch einige Zeit für sich haben wolle. Und dann sagte sie mir, sie werde mich eine Frau zu lieben lehren.

»Wenn du das gründlich bei mir erlernt hast und auch weißt, wie Frauen mit zärtlichen Worten, Blicken und Geste zu beeindrucken sind, dann wirst du viele Chancen im Leben haben.« Ich war, wie sie mir in den folgenden Monaten sagte, ein gelehriger Schüler.

Auch in der Volksschule zeigte ich Fleiß und Interesse, wie meine Lehrer meiner Tante berichteten. Nur von einer Lehrerin, von Signora Lucentini, gab es bisweilen Kritik, was Maria mehr ärgerte als mich. »Wie kann eine Frau Lehrerin werden, die mit Vornamen Esmeralda heißt?«, fragte sie immer wieder, wenn das Gespräch auf Signora Lucentini kam.

Eines Tages fegte das Gerücht durch unsere Straße, dass Signora Lucentini von einem ihr nicht einmal bekannten Großonkel eine reiche Erbschaft gemacht habe. Sie sei das letzte Glied der Familie gewesen, wie Maria betonte, das allerletzte. Kurz darauf quittierte die Signora den Schuldienst, was von mir mit Verständnis zur Kenntnis genommen wurde, von Maria sogar mit Begeisterung. Diese schwand schlagartig, als bekannt wurde, dass Esmeralda Lucentini unter anderem das unserer Wohnung gegenüberliegende Haus geerbt hatte und beabsichtigte, zwei Wohnungen im fünften Stock zusammenzulegen und in dieses Appartamento einzuziehen – genau gegenüber unserem Balkon, der ein wichtiger Teil unseres zu kleinen Wohnraums war.

Alfredo, der Besitzer der kleinen Bar im Straßengeschoss unseres Hauses, die auch seinen Namen trug und die den besten Café in Neapel anbot, hatte mir diese Neuigkeit berichtet, denn ich arbeitete dort seit meinem zwölften Lebensjahr abends als Aushilfe. Es war der Beginn meiner späteren Laufbahn in der Gastronomie.

»Nun haben wir dieses hässliche, dieses böse Weib uns gegenüber auf dem Balkon sitzen. Diese Störung unseres Wohlbefindens müsste eigentlich ausreichen, um für unsere Wohnung eine Mietreduktion zu erreichen!«

Die beiden Häuser hatten die bereits erwähnten Balkons an einer Gebäudeecke, die auf einen kleinen Platz ausgerichtet war. Sie waren von den anderen Räumen und Stehbalkonen der fünften Etage nicht einsehbar. Die uns gegenüberliegende Wohnung hatte zuvor eine sehr betagte Dame gemietet, welche die Klappläden selten öffnete. Im Lauf der Zeit hatten wir uns angewöhnt, uns auf unserem Balkon allein und unbeobachtet zu fühlen.

Das änderte sich schlagartig nach dem Einzug von Signora Lucentini. Sie saß selbst in der Sonnenhitze des Sommers unter der von ihr installierten Markise, neben sich einen gro-

ßen elektrischen Ventilator, und betrachtete nicht nur das Treiben auf dem kleinen Platz, sondern mit ganz besonderer Intensität, wie Maria feststellte, unseren Balkon.

Da saßen wir uns am Morgen beim Frühstück und am Abend beim Essen gegenüber, begrüßten uns mit einem sparsamen Kopfnicken. Worte wurden keine gewechselt, obwohl die Distanz zwischen den beiden Territorien gering war, denn die Straße war so schmal, dass sie zur Einbahnstraße erklärt worden war. Aber man sah aneinander vorbei.

Eines Abends, als ich kurz vor Mitternacht von Alfredos Bar nach Hause gekommen war, fand ich Maria in der Wanne sitzend vor, kochend vor Wut.

»Diese verbitterte, hässliche, frigide Person wagt es, mich wegen meiner Erziehungsmethoden zu rügen! Dabei hat sie keine Ahnung davon, wie man Knaben fürs Leben erzieht! Ich könnte sie umbringen!«

»Was ist bitte eine frigide Person?«, fragte ich.

»Eine, die zu viel Verstand und zu wenig Gefühl hat!«

Dieses Ungleichgewicht schien mir doch sehr interessant und untersuchenswert zu sein, ich behielt aber diesen Gedanken für mich. Dann erzählte Maria, dieses arrogante Weib habe ihr zu verstehen gegeben, sie solle, wenn sie schon einen Minderjährigen verführe, lieber die Fenster geschlossen halten. Das Stöhnen, die kurzen Schreie und das erlösende Seufzen könne man auf der ganzen Straße und auf ihrem Balkon besonders gut hören. In der Tat, Maria ließ eine Verführung nicht lautlos über sich erge-

hen. Sie war eben temperamentvoll. Und wenn es soweit war, schlossen wir nicht die Fenster.

Die ehemalige Lehrerin hatte durchblicken lassen, dass die Schulbehörde, ja vielleicht sogar die Polizei an diesen Vorgängen interessiert sein könne.

»Vorgänge nennt sie das! Dabei ist das ein Gebiet, das diese Neunmalkluge mit Sicherheit nicht studiert hat. Ich werde ihr zeigen, was es ist, das sie Vorgang nennt.«

Maria war kaum zu beruhigen. Ich blickte aus dem Balkonfenster und sah dort, es war bereits nach Mitternacht, die Signora sitzen. Sie blickte zu uns hinüber. Da stand Maria auf, drehte alle Lichter an, zog sich aus, ging auf den Balkon, umfasste das Gitter mit beiden Händen, beugte ihren Oberkörper zum Geländer, spreizte ihre Beine und gab mir laut das Kommando, mit dem »Vorgang« zu beginnen.

Ich war geschockt, auch verlegen, wenn ich zu Signora Lucentini hinüberblickte, die aufgestanden war und mit starrem Blick das Geschehen auf unserem Balkon betrachtete. Ohne ein Wort zu sagen, stand sie da.

»Du willst dich doch als Mann nicht vor diesem Weib blamieren«, sagte Maria laut. Ich spürte, dass mein gutes Verhältnis zu Maria auf dem Spiel stand. So begann ich und kam meiner Pflicht nach. Die Tatsache, dass die Signora uns dabei zusah, spornte mich eher an, als dass es mich verunsicherte.

Maria, immer die unbeliebte Nachbarin im Blick, schien die Situation zu genießen. Sie gab mir Anweisungen, stöhnte und stieß spitze Schreie aus, bis sie schließlich zum Höhepunkt kam. Danach rief sie mit lauter Stimme hinüber: »Jetzt weißt du, was dieser Vorgang bedeutet!«

Das Gegenüber drehte sich um, ging zurück in die Wohnung und schloss den Vorhang. Maria sah mich verstört an. Sie hatte wohl Angst, zu weit gegangen zu sein. Ich überredete sie zu einem gemeinsamen Bad. Danach schliefen wir in unserem großen, breiten Bett ein. Wie es dann weiterging, erzähle ich später.

25.

Bertholdy öffnete sorgsam die Türe seiner neuen Wohnung. Entsprechend seinem Vorsatz, in seinem zukünftigen Leben mehr auf Ordnung zu achten, war sie für seine Verhältnisse geradezu vorbildlich aufgeräumt. Margarethe blickte sich um, öffnete das Balkonfenster und sah auf die Bäume, die den Blick auf die Gräber des Südfriedhofs verdeckten.

»Dort liegt sie begraben«, sagte Bertholdy und hoffte, Margarethe würde nichts sagen.

»Wir sollten ihr bald einen Blumenstrauß bringen.« Dann schloss sie die Tür und sagte: »Sollen wir uns etwas zu essen besorgen für heute Abend? Oder ist der Kühlschrank voller guter Sachen? Ich koche gern.«

Bertholdy ging mit ihr in die Küche und öffnete den großen Kühlschrank. Er war wohlgefüllt, und sie berieten, was man alles zaubern könnte. Freudig begrüßte Margarethe den gekühlten Pouilly Fumé. Dass es beider Lieblingswein war, schien ein gutes Zeichen zu sein. Bertholdy war überrascht, wie harmonisch sich der Nachmittag anließ. Da konnte man auch für den Abend einen guten Verlauf erwarten. An die Nacht dachte er noch nicht. Das aber änderte sich, als sie die Vorbereitungen für das Essen, das Decken der kleinen Tafel, das Hantieren mit Töpfen und Pfannen und schließlich die Gespräche bei Tisch hinter sich gebracht hatten.

Was war es wohl, das sie beide ins Schlafzimmer lockte? War es ein Gefühl der Dankbarkeit für gegenseitiges Vertrauen? Die Angst vor einer ungewissen Zukunft? Bei Margarethe die Angst vor einem beruflichen Absturz? Wahrscheinlich von allem etwas. Und so wurde es eine eher zärtliche als wilde Nacht.

Früh am Sonntagmorgen stand Margarethe auf, befahl Bertholdy liegen zu bleiben, gab ihm einen Abschiedskuss und sagte zu ihm: »Pass auf dich auf, sei vorsichtig. Ich will dich wiedersehen!« Dann machte sie leise die Wohnungstür zu und ging um die Ecke in ihr Hotel.

Bertholdy blickte auf den Wecker. Warum hatte er Margarethe nicht gebeten, erst am Montag zurückzufliegen? An Schlaf war nun nicht mehr zu denken. Er ließ sich alles durch den Kopf gehen, was am vergangenen Tag und vor allem in der Nacht geschehen, was gesprochen worden war, was er sich dabei gedacht hatte.

Er kam sich sehr schwach vor, und vor allem war er irritiert von der Tatsache, bei allem so wenig an Lydia gedacht zu haben.

Die Warnung Margarethes, er sei von einem Anschlag bedroht und in großer Gefahr, konnte und wollte er nicht so ernst nehmen. Sie hatte vielleicht übertrieben, um ihn zu beeindrucken, um ihm zu zeigen, dass sie die am ersten Tag ihres Zusammentreffens beschlossene Partnerschaft ernst nähme.

Vielleicht war es doch besser, Hansen und den BKA-Mann Olbrich darüber zu informieren, sie zu fragen, wie er ihrer Ansicht nach reagieren sollte. Zuerst war aber eine Entscheidung über das Angebot von James King zu treffen, auch wenn es eher als versteckte Kündigung anzusehen war. Er hatte ihm zugesagt, am kommenden Montag das Gespräch mit ihm fortzusetzen. Zum ersten Mal spielte in seinen Überlegungen ein ihm früher nicht bekanntes Gefühl finanzieller Unabhängigkeit eine Rolle. Das hatte er Lydia zu verdanken. Er ahnte, in Zukunft würde er sich nicht ganz von dieser Bindung frei machen können, selbst wenn er die Art von Lydias verheimlichtem Verhältnis zu ihrem Bruder noch nicht einordnen, noch nicht bewerten konnte oder dies vielleicht gar nicht wollte.

Als er am Montagmorgen seine Bürotür öffnete, vielleicht zu seinem letzten Tag in diesem Raum, war er sich immer noch nicht klar, was er seinem Boss sagen sollte. Sollte er seine Freunde im Hotel, das »Quintette Amical«, vor dem Gespräch mit dem Generaldirektor um ihre Meinung bitten? Sie hatten doch beschlossen, bei allen Schwierigkeiten mit dem Topmanagement zusammenzustehen, sich gegenseitig rechtzeitig zu informieren. Das fiel ihm jetzt schwer, konnte und wollte er ihnen doch nicht sagen, er sei durch Lydias Erbschaft ein wohlhabender Mann geworden und daher nicht mehr unbedingt auf den Job im »Grand« angewiesen – auch wenn er sich im Augenblick noch nicht vorstellen konnte, nicht mehr in diesem Haus tätig zu sein. Auf die Verschwiegenheit von Marco Galliano, der bei der Testamentseröffnung dabei war, konnte er sich verlassen. Aber auf eine Vorinformation seiner Kollegen zu verzichten, war nicht möglich. Zu groß wäre ihre Enttäuschung gewesen. Also griff er zum Telefon und rief Carolus, den Chefportier, an.

»Mein lieber Freund, ich habe nachher ein Gespräch mit unserem King. Es geht um meinen Vertrag oder, besser gesagt, um seine Auflösung. Ich möchte dazu eure Meinung hören. Versuche bitte, alle zusammenzutrommeln, in einer halben Stunde gibt's bei mir eine Tasse Kaffee.«

Als sie alle in Bertholdys Büro saßen, berichtete er von seinem letzten Gespräch mit dem Generaldirektor. »Ich überlege, ob es nicht für mich, aber auch für das »Grand« besser wäre, wenn ich diesen Job aufgeben würde. Ohne mein Zutun wurde ich in diese vertrackte Geschichte hineingezogen, die zur never ending story wird. Und für das Renommee des Hotels sind die Berichte in den Zeitungen schlecht. Dabei kann ich nicht garantieren, dass es in den nächsten Monaten keine weiteren Anlässe für derartige Berichte geben wird. Der Fall scheint sich auszuweiten. Es wird nicht bei dem Mord und dem Selbstmord auf dem Eisernen Steg bleiben. Bevor ich eine Entscheidung treffe, wollte ich euren Rat hören.«

Betretenes Schweigen, keiner wollte anfangen. Dann sagte Mehmet, der Barchef: »Ich kann mir gar nicht vorstellen, dass du nicht mehr da bist.«

»Hast du denn schon mit Marco gesprochen?«, wollte Patrik der Küchenchef wissen, denn der verehrte Senior der Runde war nicht anwesend. Er kam erst am Nachmittag ins »Grand« – falls er sich entschieden hatte, an diesem Tag zu arbeiten.

Dann stand Hans Carolus auf und sagte: »Unnötig zu erwähnen, dass wir dich hier brauchen. Du bist so etwas wie unser Mittelpunkt. Aber wenn du bereits heute weißt, dass die Geschichte weiter geht und unser Hotel immer wieder in den Boulevardblättern durch die Druckerschwärze gezogen wird, was nicht ohne Schmutzflecken für dich abgehen dürfte, dann sollten wir uns überlegen, ob du nicht eine Auszeit nehmen könntest, bis sich die Wogen geglättet haben. Das solltest du der Direktion des Hauses vorschlagen. Wir würden das alle unterstützen und uns auf deine Rückkehr freuen.«

»Das werde ich versuchen, wenn auch mit geringen Aussichten auf Erfolg.«

Man stand auf, gab sich die Hand. Hans Carolus sagte beim Hinausgehen zu Bertholdy: »In meiner Portierloge ist heute früh ein Paket mit einem Brief für dich abgegeben worden. Es liegt noch im Gepäckraum. Der Page wird es dir gleich in dein Büro bringen«.

»Halt«, rief Bertholdy. »Von wem wurde das abgegeben? Wann genau? Wie groß ist es, wie schwer?«

Carolus blickte etwas verwundert und sagte: »Wie soll ich das wissen? Ich hatte noch nicht meinen Dienst angetreten, aber der Nachtportier war da, als es abgegeben wurde. Er hinterließ mir eine Notiz, es soll sich um eine Weinprobe handeln.«

»Ich habe nichts dergleichen bestellt. Weinproben lasse ich immer über das Getränkemagazin laufen. Bitte lass es im Gepäckraum liegen, bis ich es gesehen habe. Keiner soll es anrühren!«

»Hast du den Verdacht, es könnte etwas Gefährliches sein?«

Bertholdy antwortete nicht und lief rasch die Treppe zur Halle hinunter, an deren Ende der Gepäckraum lag. Er forderte alle Hausdiener auf, den Raum unverzüglich zu verlassen. Mit einigem Kopfschütteln wurde seine Aufforderung befolgt, selbst Carolus wurde hinausgeschickt. Dann sah sich Bertholdy, jetzt ganz der Security Officer, das Paket an.

Es war mit braunem Packpapier umwickelt, das mit Plastikklebestreifen zusammengehalten wurde. An diesen war nicht gespart worden, es gab keine offene Stelle zwischen den Papierbogen. Von der Größe her konnten tatsächlich drei Weinflaschen darin liegen.

Obenauf lag ein Brief, nicht festgeklebt. Als Absender war auf der Rückseite das Weinhaus Brogsitter angegeben. Bertholdy kannte natürlich dieses berühmte Weinhaus, das schon mehrere hundert Jahre alt war. Das Kuvert war nicht verschlossen. Bertholdy nahm vorsichtig den Bogen heraus. In dem Brief wurde ihm für die gute Geschäftsverbindung zum Hause Brogsitter gedankt und die Lieferung von drei Probeflaschen prominenter Weingüter angekündigt. So weit, so gut, dachte er sich und nahm sich das Paket vor.

Der Aufkleber des Paketdienstes war ihm vertraut. Die Adresszeilen enthielten seine korrekte Anschrift und als Absender war wieder das Weinhaus Brogsitter aufgeführt. Aber der Name des Absenders war nicht korrekt. »Broksitter« stand auf dem Absenderfeld. Nicht etwa mit Hand oder Schreibmaschine geschrieben, sondern aufgedruckt! Danke, Margarethe, flüsterte Bertholdy. Ohne ihre Vorwarnung hätte er nicht so genau hingesehen.

Er ließ sofort den Gepäckraum sperren, stellte sich selbst davor und rief zuerst Hansen an, der sagte: »In zehn Minuten sind wir da, mit den notwendigen Spezialisten. Sperre bitte sofort den Zugang zum Raum!«

»Ist bereits geschehen«, rief Bertholdy seinem alten Kripokollegen zu. Und zu Carolus gewandt, sagte er: »Höchste Alarmstufe!«

Dasselbe sagte er auch zu Generaldirektor King, den er um Verschiebung des vereinbarten Besprechungstermins bat.

»Kaum sind Sie wieder im Haus, geht der Zirkus erneut los«, schrie der durchs Telefon. Der Gescholtene sagte kein Wort und schaltete sein Handy ab.

Der Aufwand, mit dem das »Weinpaket« abgeholt wurde, war beträchtlich. Hansen selbst war erschienen, denn er wollte ja wissen, warum Bertholdy diese Lieferung verdächtig vorgekommen war.

Von Margarethe wollte er nichts sagen. Also erzählte er von seiner Erkenntnis, dass er als ein nicht unwesentlicher Zeuge in einem Prozess gegen die am Waffengeschäft Beteiligten höchst gefährdet sei. Die könnten sich doch nicht sicher sein, ob die Minox endgültig keine Rolle mehr spiele. Auch bei den Ermittlungen der Schweizer Polizei im Fall der Geiselnahme müsse man mit ihm als wichtigem Belastungszeugen rechnen. Und seine Gefährdung wäre erst beendet, wenn alle Teilnehmer der Sitzung in Leuenbergers Jagdhaus hinter Schloss und Riegel säßen. Als er das Paket gesehen habe, sei er misstrauisch geworden. Von Brogsitter habe er zudem noch nie direkt eine Probesendung zugeschickt bekommen. Und schließlich sei ihm der fehlerhafte Namen auf dem Adressaufkleber aufgefallen. Mit nichts gingen Weinleute sorgfältiger um als mit ihrem Namen, vor allem, wenn er über 400 Jahre alt sei.

Hansen bat Bertholdy, am Nachmittag in sein Büro zu kommen. Er hätte ihn heute auch ohne dieses Paket gebeten, dass sie sich träfen, denn er habe einiges mit ihm zu besprechen. Zwei Stunden später erhielt er von Hansen einen Anruf. Das Paket enthielt keine Weinflaschen, sondern genug Sprengstoff für mindestens drei Büros im Zwischenstock des »Grand«. Keine amateurhafte Bastelarbeit, hatte der Sprengmeister gemeint.

Margarethe hatte mich am frühen Morgen, bevor sie abflog, vom »Holiday Inn« aus angerufen. Sie bat mich, auf Bertholdy aufzupassen, er sei in Gefahr. Ich hätte genügend Einfluss auf ihn, solle ihn als Freund zur Vorsicht mahnen. Das habe sie zwar auch schon getan, sie wisse aber immer noch nicht, ob Bertholdy sie ernst nähme, ob er ihr vertraue. Und dann fügte sie hinzu, es wäre eine große Freude für sie, wenn dieses nicht das letzte Zusammentreffen mit mir bliebe.

Das schmeichelte mir natürlich, und ich sagte in einem leichtsinnigen Moment: »Gleichgültig wie dieses theaterreife Drama ausgeht, ich werde Sie in Vaduz besuchen!« Ja, als alternder Gentleman ist man am Telefon mutiger als im direkten Gespräch mit seinem Gegenüber, vor allem, wenn am anderen Ende der Leitung eine schöne Frau den Hörer am Ohr hat.

Wenn ich nun schon »in der Leitung« bin, also den Bericht unterbrochen habe, dann will ich jetzt auch meine Erinnerungen an meine Jugendzeit fortsetzen.

Die »dimostrazione della vita intima« hatte Auswirkungen, die ich nicht erwartet hatte. Am Abend danach tauchte die Signora Lucentini in Alfredos Bar auf, die sie fast täglich besuchte, um eine »Granita di caffè«, ein zartes, wässeriges Eis aus starkem Kaffee, zu sich zu nehmen. Ich bemühte mich, mir das Blut unter keinen Umständen in den Kopf steigen zu lassen, und versuchte, mit einer überaus freundlichen Begrüßung meine aufkommende Verlegenheit zu verdecken. Ob sie zum Anblick, den wir ihr am Vorabend geboten hatten, etwas sagen würde?

»Gut, dass ich dich treffe. Ich wollte dich schon lange fragen, ob du mir beim Ordnen und Einräumen meiner Bücher in die neuen Regale helfen könntest. Ich habe eine ziemlich große Bibliothek. Gegen Bezahlung, natürlich. Was ist dein Stundenlohn?«

»Oh, Signora professoressa, natürlich stehe ich zu Ihrer Verfügung. Ich habe hier bei Alfredo keinen Stundenlohn. Ich muss mir mein Geld von den Kunden holen, die mir ein paar Münzen in die Hand drücken, zumindest die meisten«, gab ich zur Antwort. »Wann soll ich zu Ihnen kommen?«

»Am besten nach der Schule«.

»Ich gehe nicht mehr in die Schule, kann also morgen nach dem Frühstück bei Ihnen sein.«

Die Signora zog die Augenbrauen hoch, schüttelte leicht ihren Kopf und sagte: »Dann bis morgen!« Darauf steckte sie mir einen Geldschein zu, den ich in diesem Wert noch nie besessen hatte.

Um Mitternacht kam ich nach Hause. Maria schlief schon. Sie wegen meines neuen Jobs zu wecken, hielt ich nicht für angebracht. Sie hätte mir vielleicht verboten, zu der ihr so verhassten Nachbarin zu gehen.

Als am Morgen der Wecker läutete, war Maria schon unterwegs, um sich der Feinwäsche einer ihrer Kundinnen anzunehmen. Ich stand auf, nahm ein außerplanmäßiges Bad inklusive Haarwäsche und zog meinen Sonntagsanzug an, denn ich wollte am ersten Tag einen gepflegten Eindruck machen. Die Bibliothek war der Hauptgrund für meine Zusage gewesen, denn ich las gern. In Marias Wohnung gab es keine Bücher, und das Ausleihen in der öffentlichen Bibliothek war zu teuer für mich.

Maria hatte für mich ein Cornetto auf den Tisch gelegt, daneben stand eine Flasche Milch. Ich machte mir einen Frühstückskaffee, rauchte eine Zigarette und überlegte, was mich dort drüben wohl erwarten würde.

Das Haus der Signora war nicht nur von außen in einem besseren Zustand als das unsere. Der Eingang führte zu einer breiten Marmortreppe, die sich, zusammen mit einem beeindruckenden schmiedeeisernen Geländer, um einen Gitterschacht für den Aufzug herum wand. Den zu benutzen, wagte ich nicht. Sicher gab es in diesem Haus einen Zugang für Lieferanten und Dienstboten. Ich fand aber keinen, stieg die fünf Stockwerke hinauf und läutete an einer schönen Kassettentür aus Eichenholz. Neben der Klingel war ein glänzend geputztes Messingschild mit den Initialen E.L *angebracht.*

Die Signora öffnete, sah mich freundlich an, nahm meine Hand und führte mich durch die Diele ins Wohnzimmer. Ich war beeindruckt und zugleich verunsichert durch die Schönheit und den Reichtum der Einrichtung. Kristalllampen, weinrote Samtvorhänge, ein großer Perserteppich unter der Sitzgruppe, große Vasen mit künstlichen Blumen – nur keine Bücher, keine Regale oder Schränke waren zu sehen. »Wo sind denn die Bücher?«, rief ich aus.

»Die Bücher sind in der Bibliothek, das hier ist der Wohnraum«. Sie öffnete eine Türe und führte mich in ein geräumiges Zimmer, an dessen Wänden Regale entlangliefen, die nur zum Teil mit Büchern bestückt waren. Davor standen Kartons, die noch nicht geleert waren.

»Und was soll ich nun tun?«, fragte ich.

»Heute sollst du das mit mir tun, was du vorgestern mit deiner Tante auf dem Balkon gemacht hast. Um die Bücher kümmern wir uns später.«

Ich hatte es geahnt. Nach einer Pause, die auch als Schrecksekunde angesehen werden konnte, fragte ich die Signora: »Auf dem Balkon?«

Sie lachte auf, nahm mich an der Hand und führte mich in ihr Schlafzimmer. Der Anblick dieses Raums nahm mir den Atem. So etwas hatte ich noch nie gesehen. Es war wie eine rosa Wolke, die auch noch duftete. Alles war rosa: Die blumigen Vorhänge, der Bettüberwurf, die Läufer, die auf dem Parkettboden lagen, die gläsernen Lampenschirme. Die Schränke, die Kommode und auch die Sitzmöbel waren weiß gestrichen. Spiegel waren reichlich vorhanden und mit Messing umrahmt. Und das Bett, eine weiße Wiese von beeindruckender Breite, hatte einen Kopf– und einen Fußteil aus Messinggittern mit dicken Kugeln auf den Pfosten, die nicht weniger Glanz ausstrahlten als das Namensschild neben der Wohnungstüre.

Bevor wir uns auszogen, dämpfte die Signora das Licht, vielleicht auch um mich erst einmal an das Ambiente und ihren Körper zu gewöhnen. Sie war noch magerer, noch knochiger, als ich mir vorgestellt hatte – das krasse Gegenmodell zu Maria. Ich versuchte, mir den kleinen Schock nicht anmerken zu lassen, und legte meine Arme um ihre Hüften.

»Mach alles so wie mit ihr. Du musst mir dabei sagen, was ich machen soll. Du bist mein Lehrmeister, ich habe keine Erfahrung.«

Einzelheiten unseres ersten Zusammenseins zu schildern, wäre vielleicht ganz amüsant, aber so indiskret möchte ich nicht sein. Eines war mir, dem sogenannten Lehrmeister, dabei klar geworden: Die Signora hatte noch ein großes Unterrichtspensum vor sich. Wir einigten uns auf zwei Besuche pro Woche.

Nach dem dritten Besuch, die Regale waren inzwischen auch eingeräumt, machte sie mir einen Vorschlag, der, ich kann es ohne Übertreibung sagen, für mein weiteres Leben von entscheidender Bedeutung war.

»Ich schlage dir vor, jeden Morgen – mit Ausnahme des Samstags und Sonntags – zu mir zu kommen. Nein, nicht für das, was du gerade denkst, sondern um vier Stunden

Unterricht von mir zu bekommen. Du bist zu intelligent, um in Neapels Gassen Kaffee zu verkaufen und um eines Tages ein Mafioso zu werden. Du sollst eine andere Zukunft haben als dein Vater. An dem Rhythmus unseres intimen Zusammenseins wollen wir dabei nichts ändern. Überleg es dir und sag mir morgen Bescheid.«

»Signora, da gibt es nichts zu überlegen, dieses Angebot nehme ich dankbar an. Und wenn ich mir ab und zu ein Buch aus ihrem Bestand leihen dürfte, wäre ich sehr glücklich.«

»Ich freue mich auf meinen Schüler, und gelegentlich freue ich mich auf meinen Lehrmeister. Der Schüler wird mich in Zukunft Frau Professor nennen, der Lehrmeister kann mir jeden Namen geben, der zärtlicher auszusprechen ist als Esmeralda.«

Alles, was ich von Kultur, von Mathematik weiß, meine Möglichkeiten, mich schriftlich auszudrücken, meine Fähigkeit, mit einer Dame zu plaudern, die Beherrschung der üblichen Anstandsregeln, ein gutes Benehmen – das alles verdanke ich meiner Professoressa.

26.

Dem nachmittäglichen Gespräch mit Hansen sah Bertholdy mit Unbehagen entgegen, hatte er ihm doch manche Information nicht weitergegeben, die für ihn sicher von Bedeutung gewesen wäre. Und es war damit zu rechnen, dass sein alter Kollege nach der Quelle dieser Informationen fragen würde.

»Das Geschenkpaket, das du heute öffnen solltest, bestärkt mich in meiner Absicht, etwas für deine Sicherheit zu tun. Du bist als Zeuge für mehrere Prozesse eine Schlüsselfigur, besonders auch für das Verfahren, das wir in einigen Wochen gegen die Waffenschieber eröffnen werden. Ich habe in Abstimmung mit dem BKA für deine Aufnahme in ein Zeugenschutzprogramm gesorgt und möchte mit dir die Einzelheiten besprechen.«

»Ist das aus eurer Sicht tatsächlich notwendig?«, fragte Bertholdy im Bewusstsein, dass er untertauchen musste, bis alle Verdächtigen unter Kontrolle waren und damit die Gefahr für sein Leben zumindest reduziert war.

»Wir möchten dir vorschlagen, in Abstimmung mit der Direktion des »Grand Hotels« deinen Arbeitsvertrag zu unterbrechen. Für wie lange weiß keiner genau, aber um einige Monate wird es sicher gehen. Dein Gehalt wird vom Hotel weitergezahlt, aber von uns erstattet. Du erhältst von uns eine neue Identität und wirst dich in einem Land in Zentraleuropa aufhalten, bis die Ermittlungen abgeschlossen sind und du wieder gefahrlos in Frankfurt leben kannst – unter deinem alten Namen, versteht sich.«

»Mein lieber Siegfried, ich will dir dazu etwas sagen, was dich vielleicht überraschen wird. Ich habe heute die Entscheidung getroffen, mein Arbeitsverhältnis mit dem »Grand Hotel« zu lösen. Ich habe mein Kündigungsschreiben allerdings noch nicht abgegeben. Ohne mein Zutun bin ich in eine Sache hineingerutscht, die nicht nur mir persönlich, sondern auch dem Hotel Schwierigkeiten über Schwierigkeiten eingebracht hat. Ich kann sogar den Generaldirektor in gewisser Weise verstehen, dass er mich loshaben will. Ich möchte da einfach nicht mehr weitermachen, möchte nicht dauernd angesprochen werden auf die Folgen des Mordes auf dem Eisernen Steg, auf meine Schüsse, mit denen ich den Mörder zur Strecke gebracht habe, auf mein Verhältnis zur Schwester des Ermordeten und schließlich auf den dramatischen Ausgang des Geiselaustauschs. Das ist mir einfach zu viel. Und jetzt kommt noch dazu, dass ich meines Lebens nicht mehr sicher bin.

Lydia hat mir als Alleinerbe ein kleines Vermögen hinterlassen, das mich unabhängig macht von den finanziellen Auswirkungen einer Trennung vom »Grand Hotel«. Dein Angebot, mir während der Vorbereitungszeit für die Prozesse mein Gehalt weiterzahlen zu lassen, ist gut gemeint und ich danke dir dafür. Ich meine aber, wenn ich selbst für mich sorge, unabhängig bin von allen weiteren Ereignissen und den Ergebnissen eurer Ermittlung, dann geht es mir besser. Natürlich stehe ich euch nochmals für eine Protokollierung meiner Kenntnisse über die Zusammenhänge der verschiedenen Fälle zur Verfügung und ebenso später als Zeuge in den Prozessen. Aber diese Rolle will ich auf das absolut Notwendige beschränken und nicht jeden Tag in Gedanken und in meinen Plänen für ein neues Leben gestört werden.«

Siegfried Hansen war offensichtlich überrascht und blickte Bertholdy, seinen bisher wohl schwierigsten Fall, fragend an. Dabei vergaß er, ihn – wie er sich vor der Zusammenkunft vorgenommen hatte – nach seinem Informanten zu fragen, dessen Identität er bisher nur ahnte.

»Bist du ganz sicher, dass das die richtige Entscheidung für dich ist?«

»Ja! Und ich werde mir auch das Land und den Standort aussuchen, wo ich überwintere. Euer Angebot, mich mit neuen Papieren und, wie ich annehme, mit einer neuen Vita zu versehen, nehme ich dankbar an. Ich hoffe, das wird nicht zu viel Zeit beanspruchen, denn ich möchte nicht länger gewissen Leuten als Zielscheibe dienen.«

»Ich kann dir das nicht zusagen ohne Abstimmung mit Kriminaldirektor Olbrich vom BKA. Bitte habe dafür Verständnis. Er ließ mich heute wissen, dass er dich unbedingt noch diese Woche sprechen will.«

Zum Abschied schüttelten sie sich die Hände, und Bertholdy war sich zum ersten Mal seit ihrer Wiederbegegnung über eines sicher: Hansen meinte es gut mit ihm. Er setzte sich in seinen Wagen, den er immer noch Lydias Wagen nannte, und fuhr vom Polizeigebäude in Richtung Sachsenhäuser Berg, zu Lydias Wohnung, die nun seine war.

Als er den Wendelsplatz überquerte, bemerkte er hinter sich ein Motorrad mit Fahrer und Beifahrer. Beide waren in schwarze Lederkleidung gehüllt, auf dem Kopf schwarze Motorradhelme. Trotz des dichten Verkehrs in beiden Richtungen versuchten sie immer wieder, die hinter Bertholdy fahrenden Fahrzeuge rechts oder links zu überholen. Misstrauisch behielt Bertholdy sie im Auge, immer wieder blickte er nach hinten. Schließlich, er hatte schon die Hälfte der Darmstädter Landstraße hinter sich, sah er, dass der Beifahrer seine Hände vor die Brust hielt, als umklammerte er einen Gegenstand.

Bei Bertholdy schrillten die Alarmglocken. Das Motorrad versuchte immer wieder, ihn links zu überholen, was Bertholdy durch präzises Fahren entlang des doppelten weißen Streifens verhinderte, der die beiden Fahrbahnen trennte. Es war schwierig, das Motorrad und den Verkehr gleichzeitig im Auge zu behalten. Als er auf eine erhöhte Fußgängerinsel zwischen den beiden Fahrbahnen zusteuerte, fuhr er etwas nach rechts und sah, wie der Fahrer versuchte, mit ihm auf gleiche Höhe zu kommen – und im selben Augenblick machte der Beifahrer eine Bewegung. Bertholdy glaubte eine Waffe zu erkennen. Das Vorderrad des Motorrads war bereits neben dem Hinterrad seines Audi. Da lenkte Bertholdy sein Fahrzeug etwas nach links, ganz knapp an der Fußgängerinsel entlang. Es tat einen lauten Schlag, und das Motorrad, die beiden schwarzen Gestalten und ein Gegenstand flogen durch die Luft.

Bremsen quietschten, bestialisches Brüllen war zu hören, Blech schlug auf Blech, Beulen formten sich unter Stöhnen, beide Bahnen des Verkehrs waren von quer stehenden Fahrzeugen blockiert.

Bertholdy verfolgte den Flug des Gegenstands, der schließlich auf dem Asphalt aufschlug, ein paar Mal weiterhüpfte, über die Straße schlitterte und schließlich in Höhe des »Holiday Inn« mitten auf der Fahrbahn liegen blieb. Er fuhr bis kurz vor den Gegenstand, erkannte eine Maschinenpistole, rollte ein kleines Stück weiter, sodass sein Audi über der Waffe stand. Dann griff er zum Handy, rief Hansen an und schilderte kurz den Vorfall.

»Ich komme sofort«, rief Hansen, »den Notruf betätige ich selbst, damit Krankenwagen und genügend Kollegen an der Unfallstelle sind.«

Langsam stieg Bertholdy aus dem Wagen und blieb stehen. Zur Sicherheit nahm er seine Pistole aus dem Schulterhalfter und steckte sie griffbereit in die Tasche seines Regenmantels. Seine Hand ließ den Pistolengriff nicht los. Er entsicherte die Waffe, um schussbereit zu sein. Gleichwohl saß ihm der Schrecken noch in den Gliedern. Ein Feuerstoß aus der MP, links neben dem Fahrerfenster abgegeben, hätte sein Ende bedeutet. Eine riesige Wut stieg in ihm auf. Und zum ersten Mal dachte er daran, sich nicht nur schützen, sondern wehren zu müssen, es mit gleicher Münze heimzuzahlen oder mit der Waffe zu antworten.

Die Unfallstelle glich einem Schlachtfeld. Gut ein Dutzend Fahrzeuge war involviert. Bertholdy aber hatte nur einen Blick für die beiden Motorradkiller. Er hatte Angst, sie könnten sich aus dem Staub machen. Da ihre Waffe sicher versteckt unter seinem Wagen lag, lief er ein Stück zurück und sah die beiden bewegungslos am Boden liegen.

Einige Fahrer, deren Wagen Blechschäden davongetragen hatten, rannten schimpfend auf Bertholdy zu, den sie für den Verursacher der Massenkarambolage hielten. Endlich hörte er die Sirenen und wünschte sich nichts mehr, als Hansen an seiner Seite zu haben. Als der endlich eintraf, konnte er nur über die Bürgersteige fahren, um Bertholdy zu erreichen. Als Erstes führte Bertholdy ihn zur MP unter seinem Auto.

»Ich hatte guten Grund, mich zu wehren!«, meinte Bertholdy, und seine Stimme verriet seine Erregung.

»Nicht auszudenken, wie es wäre, wenn du dich geirrt hättest«, entgegnete Hansen. Er zog sich Gummihandschuhe an und bat Bertholdy, den Wagen vorsichtig so weit zurückzusetzen, bis die Waffe frei liege und mit seiner Handykamera aufgenommen werden könnte. Nachdem die Aufnahmen gemacht waren, hob Hansen die MP auf, betrachtete sie und stellte fest: Es war dasselbe Modell, das auch auf dem Eisernen Steg eingesetzt wurde. »Die Waffe hat trotz des Aufpralls erstaunlich wenige Beschädigungen«, stellte er fest.

Anschließend erteilte Hansen seinen Leuten Anweisungen, welche Aufnahmen noch gemacht werden sollten und was zwischen dem ramponierten Sockel der Fußgängerinsel und Bertholdys Audi zu vermessen war. Schließlich gingen sie zusammen auf die am Boden liegenden Kerle zu, um die sich Notärzte und Sanitäter kümmerten. Als sie bei dem ersten ankamen, winkte der Notarzt ab. Bei dem zweiten waren die Helfer damit beschäftigt, den schwer Verletzten zu stabilisieren und transportfähig zu machen. Hansen gab einem Kollegen den Auftrag, mit weiteren zwei Polizisten den Transport zu überwachen und den Verletzten in der Uniklinik nicht aus den Augen zu lassen. Sobald der einigermaßen vernehmungsfähig sei, erwarte er sofortigen Bescheid.

Dann bat er Bertholdy in seinen Dienstwagen, wo seine Assistentin schon das Aufnahmegerät für den Bericht des vermeintlichen Unfallverursachers bereit hatte.

»Es geht hier nicht nur um einen Verkehrsunfall, sondern um einen Mordversuch. Bereits der zweite innerhalb von 24 Stunden«, betonte Bertholdy. Dann diktierte er seine Erlebnisse der letzten halben Stunde in das Gerät und sagte zu Hansen: »Ich habe genug für heute, wäre für eine Ruhepause dankbar. Ich wohne gerade um die Ecke. Wenn du noch Fragen hast, kannst du zu mir kommen. Ich wohne im zwölften Stock.«

»Einverstanden. Ich komme später zu dir, nicht nur aus dienstlichen Gründen. Hab bitte Verständnis dafür, dass ich dein Fahrzeug noch nicht freigeben kann. Zuerst ist zu untersuchen, ob und welche Unfallspuren feststellbar sind. So wie es aussieht, hast du es fertig gebracht, als einziger von allen Beteiligten die Massenkarambolage ohne Blechschaden zu überstehen. Du solltest besser eine Pistole bei dir haben. Deine Waffe, die du mir als Beweisstück überlassen hast, kann ich dir leider noch nicht zurückgeben. Du erhältst eine Pistole aus unserem Bestand.«

Bertholdy dankte und informierte ihn, dass er sich eine neue Walther gekauft habe und sie immer bei sich trage. Er ging auf dem Trottoir die kurze Strecke bis zur Haustüre des großen Mehrfamilienhauses. In der Wohnung angekommen, gönnte er sich zuerst einmal einen großzügig eingeschenkten Calvados. Dann rief er seinen Freund Marco an und bat ihn, zu kommen. Er habe ihm einiges zu berichten, das er später teilweise an ihre gemeinsame Freundin weiterleiten solle. Marco sagte. »Ich verstehe. Bin gleich bei dir«

Schon nach zwanzig Minuten war er da. Er hatte ein Taxi genommen, das – wie er aufgeregt berichtete – kaum an einer »riesenhaften« Unfallstelle vorbeigekommen war. »So etwas habe ich noch nie gesehen. Ein Blechfriedhof von beeindruckender Größe. Ich möchte nur wissen, welcher Idiot von einem Autofahrer der Verursacher war.«

»Der Idiot sitzt vor dir«, entgegnete Bertholdy.

Marco erbleichte, schüttelte den Kopf und sagte: »Das glaube ich dir nicht! Du willst wohl angeben?«

Bertholdy lachte und erzählte Marco, was geschehen war. Nach kurzer Überlegung sagte Marco: »So kann das nicht weitergehen. Wir müssen etwas unternehmen. Wir müssen uns wehren. Wir sollten Margarethe verständigen, denn wir werden ihre Informationen benötigen, um sinnvoll vorgehen zu können.«

»Mein lieber Freund, ich bin gerührt von deiner Bereitschaft mitzumachen, aber sie sollte doch über deine Rolle als Ratgeber und Schaltstation zwischen Vaduz und Frankfurt nicht hinausgehen. In wenigen Minuten erscheint Hansen hier. Du kennst ihn ja bereits aus meinen Erzählungen und hast ihn im Grand Hotel getroffen. Er hat keine Ahnung von Umfang und Bedeutung unserer Beziehungen zu Margarethe. Hör bitte nur zu, wenn ich mit ihm über dieses Thema spreche. Du kennst sie ja nicht, muss er annehmen.«

Bevor Marco antworten konnte, läutete die Klingel. Bertholdy ging zur Wohnungstür, öffnete sie und wartete auf Hansen, der aus der Aufzugstür trat.

Bertholdy stellte Marco Galliano als seinen ältesten Freund vor. Er habe so großes Vertrauen zu ihm, dass ganz frei gesprochen werden könne.

»Das mag so sein«, entgegnete Hansen, »aber selbst wenn ich wollte, kann ich dir noch nicht sagen, woher die beiden schwarzledernen Gesellen kommen und wer sie beauftragt hat. Sie trugen beide keine Papiere bei sich, keinen Geldbeutel, kein Handy, nur ein paar lose Scheine und ein Bild von dir. Es besteht kein Zweifel: Sie waren auf dich angesetzt. Als alter Kollege darf ich dir sagen, dass du reagiert hast wie ein Spitzenprofi vom Geheimdienst. Kompliment, das BKA wird beeindruckt sein. Aber den Austausch von anerkennenden Worten wollen wir für später aufheben. Es muss dringend etwas für deine Sicherheit getan werden. Vielleicht hast du selbst eine Vorstellung, was wir gemeinsam in die Wege leiten sollten.«

Marco konnte nicht mehr an sich halten und rief mit lauter, bisweilen überschnappender Stimme: »Er kann sich nicht mehr hier in dieser Wohnung oder im Hotel aufhalten. Solange er ein wichtiger Zeuge ist, ist er für diese Verbrecher gefährlich. Also muss er sofort verschwinden.«

Bevor Bertholdy dazu etwas sagen konnte, versuchte Hansen den alten Herrn zu beruhigen: »Genau das will ich heute in einem Gespräch mit ihm vorbereiten.«

Bertholdy ging in die Küche, entnahm dem Weinkühlschrank eine Flasche Brunello, seine einzige des Jahrgangs 1985, öffnete sie und stellte drei Rotweingläser auf das Tablett.

Hansen hatte noch nie von diesem Wein gehört. Marco fühlte sich verpflichtet, ihm eine kleine Ahnung zu vermitteln, welche Bedeutung dieser gute Tropfen habe. Nachdem er probiert und von Marco mit wenigen Worten anerkennend goutiert worden war, begann Bertholdy mit der Schilderung seines Plans, der ihn in den letzten Tagen sehr beschäftigt hatte.

»Ja, ich werde mich in den nächsten Monaten verstecken. Ich will, um dem Geschehen nicht zu fern zu sein, in die Schweiz gehen. Dazu brauche ich neue Papiere. Ich werde aber niemandem sagen, selbst euch beiden nicht, wo ich mich aufhalten werde. Ich gebe euch die Telefonnummer einer Organisation an, der ich vertraue, und werde mich bei Bedarf von einer öffentlichen Sprechstelle zurückmelden. Aber nur für eine kurze Gesprächsdauer oder zur Abstimmung eines Termins für ein ausführliches Gespräch an einem Ort meiner Wahl. Das ist kein Misstrauen euch gegenüber, lieber Hansen, sondern eine Vorsichtsmaßnahme. Alle Behörden, selbst die verdeckt arbeitenden, haben undichte Stellen. Und dich, lieber Marco, will ich damit nicht belasten. Du hast schon genug für mich getan. Das wär's.«

»Olbrich will mit dir in den nächsten Tagen über dieses Thema sprechen. Im Vertrauen sage ich dir: Er will dir ein Angebot machen, für das BKA zu arbeiten. Er ist sehr beeindruckt, wie du agierst, und dein heutiger Husarenstreich wird ihn noch mehr beeindrucken.«

Bertholdy lachte laut auf. »Nichts wünsche ich mir weniger, als wieder in Diensten der Polizei oder gar des Bundeskriminalamts zu sein. Damit habe ich abgeschlossen.«

Marco schien diese Radikalität im Augenblick wenig hilfreich zu sein. »Du solltest das noch einmal in Ruhe durchdenken. Als Mitarbeiter des Bundeskriminalamts ließe sich die Zeit bis zur Eröffnung des Prozesses leichter überbrücken.«

Bertholdy unterdrückte eine Antwort und forderte seine Gäste auf, die Gläser zu leeren. Hansen bemerkte nur noch: »Das Gespräch mit Olbrich kannst du nicht vermeiden. Du willst doch neue Papiere mit einer passenden Vita haben! Das wird ohne das BKA nicht gehen. Und alles zu kaufen, würde ich dir nicht raten. Diese Leute handeln nicht nur mit falschen Pässen, sondern auch mit Informationen.«

Die Stimmung beim Abschied war schlechter als bei der Begrüßung.

Als alter Mensch reagiert man empfindlich, wenn ein gut gemeinter Rat bei einem Freund nicht ankommt. Natürlich war Bertholdy, belastet durch die Ereignisse der vergangenen Wochen, dünnhäutig geworden. Aber das war nicht die einzige Veränderung, die ich an ihm bemerkte. Er hatte sich in seinem Wesen, seinem Denken, ja selbst in seiner äußeren Haltung verändert. Das war in der ersten Zeit nach dem Mord auf dem Eisernen Steg noch nicht so deutlich, aber nach Lydias Tod zeichnete sich diese Veränderung ab.

Hätte ich vor diesen Ereignissen meinen Freund charakterisieren sollen, dann wäre das Bild eines ruhigen, ausgeglichenen, bisweilen auch etwas trägen Menschen entstanden, keines Mannes schneller Entschlüsse. Er hatte den Ruf, ein moderater Mensch zu sein, der sich immer in die Lage seines Gegenübers versetzen konnte. Er galt als gutmütig und hilfsbereit. Ein Widerspruchsgeist war er nicht.

Sein Aktionsradius – ja sein Lebensbereich – beschränkte sich, wie er selbst bisweilen bemerkte, auf ein Gebiet im Umkreis von circa drei Kilometern um das »Grand Hotel« herum. Genehm war, was noch zu Fuß bewältigt werden konnte. Weitere Wege in Frankfurt oder gar im Umland waren nicht angesagt. Einmal im Jahr besuchte er den »Internationalen Kongress für Sicherheit im Hotel«, der in wechselnden Großstädten Europas stattfand. Das war die von ihm so genannte »Jahresreise«. Urlaubsreisen waren grauenhaft für ihn, vielleicht auch deshalb, weil Lydia von Anfang an klargestellt hatte, sie werde, wie auch in ihrem bisherigen Leben, allein reisen. Wie wir wissen, entsprach das nicht den Tatsachen. Aber Bertholdy hatte das akzeptiert.

Und jetzt eine Reise nach der anderen. Nur das Schiff, das ich ihm oft für eine Reise empfohlen habe, hat er noch nicht als Verkehrsmittel benutzt. Es wäre ihm bei der Hektik, mit der er nun von einem Ort zum anderen eilt, wohl auch zu langsam.

In den Tagen der Vorbereitung für den Austausch der Geisel hatte ich zum ersten Mal festgestellt, dass mein Freund nicht mehr derselbe war, den ich schon über zehn Jahre kannte. Er wirkte energischer, sicherer in seinem Auftreten. Sprach in kürzeren Sätzen, unterstrich wichtige Aussagen mit ruckartigen Handbewegungen. Das früher häufige Lächeln war verschwunden, und er war ungeduldig geworden.

»Nicht verwunderlich«, werden Sie sagen, werte Leserinnen und Leser, das würde jedem so ergehen, der einen Tiefpunkt nach dem anderen erlebt. Viele wären vielleicht unglücklich und deprimiert, Bertholdy aber ließ zunehmend erkennen, dass er in diesem Drama eine aktive Rolle zu übernehmen gedachte. Aber er wollte dabei alleine sein und nicht von einer mächtigen staatlichen Organisation behindert werden. Nur so war seine Reaktion auf das Angebot des BKA zu erklären, das Hansen angedeutet hatte.

Es ist jetzt immer schwieriger für mich, den richtigen Abschnitt des Berichts zu finden, an dem ich meine eigenen Notizen zu Ende bringen kann, ohne den Fluss der im Manuskript beschriebenen Geschehnisse zum falschen Zeitpunkt zu unterbrechen. Und da ich mich in diesem Augenblick bereits in die Geschichte hineingedrängt habe, will ich mich kurz fassen und beeilen, um zum Ende meines Lebensrückblicks zu kommen.

Maria nahm die Nachricht von meinem täglichen »Schulbesuch« gelassen, fast wohlwollend auf. Zu meiner Verwunderung stellte sie keine weiteren Fragen. Aber als ich ihr sagte, es gäbe keinen Anlass mehr, eine Anzeige der Signora befürchten zu müssen, blitzte es in ihren Augen kurz auf, und sie klopfte mir anerkennend auf die Schulter.

Es war für mich eine wunderbare Zeit, die ich mit beiden Frauen verbringen durfte. Und ich war sehr um gerechte Anteile bemüht. Maria war um mein körperliches Wohlbefinden besorgt, die Signora Lucentini um meine geistige Entwicklung. In speziellen Stunden nannte ich sie Sophia, und dieser Name fand ihr Wohlgefallen. Auf meinem Lehrplan standen Französisch, Englisch, italienische Literatur sowie Grundkenntnisse der Mathematik. Und einmal in der Woche brachte sie mir gutes Benehmen bei und die Fähigkeit zum Schreiben gut formulierter Briefe. Sie sagte mir oft, dass ich ein sehr gelehriger Schüler sei. Diese Lernbereitschaft war auch bei ihr vorhanden, aber das sagte ich ihr natürlich nicht.

An meinen achtzehnten Geburtstag erhielt ich unerwarteten Besuch. Ein angeblich ehemaliger Freund meines früh verstorbenen – in Wahrheit ja ermordeten – Vaters kam mit der Botschaft, dessen ehemaliger Freundeskreis habe beschlossen, meine berufliche Entwicklung in die Hand zu nehmen. Er habe den Auftrag erhalten, einen Termin für ein Gespräch mit mir zu vereinbaren.

Ich sah, wie Maria erbleichte. Ich wusste sofort, dass es sich um eine Rekrutierung handelte. Genau so, wie auch mein Vater rekrutiert worden war. Meine Mutter hatte mir das kurz vor ihrem Tode ausführlich geschildert und mich inständig gebeten, nie dem Ruf der Organisation zu folgen. Wenn es so weit käme, solle ich fliehen. So weit weg wie möglich.

Ich bedankte mich für die Ehre, bat aber um Verständnis, dass ich zuerst meinen Schulabschluss machen müsste. Für die Organisation würde es in Zukunft immer wichtiger sein, Mitglieder zu haben, die nicht nur Handlanger sind, sondern auch anspruchvollere Aufgaben erledigen können.

»Ich werde das dem Commendatore ausrichten. Wann wirst du mit deiner Ausbildung fertig sein?«, fragte mich der Mann, sichtlich beeindruckt von meinen Worten.

»Etwa in drei Monaten. Dann melde ich mich bei Ihnen wegen eines Vorstellungsgesprächs. Bitte geben Sie mir Ihre Visitenkarte oder lassen Sie mich wissen, unter welcher Telefonnummer ich Sie erreichen kann.«

Er zog einen kleinen Zettel aus der Jackentasche, auf der nur eine Telefonnummer stand. »Unter welchem Namen wird man sich melden?«, fragte ich ihn.

»Meine Freunde nennen mich Carlo«, erwiderte er. Ich reichte ihm die Hand zum Abschied und bat ihn, dem Commendatore, der ihn geschickt habe, meine besten Empfehlungen zu übermitteln.

Maria nahm mich in den Arm und sagte: »Das war sehr elegant. Diese Gewandtheit verdankst du nicht mir, sondern der Signora. Wir müssen sie sofort über diesen Kontaktversuch informieren!«

Ich rief sie sofort an und schilderte ihr den ungebetenen Besuch in wenigen Sätzen. Dann sagte sie etwas, was ich nie für möglich gehalten hätte. »Komm heute Abend zu mir zum Essen, so gegen acht Uhr – und bringe die Sig-

nora Maria mit.« Sie hing ein, ohne meine Zustimmung oder meinen Dank abzuwarten.

Maria war verblüfft, ja bestürzt, als sie das hörte. Die beiden Damen hatten sich in den vergangenen Jahren nie gesprochen. Man grüßte sich, das war alles. Und ich hatte in dieser Zeit weder von Maria noch von Signora Lucentini je ein böses oder herablassendes Wort über die Balkon-Nachbarin gehört.

»Maria, ich lege großen Wert auf deine Anwesenheit. Du hast mich schließlich großgezogen. Mach dich schick, du hast noch genügend Zeit, dir die Haare zu waschen, und ich werde für die Gastgeberin einen Blumenstrauß kaufen.«

Der Abend verlief harmonisch und ganz auf das Thema konzentriert. Man sprach über die Möglichkeiten und Voraussetzungen meiner Flucht, ja, sie gebrauchten beide das Wort »Flucht«.

Beide waren sich sofort einig, dass ich neue Papiere benötigte. Ein Zeugnis für meinen Volksschulabschluss sei ja vorhanden, aber es laute auf den falschen Namen. Sie habe zufällig von ihrer früheren Tätigkeit noch einige Zeugnisformulare, bemerkte die Signora, meine heimliche »Sophia«, das sei also kein Problem. Benötigt werde für die Zeit danach bis heute ein Zeugnis für die Ausbildung und Tätigkeit in der Hotellerie. Eine andere Branche kam aus Sicht der beiden Verschwörerinnen nicht in Frage. Meine Frage, wie man das alles organisieren könne, wurde nicht beachtet. Als Ergebnis der Besprechungs-

runde war festgelegt worden, dass man sich die Aufgaben teilen werde.

Die Signora hatte einen Vetter, der Eigentümer einer Druckerei war und unterschiedliche Druckerzeugnisse herstellen konnte. Nur das Foto und die Daten hatte man ihm zu liefern.

»Was wird das wohl kosten?«, fragte ich und fürchtete, dass meine Ersparnisse dazu nicht ausreichten.

»Lass das meine Sorge sein«, antwortete Signora Lucentini.

Maria übernahm die Beschaffung der beruflichen Zeugnisse. Alfredo, der Inhaber der kleinen Cafébar war kein Problem, ich hatte ja auch für ihn gearbeitet. Und für ein Zeugnis über meine angebliche Ausbildung in einem Hotel wolle sie schon sorgen. Dabei werde ihr sicherlich der Personalchef des Albergo »Vesuvio« behilflich sein, der ihr in gewisser Weise verpflichtet sei. Außerdem sei das »Vesuvio« das beste Hotel der Stadt. »Selbst wenn ein Hotel, bei dem sich unser Marco«, ja, unser Marco, sagte sie, »bewirbt, eine Auskunft im »Vesuvio« einholt, dann ist dafür immer der Personalchef zuständig.«

»Und wie soll ich in Zukunft heißen?«

Einig waren sich die beiden auch in der Frage meines zukünftigen Vornamens, es solle bei »Marco« bleiben. Es sei für sie sehr schwierig, sich an einen anderen Namen zu gewöhnen. Der Nachnamen aber, das Geburtsdatum und meine letzte Anschrift in Neapel müssten geändert werden. Neapel als Geburtsort könne bleiben, denn bei einer even-

tuellen Nachforschung sei es besser, man suche in einer Großstadt als in einem Dorf, wo jeder jeden kennt. Danach einigten sich die beiden Frauen auf den Familiennamen »Galliano«. Dabei ist es bis heute geblieben.

Zwei Wochen später saß Marco Galliano im Zug nach Mailand, verabschiedet mit einem Abendessen zu dritt bei Maria, ausgestattet mit allen Papieren und einer »Kriegskasse«, zu der beide nach ihren Möglichkeiten beigetragen hatten. Das Wort »Kriegskasse« bekam wenige Wochen nach meiner Abreise, im Juni des Jahres 1940, eine reale Bedeutung. Mussolini trat an der Seite Hitlers in den Krieg ein. Er wollte zur Siegesfeier nicht zu spät kommen.

Zum Bahnhof ging ich allein, ein Köfferchen in der Hand. Sophia hatte es mir geschenkt, als ich sie am Abend zuvor zum letzten Mal besucht hatte. Und Maria hatte mir ein Bild meiner Mutter in einem silbernen Rahmen eingepackt. Beiden musste ich versprechen, in den nächsten fünf Jahren zu niemandem in Neapel Kontakt aufzunehmen, nicht einmal zu ihnen.

27.

Als Bertholdys Gäste – Marco und Siegfried Hansen – wieder gegangen waren, nahm er Papier und Stift zur Hand und begann die Punkte aufzuschreiben, die zu erledigen waren. Eines stand für ihn fest: Er würde Gegenmaßnahmen ergreifen, welche die Ausschaltung des oder der Auftraggeber für seine Ermordung zum Ziel hatten. Und das musste während der Wochen oder Monate in der Schweiz sorgsam vorbereitet werden.

Ohne Helfer würde das nicht gelingen. Margarethe schied dafür aus. Sie war in ihren Reaktionen doch unberechenbar – und außerdem war sie durch ihre Verstrickung in die Vorfälle zu gefährdet. Blieb nur noch sein alter Freund Domenico Sieger übrig, der ihn bereits bei der Vorbereitung seines Besuchs bei Lydias Mutter unterstützt hatte. Domenico konnte ihm vor allem in der Wohnungsfrage helfen und seine mangelhaften Landeskenntnisse ausgleichen. Er nahm den Telefonhörer ab, wählte die Nummer des Freundes und sagte: »Domenico, ich muss dich dringend sprechen! Können wir uns übermorgen sehen? Ich komme mit dem Zug und könnte am frühen Abend bei dir sein.«

»Klar, lass mich wissen, wo und wann ich dich in Zürich abholen soll. Ich freue mich sehr, und Edith wird für uns ein wunderbares Abendessen vorbereiten. Ich bin begierig, von dir zu erfahren, wie alles weiterging.«

»Das kannst du morgen in den deutschen Zeitungen lesen, die von einer Massenkarambolage auf der Darmstädter Landstraße in Frankfurt berichten. In die war ich verwickelt, kam aber ohne Schaden an Blech und Gesundheit davon. Nur das Gemüt hat etwas gelitten. Bitte mache morgen unsere gemeinsame Freundin in der verabredeten Weise auf den Unfall aufmerksam.«

»Ich habe verstanden. Bis morgen«, sagte Domenico Sieger und hängte ein.

Dann überlegte Bertholdy, wie er das Gespräch mit Olbrich und Hansen führen solle. Vielleicht hatte Marco doch den richtigen Kommentar zu dieser Frage gegeben. Aber an seiner Entscheidung, seinen Aufenthaltsort in der Schweiz nicht preiszugeben, wollte er festhalten. Am späten Abend rief Hansen an, gab als Besprechungstermin den nächsten Vormittag, zehn Uhr, an und bat darum, sich in Bertholdys Wohnung treffen zu können. Man werde einzeln kommen. Bertholdy war über die Wahl des Treffpunktes nicht begeistert, sagte aber zu.

Während der Nacht verdrängten Gedankenspiele den Schlaf, die um den Plan zur Gegenwehr kreisten, den er »Notwehrplan« nannte. Dieser Begriff setzte sich in seinen weiteren Überlegungen fest.

Wer war die entscheidende Person in jenem Kreis der »Gentleman-Waffenhändler«, wer legte das weitere Vorgehen fest und gab in dieser Bande die Anordnungen, auch für die Mordaufträge? Wer war dafür verantwortlich, dass Lydia entführt und gegen die Minox ausgetauscht werden sollte? Bei den weit auseinanderliegenden Wohnorten der Beteiligten war es schwer vorstellbar, dass alle Aktionen mit allen abgestimmt worden waren. Es musste einen »Strippenzieher« geben. Ob es wirklich der General war, wie Margarethe behauptet hatte? Sie hatte diese Information ja nur von ihrem Chef erhalten.

Leuenberger selbst, den er in der letzten Wochen hin und wieder als Initiator des Ganzen verdächtigt hatte, kam nach den Angaben, die er von Margarethe erhalten hatte, wohl kaum als Kopf der Bande in Frage. Ein solches Risiko würde ein erfahrener Anwalt nie eingehen.

Bertholdy wollte mit Hansen und Franz Olbrich darüber sprechen. Die Teilnehmer der Runde in Leuenbergers Jagdschloss waren ihnen bekannt. Inzwischen mussten die Ermittlungen weitergegangen sein. Vielleicht hatte das BKA neue Erkenntnisse gewonnen, die Olbrich ihm offenlegen musste, oder zumindest konnte er ihn darum bitten. Schließlich wollte das BKA ihm eine engere Zusammenarbeit anbieten. Bertholdy erkannte, dass das BKA für ihn zu einer wichtigen Informationsquelle für seinen »Notwehrplan« geworden war.

Am nächsten Morgen kam pünktlich zur vereinbarten Zeit Kriminaldirektor Olbrich. »Herr Hansen wird sich etwas verspäten, aber wir können schon anfangen«, meinte er. Offensichtlich wollte er Bertholdy erst einmal allein sprechen. »Herr Hansen hat Sie schon über unsere Absicht informiert, mit Ihnen zu einer engen und dauerhaften Zusammenarbeit zu kommen. Wir wissen, Sie benötigen ab sofort eine neue Identität, einen sicheren Aufenthaltsort. Sie sind, vor allem in unserer Sache, dem Waffengeschäft, ein ganz wichtiger Zeuge. Wir sind davon überzeugt, dass Sie darüber hinaus alle Fähigkeiten mitbringen, in unserer Organisation mit Erfolg tätig zu sein. Sie glauben doch nicht, dass die Fortsetzung Ihrer Tätigkeit im »Grand Hotel« wie bisher möglich ist, oder?«

»Lassen Sie bitte die weitere Behandlung meines Arbeitsvertrages mit dem »Grand Hotel« meine Sache sein. Im Übrigen haben wir vermutlich sehr unterschiedliche Ansichten über berufliche Fähigkeiten, die ein BKAMitarbeiter mitbringen muss«, warf Bertholdy ein.

»Diese richtig beurteilen zu können, dafür bringen wir unsere Erfahrung mit. Wir benötigen dafür keine Typen wie Schwarzenegger. Aber ich verstehe, dass Sie im Augenblick so unter Druck stehen, dass Sie nicht in der Lage sind, unser Angebot zu verhandeln. Wir sollten uns daher eher mit der Frage Ihrer Sicherheit und Ihres Aufenthaltsortes beschäftigen.«

Bertholdy unterbrach seinen Besucher und fragte: »Was haben denn Ihre Ermittlungen gegen die Geschäftspartner des Vertrags über die Waffenlieferungen Neues gebracht? Haben Sie herausgefunden, wer dort den Ton angibt, die Entscheidungen fällt?«

»Ich könnte Ihnen jetzt sagen, dass vertrauliche Informationen dieser Art in unserer Organisation bleiben. Das würde Ihnen aber sicher nicht gefallen. Unter den Beteiligten blieb zunächst nur der arabisch aussehende Mann unerkannt. Wir wissen jetzt, dass es sich um den Anführer einer islamistischen Terrorgruppe handelt, die diverse Auftragsmorde, nicht nur politischer Art, durchführt. Der Lobbyist, ein im Waffengeschäft erfahrener

Franzose, hat wohl die Verbindung zu dem Minister hergestellt.

Der Parlamentarische Staatssekretär in einem europäischen Verteidigungsministerium, es war leider das unsere, hat sofort, nachdem Sie ihn bei der Verkündigung der Geiselnahme gesehen hatten, den Staatsdienst quittiert. Aus Gesundheitsgründen. Er ist sofort danach zur Erholung in die Karibik gefahren und hält sich dort noch immer auf, freilich beschattet von einem meiner Leute.

Einer aus dieser Gruppe hat allerdings inzwischen das Zeitliche gesegnet: Der Geheimdienstchef aus dem westafrikanischen Staat ist an einer schweren Krankheit verstorben, die er wohl – so sagt man – seinem ministeriellen Partner verdankt. Dabei handelte es sich nicht nur um die Neutralisierung eines Mittäters, sondern um die Strafe für misslungene Anschläge – hier wie in Westafrika. Unsere französischen Freunde sind jedenfalls dieser Meinung.«

»Die Franzosen sind auch noch eingeschaltet worden? Mit wie vielen Geheimdiensten und Ermittlungsbehörden werde ich es denn noch zu tun bekommen?«, stöhnte Bertholdy.

»Das alles müsste und dürfte ich Ihnen ja eigentlich nicht erzählen«, fuhr Olbrich fort, ohne Bertholdys Bemerkung zu beachten. »Aber ich habe Vertrauen zu Ihnen. Wer unter den Verbrechern derjenige ist, der jetzt das Kommando gibt, die Aufträge zu Ihrer Ermordung gibt, kann ich nicht sagen. Um das zu erfahren, wäre ein

Informant aus dem Kreis selbst oder aus dem Büro von Leuenberger notwendig. Ich hatte gedacht, Ihre Informationsmöglichkeiten wären in dieser Hinsicht besser als unsere.«

Bertholdy überhörte diese Anspielung. Olbrich machte eine kurze Pause, dann fuhr er fort: »Natürlich sind die Aktionen gegen die am Waffenhandel Beteiligten bereits angelaufen, soweit sie Bürger eines EU-Staates und der Schweiz sind. Ein weiteres Hinauszögern der Ermittlungen wäre unverantwortlich gewesen. Das alles entspricht zwar nicht dem ursprünglichen Zeitplan, war aber aufgrund der gescheiterten Geiselübergabe und vor allem wegen der ebenfalls gescheiterten Übergabe der Minox nicht zu vermeiden. Mit Festnahmen wollen wir, auch in Abstimmung mit den Schweizer Diensten, noch warten.

Nun wissen die am Deal Beteiligten nicht, ob der sie kompromittierende Originalfilm in der Minox vor dem Selbstmord von Frau Haffner entwickelt worden ist oder nicht. Keiner von denen kann sicher sein, dass die Minox unauffindbar auf dem Grund des Mains liegt. Aber sie erkennen nun mit aller Deutlichkeit, dass Sie, lieber Herr Bertholdy, Zeuge dafür sind, welche Mittel sie einsetzen wollten, um in den Besitz der Minox und des Films zu kommen.

Schriftstücke in der Kanzlei Leuenberger kann man verschwinden lassen. Aber für das Verschwinden des Films in der Minox zu sorgen, übersteigt ihre Möglichkeiten. Ob und wie lange vor der Geiselübergabe Sie die

Minox uns zur Behandlung übergeben haben, wissen die Herren nicht. Inzwischen werden sie sich klar darüber sein, dass es auch technische Möglichkeiten für die »Lesbarkeit« des Films gibt, wie wir sie angewendet haben.

Und außerdem: Eine Geiselnahme in der Schweiz, bei der eine Schweizer Staatsbürgerin entführt wird, ist schon eine riskante Aktion. Die Schweizer Behörden würden das nicht unter den Tisch kehren. Und Sie, lieber Herr Bertholdy, sind auch dafür ein Zeuge.

Das alles wird die Täter zu raschen Reaktionen wie gestern zwingen. Dadurch hat sich für Sie die Situation verschärft, was ich bedaure. Aber bedenken Sie: Lydia Haffners Entschluss, die Minox an sich zu reißen und damit in den Main zu springen, war der für diese Verschärfung auslösende Faktor. Wäre die Minox, wie vorgesehen, auf dem Eisernen Steg ausgetauscht worden, dann wären wir nicht unter einen solchen Zeitdruck gekommen.«

»Ich weiß, Herr Olbrich, Sie müssen jetzt die Untersuchungen vorantreiben. Aber damit erhöht sich, wie Sie zu Recht feststellen und wie man bei den versuchten Anschlägen der letzten Tage gesehen hat, mein Risiko. Ich werde für die Zeit bis zur Anklageerhebung in Deutschland nicht mehr benötigt, da ich dazu alle Aussagen gemacht habe. Das gilt auch für die Mordversuche mit der Paketbombe und den beiden Motorradfahrern gestern. Und falls wegen des Entführungsfalls in der Schweiz meine Vernehmung durch Schweizer Behörden erforderlich ist, stehe ich dort zur Verfügung.

Ob das BKA aber in der Lage ist, die ausländischen Teilnehmer am Waffengeschäft zu neutralisieren oder gar ihre Festnahme zu veranlassen, wage ich zu bezweifeln. Und ich vermute, dass gerade von den Exoten unter den Tätern die größte Gefahr ausgeht. Wollen Sie den amtierenden Verteidigungsminister eines westafrikanischen Landes verhaften lassen, vielleicht auch noch in der Schweiz? Bisher habe ich noch nicht feststellen können, dass den deutschen Strafverfolgungsbehörden meine Sicherheit besonders am Herzen liegt.

Da diese Geschäftspartner mich jagen, lege ich nicht nur Wert auf eine neue Identität, sondern möchte auch mein Versteck im Ausland selbst suchen. Bei einer so international gemischten Runde von hochrangigen Politikern, Geheimdienstleuten und Lobbyisten ist von einer Komplizenschaft unter den Geheimdiensten auszugehen. Jeder hat so seine Informanten im anderen Lager. Auch deshalb will ich mein Versteck selbst wählen.«

»Nebenbei bemerkt«, hakte Olbrich ein, »ordnet unsere Organisation in solchen Situationen einem Mitarbeiter oder Agenten immer die höchste Sicherheitsstufe zu. Aber sagen Sie mir doch, was Sie von uns benötigen, um ein Versteck nach Ihren Vorstellungen zu organisieren. Und ob Sie ab sofort bis zu Ihrem Untertauchen Personenschutz haben wollen, eventuell auch eine andere Wohnmöglichkeit in einer anderen Stadt in Deutschland.«

»Ich benötige nicht sehr viel«, entgegnete Bertholdy. »Einen Pass und einen Führerschein, beides für ein französisch sprechendes Land, aber nicht in Afrika. Und eine entsprechende Vita, die eventuellen Rückfragen anderer Ermittlungsbehörden oder den Kontaktversuchen meiner Verfolger standhält. Ich benötige von Ihnen kein Geld. Die Art der Kommunikation mit mir sollte nach meinen Vorstellungen geregelt werden. Da ich ab morgen für einige Tage nicht in Frankfurt sein werde, halte ich einen Personenschutz für unnötig.«

»Werden Sie für uns durchweg erreichbar sein?«

»Mit Sicherheit! Und ich werde schnell erreichbar sein, denn ich werde in die Schweiz gehen und erst einmal dort bleiben.«

»Die Schweiz ist ein kleines Land«, warf Olbrich ein. »Wäre es nicht sicherer für Sie, sich in einem wesentlich größeren Land, zum Beispiel in Frankreich, in einer Großstadt wie Paris aufzuhalten?«

»Es sind mehr persönliche Gründe, die mich die Schweiz bevorzugen lassen, aber darüber möchte ich nicht sprechen.«

Olbrich akzeptierte diesen Wunsch und bat Bertholdy, möglichst bald nach Wiesbaden in die Zentrale des BKA zu kommen, damit alle Details festgelegt werden könnten und er auch die Person kennenlerne, die in den nächsten Monaten Kontakt zu ihm halten werde, falls dies überhaupt erforderlich sei.

Bertholdy war einverstanden. Er wolle sich in den nächsten Tagen wegen eines Termins bei ihm melden. Als Bertholdy seinen Gast zur Tür begleitete, meinte dieser: »Lassen Sie sich unser Angebot einer Zusammenarbeit – in welcher Form auch immer – durch den Kopf gehen.«

Jetzt erst fiel Bertholdy auf, dass Hansen nicht aufgetaucht war, wie Olbrich angekündigt hatte. Der BKA-Mann hatte offensichtlich mit ihm allein sprechen wollen.

Was nicht in diesem Bericht steht und doch erwähnt werden sollte, ist die Tatsache, dass mein Freund anrief und mich für denselben Abend zu sich nach Hause zum Essen einlud. Er brauchte wohl jemanden, um über Olbrichs Besuch zu sprechen, um seine nächsten Pläne zu erläutern, um sich klar zu werden, was nun getan werden musste.

»Ich erzähle dir jetzt, was ich vorhabe«, begann Bertholdy. » Außer dir werde ich nur noch Domenico Sieger einweihen, denn ich vertraue euch beiden wie sonst niemandem. Außerdem brauche ich eure Hilfe.

Ich werde mich in den nächsten Monaten in der Schweiz aufhalten. Wo das sein wird, werde ich morgen mit Domenico Sieger besprechen. In dieser Zeit werde ich die notwendigen Vorbereitungen treffen, um die Person oder die Personen auszuschalten, die mir nach dem Leben trachten. Es geht mir nicht um eine Bestrafung für das, was sie Lydia und mir angetan haben, es geht nicht um Rache. Es geht darum, dem Komplott zu meiner Ermordung mit gleichen Mitteln zu begegnen. Nur durch Gegengewalt lassen sich diese Verbrecher beeindrucken. Ich kann nicht damit rechnen, dass die deutschen Strafverfolgungsbehörden oder die der Schweiz alle Beteiligten bald festsetzen oder anderweitig dafür sorgen können, dass ich unbehelligt bleibe.

Du musst mir jetzt nicht erzählen, dass ich mich dadurch selbst zu einem Verbrecher mache. Das weiß ich selbst. Aber ich sehe keine andere Möglichkeit, ein neues Leben ohne Bedrohung zu beginnen.«

»Bertholdy, sag mir lieber, wie ich dir dabei helfen kann«, war meine Reaktion.

»Du wirst in dieser Zeit die Anlaufstelle für das BKA und für Hansen sein. Und auch für Margarethe bleibst du in der Rolle als Mittler von Nachrichten an mich. Ihre Angaben, wo sich wer befindet, was geplant ist, sind für mich wichtig, lebenswichtig. Alles, was du mir zu berichten hast, läuft per E-Mail über einen PC von Domenico, der auf den Namen seiner Partnerin Edith registriert ist. Ich hoffe, dafür ihre Zusage zu erhalten. Mit dem ganzen technischen Procedere werde ich dich vertraut machen, sobald ich Ende nächster Woche zurück bin.«

»Und wie, mein lieber Freund, soll das ablaufen, was du ‚ausschalten' nennst?«

»Das kann ich dir mit dem besten Willen noch nicht sagen. Eine Pistole ist dafür sicherlich nicht geeignet. Das muss schon eine andere Waffe sein. Es wird mir schon etwas einfallen, und das Kleingeld, das für die Verwirklichung meines Plans notwendig sein wird, ist ja da – wie du weißt.«

Eigentlich hätte ich Angst bekommen sollen, was da alles auf mich einstürzen könnte. Ich war doch kein kraftstrotzender Jüngling mehr, und normalerweise gehe ich gefährlichen Situationen aus dem Weg. Aber der Stolz, ins Vertrauen gezogen worden zu sein, für diese heikle Aufgabe als geeignet angesehen zu werden, überwog meine Ängstlichkeit. Und schließlich galt die neapolitanische Volksweisheit: In jedem Greis steckt ein Jüngling.

»Vielleicht gelingt es dir, deinen, wie ich bemerkt habe, guten Draht zu Margarethe zu intensivieren«, fuhr Bertholdy fort. »Sie mag dich offensichtlich. Und du hast eine so große Erfahrung mit Frauen, auch mit schwierigen, dass niemand besser für diese Aufgabe geeignet wäre. Nur von ihr können wir erfahren, wo sich meine Zielpersonen aufhalten, wo und wann sie zusammenkommen. Wenn sie es für richtig hält, dann besuche sie doch. Ich kann dir für euer Treffen das Hotel »Quellenhof« in Bad Ragaz empfehlen. Lade sie ein, die Kosten übernehme ich.«

»Ich kenne das Hotel! Ich war früher mehrmals dort mit Damen, die mich als Reisebegleiter, als Privatsekretär, als landeskundigen Guide engagiert hatten. Damen, die meistens älter waren als ich. Wenn ich heute mit einer jüngeren und dazu noch besonders gut aussehenden Frau erscheine, wird das auffallen«, schwadronierte ich.

»Wen stört das schon? Falls die Einladung nicht auf einen Restaurantbesuch beschränkt bleiben soll, würde ich dir empfehlen, zwei Einzelzimmer zu bestellen. Bei der Reservierung kannst du sagen, es handle sich um eine entfernt verwandte Nichte oder Großnichte«, glaubte Bertholdy mir raten zu müssen.

Da er mich bei diesem Gespräch auf meinen Ruf als Reisebegleiter allein stehender oder sich allein fühlender Damen ansprach, will ich nun doch berichten, wie ich zu diesem Ruf kam.

Wie Sie sich vielleicht erinnern, war ich aus Neapel geflohen. Ich war achtzehn Jahre alt, als Italien an der Seite Hitlers in den Krieg eintrat. Da ich meine Identität gewechselt hatte, stand ich in Neapel unter meinem alten Namen in der Musterungsliste, war also nicht auffindbar. Insofern bin ich der Mafia noch heute dankbar.

So suchte ich in Mailand eine Stelle in einem Luxushotel. Das hatte ich mir vorgenommen: Nur Hotels dieser Klasse kamen für mich in Frage. Bereits mit dem ersten Hotel, dem« Duomo« in Mailand, hatte ich Glück. Der Personalchef führte mich in das Büro des Direktors, in dem nicht er, sondern seine Frau am Schreibtisch saß. Wie ich sehr bald feststellte, tat sie mehr für die Führung des Hauses als ihr eitler und überheblicher Mann. Ich legte ihr meine Papiere vor, sie stellte Fragen zu meiner Herkunft und Tätigkeit im Hotel »Vesuvio« in Neapel, prüfte mein Aussehen, ließ mich dabei einige Male auf und ab gehen. Ich erwartete schon, dass sie auch die Stärke meiner Oberarmmuskeln überprüfen würde, was sie aber unterließ. Mit anerkennendem Lächeln und dem Wort »engagiert« verabschiedete sie mich als neuen Mitarbeiter.

Ich wurde dem Etagenservice zugeteilt, was dazu führte, dass ich bisweilen, wenn der Herr Direktor in seinem Club oder auf Reisen war, ihr in der Wohnung, die in der »Belle Etage« des Hotels lag, Essen servieren durfte. Dabei gewann ich nicht nur ihre Zuneigung, sondern auch ihr Vertrauen. Für meine Karriere war das sehr förderlich, hatte sie doch sehr gute persönliche Beziehungen zu Hotelierfamilien und vermittelte mich immer wieder an Grand Hotels: erst in Italien, nach dem Krieg in ganz Europa. Wenn es damals eine Branche gab, die international durch kollegiale Freundschaften, durch Empfehlung wohlhabender Kunden und nicht zuletzt durch Personalaustausch verflochten war, dann war es die Luxushotellerie.

Nach dem Krieg kam ich, wie gesagt, in Europa und Großbritannien herum, arbeitete aber auch in exotischeren Ländern wie Ägypten und Marokko. Und so kam ich auch zu meiner Tätigkeit als Reisemanager für allein reisende Damen.

Um für diese Aufgabe klare Verhältnisse zu schaffen, hatte ich aufgrund des zeitlich begrenzten Arbeitsverhältnisses und der ebenso begrenzten Bindungsdauer ein Geschäftsmodell entwickelt, das meiner Tätigkeit eine unzweifelhafte Legalität und Absicherung gab und selbst dem Auskunftsbegehren der Ehemänner standhielt. Wenn eine der Damen meine Serviceleistungen an einem Weekend wünschte oder den Wunsch hatte, mit mir auf Reisen zu gehen, dann schloss ich mit ihr für meine Tätigkeit als Gästebetreuer und Reiseleiter einen Vertrag. Dieser re-

gelte alle Einzelheiten wie das Honorar auf Basis eines Tagessatzes, Ersatz aller Unkosten für Reise und Transport, Eintrittskarten für Museen, Opernhäuser und Konzertsäle und natürlich auch für den Aufenthalt in einem Hotel der Spitzenklasse.

Für meinen Erfolg sorgte nicht nur mein – wie mir oft gesagt wurde – blendendes Aussehen. Ich galt unter den Damen als der klassische italienische Typ. Noch stärker als auf mein äußeres Erscheinungsbild war mein Erfolg auf die respektvolle Art zurückzuführen, mit der ich meine Kundinnen betreute. Das hatte ich bei Sophia gelernt. Die meisten Frauen fühlten sich allein oder, besser gesagt, allein gelassen. Vernachlässigt. Sie waren hungrig nach Zuneigung.

Die Reisen fanden meistens zwischen zwei Saisons statt. Nach der Schneeschmelze in St. Moritz oder Gstaad fuhren wir an die Côte d'Azur, wenn die Herbstsonne zu schwach war, nach Ägypten oder Marokko.

So ging es über viele Jahre. Sesshaft wurde ich erst, nachdem ich als Oberkellner ins Frankfurter »Grand Hotel« kam. Da ich hier keinen Saisonvertrag bekam, hatte ich von nun an nur für eine oder zwei kurze Ferienreisen Zeit und hin und wieder für ein Wochenende. Ich hatte zu entscheiden, welche Anfragen aus dem Kreis meiner langjährigen Kundinnen ich zu meinem Bedauern absagen musste. Im Laufe der Jahre brach der Kontakt zu nicht wenigen von ihnen ab, weil sie, fast ausnahmslos älter als ich, an ihrem Lebensende angekommen waren.

Die, die noch am Leben waren, fühlten sich allerdings nie zu alt, einige Tage mit mir zu verbringen.

Sie werden sich nun fragen, ob ich nie das Bedürfnis gehabt habe, mich an eine jüngere Frau zu binden, eine Familie zu gründen. Nein, dieses Bedürfnis habe ich nie verspürt. Ich hätte mich auch mehr auf jüngere Frauen konzentrieren können, aber die wenigen Male, da ich mich von Jugendlichkeit beeindrucken ließ, wurde die Sache kompliziert. Die jungen Damen hatten kein Verständnis dafür, dass ich ein Leben in Freiheit verbringen wollte, und waren sie bereits verheiratet, waren ihre Männer eifersüchtig. Bei den meisten verheirateten Männern legt sich das später, so meine Erfahrung.

Nun aber werde ich zu Margarethe fahren. Sie wird mich wie einen alten Freund und nicht wie einen alten Liebhaber behandeln. Das ist eine ganz neue Erfahrung für mich.

28.

Am nächsten Morgen fuhr Bertholdy mit dem Frühzug nach Zürich. Bei sich trug er den Brief, den ihm Lydias Anwalt übergeben hatte. Gleich nach seiner Ankunft rief er von einem öffentlichen Telefon im Bahnhof den Anwalt an, dessen Kontaktdaten auf dem Bogen vermerkt waren.

Der Anwalt war sofort bereit, ihn noch vor dem Mittagessen zu empfangen. Als Bertholdy das Bürohaus betrat, bemerkte er neben dem Schild der Anwaltskanzlei Aufschriften von Vermögensberatungen. Der Anwalt empfing ihn mit den Worten: »Ich habe schon auf Sie gewartet. Eigentlich hatte ich mit Ihrem Kommen schon gleich nach der Eröffnung des Testaments von Frau Lydia Haffner gerechnet.«

»Ihren Worten entnehme ich, es geht um Nachlassfragen«, sagte Bertholdy, »und sicher wollen Sie dann meinem Ausweis und vor allem den Erbschein sehen.«

Nachdem der Anwalt die Papiere geprüft hatte, legte er einen kleinen Stapel Ordner auf den Tisch und begann seine Erläuterungen. »Der Vater von Frau Haffner hat mich vor einer Reihe von Jahren, einige Monate vor seinem Tod, damit beauftragt, mit Mitteln aus seinem Vermögen eine Stiftung aufzubauen, die er für seine Tochter vorgesehen hatte. Er wollte damit im Erbfall Streitereien zwischen seiner Frau und Frau Haffner vermeiden. Die Erträge der Stiftung sollten ausschließlich seiner Tochter zufließen oder Personen, die von ihr als Stiftungsvorsitzende benannt wurden. Das war bis vor Kurzem außer Frau Haffner nur ihr Bruder Andreas, wobei sie selten Beträge für sich entnommen hatte.«

»Aber für ihren Bruder, nehme ich an. Ich war vor der Testamentseröffnung in Frankfurt informiert worden, dass Frau Haffner nach dem Tode ihres Vaters nur den Pflichtteil geerbt hatte. Offensichtlich war das in die

Stiftung geflossene Vermögen vom Vater als Vorerbe gedacht.«

»Der Vater wollte damit die Zusage umgehen, die er seiner Frau gemacht hatte, die Kinder auf das Pflichtteil zu beschränken. Frau Klara Seibold gilt in der Stadt als eine Dame mit großem Appetit auf das Vermögen ihrer Ehemänner.

Als Lydia Haffner nach der Ermordung ihres Bruders Frankfurt verließ, änderte sie bei einer ausführlichen Besprechung in meiner Kanzlei die Liste der Entnahmeberechtigten, indem sie festlegte, dass nach ihrem Tode Sie als Alleinerbe die Nutznießung haben sollten. Ich gehe davon aus, dass der deutschen Finanzbehörde die Existenz dieser Stiftung nicht bekannt gewesen ist, und dabei soll es auch bleiben. Es handelt sich ja um eine Stiftung, die von einem Schweizer Staatsbürger gegründet wurde und die den Schweizer Finanzbehörden bekannt ist. Es ist Ihre Entscheidung, Herr Bertholdy, ob Sie die in Zukunft an Sie auszuschüttenden Erträge bei Ihrer Einkommensteuererklärung in Deutschland berücksichtigen wollen oder nicht.«

Bertholdy entschied, zu dieser Steuerfrage vorerst nichts zu sagen. Das musste in Ruhe überlegt werden. »Können Sie mir bitte sagen, wie groß das Stiftungsvermögen ist?« Er fragte sich, ob dieser ganze Aufwand mit einer Stiftung sich lohnen würde. Er nahm doch an, dass das aus seiner Sicht sehr beachtliche Vermögen, das er geerbt hatte, der »offizielle Teil« des Nachlasses sei und den überwiegenden Teil von Lydias Gesamtvermögens ausmache.

»Das Stiftungsvermögen hat zur Zeit einen Wert von knapp über 12 Millionen Schweizer Franken. Es setzt sich zusammen aus einem großen Teil Aktien und festverzinslichen Papieren, einem Golddepot im Wert von einer Million und aus einer Immobilie. Es handelt sich um eine Vier-Zimmer-Wohnung in Genf mit Blick auf den See. Zweitschlüssel sind in meinem Safe deponiert.«

Bertholdy war fassungslos. Warum hatte Lydia in Frankfurt als Hausdame im »Grand Hotel« gearbeitet und in einer kleinen, keineswegs luxuriösen Wohnung in Sachsenhausen gelebt, wo sie doch nicht auf ein Arbeitseinkommen angewiesen war und sie sich einen viel höheren Lebensstandard hätte leisten können? Welche Rolle hatte er, ihr Partner für das Wochenende, in ihren Entscheidungen über ihren Lebensstil gespielt? Und welche Rolle ihr Bruder?

»Ich schlage Ihnen vor, erst einmal alle Formalitäten zu erledigen, ohne die wir in der Stiftung blockiert wären. Bitte beachten Sie: Die Stiftung ist vom Stifter auf Dauer angelegt worden, sie kann nicht aufgelöst werden. Sie haben lediglich das Nießbrauchsrecht und können bestimmen, auf wen dieses nach Ihrem Tod übergehen soll.

Es ist vorgesehen, Sie in den Stiftungsrat aufzunehmen – falls Sie nicht ablehnen. Außerdem sollten Sie in den nächsten Tagen auch die Vermögensverwalter in den zwei Banken kennenlernen, welche die Stiftung betreuen. Ich selbst bin der Vorsitzende des Stiftungsrats, beschränke mich aber auf die rechtlichen und steuerlichen Aspekte.«

Bertholdy war erleichtert, als er die Anwaltskanzlei wieder verlassen konnte. Er nahm sich vor, seine ganze Energie zusammenzunehmen, um diese Stiftung vorläufig aus seinem Kopf zu nehmen. Sie warf so viele Fragen auf, für die er keine schlüssigen Antworten hatte. Darunter auch die, ob er, ausgestattet mit einem gewaltigen Vermögen, nicht einfach untertauchen, auswandern und die ganzen bedrohlichen Ereignisse der letzten Wochen vergessen sollte.

Bertholdy schüttelte all diese Gedanken ab. Er musste sich jetzt auf seinen »Notwehrplan« vorbereiten und ihn ausführen. Vorläufig, so nahm er sich vor, würde er zu niemandem ein Wort verlieren über diesen unerwarteten Geldsegen, von dem er nicht wusste, ob es wirklich ein Segen war. Um klarer denken zu können, machte er einen Spaziergang zum Seeufer, zog dabei seinen kleinen Rollkoffer hinter sich her, löste eine Karte für eine Rundfahrt auf dem See und ließ sich den Wind um seinen verwirrten Kopf blasen.

Zur vereinbarten Zeit holte Domenico Sieger ihn am Hauptbahnhof ab. Die Fahrt nach Birmensdorf dauerte kaum eine Viertelstunde. Domenico merkte, dass sein Freund nicht zum Plaudern aufgelegt war. Angekommen in seinem Haus, begrüßte Edith, die wunderbare

Köchin aus dem Elsass, den Gast aus Frankfurt. Sie war eine beeindruckende Blondine, eine vitale und herzliche Frau mit leuchtend blauen Augen. Der Hausherr setzte seinen immer noch leicht verstörten Freund auf die Terrassenbank, drückte ihm ein Glas Dézalay in die Hand und forderte ihn auf, sich mit den zahlreichen Singvögeln zu unterhalten, die in Ediths blühendem Garten ihre Nester gebaut hatten.

Erst am späten Abend, nach einem köstlichen Essen und nachdem Edith zu Bett gegangen war, fragte Domenico: »Was ist in der Zwischenzeit alles geschehen? Wie kam es zu dem Massenunfall auf der Darmstädter Landstraße? Was hast du vor? Du weißt, auf mich kannst du zählen!«

Bertholdy bemühte sich, in seinem Bericht – mit Ausnahme der Stiftung – kein Detail auszulassen. Er kannte Domenicos Fähigkeit, komplizierte Sachverhalte zu analysieren und dabei auf jedes Detail zu achten. Als er geendet hatte, sagte Domenico: »Lass uns alle Nebensächlichkeiten für den Augenblick vergessen. Du willst den Mann oder die Kerle töten, die dich umbringen lassen wollen. Das verstehe ich, es ist aber keine leichte Aufgabe, denn du bist nicht gerade ein erfahrener Killer. Mit einer Pistole, wie du sie immer herumträgst, wirst du das nicht schaffen. Da braucht man schon ein anderes Kaliber, eine geeignete Waffe. Aber das ist das kleinste Problem. Ich bin als alter Jäger und Sportschütze bestens ausgerüstet.«

»Heißt das, ich darf auf deine Hilfe zählen?«

»Ich werde bei der Jagd bei dir sein. Zielen und abdrücken musst du aber selber«, stellte Domenico klar. »Lass uns in den nächsten Tagen alle Möglichkeiten besprechen, alle Details klären, alle Informationen bewerten, die bereits vorhandenen und die noch zu beschaffenden. Und jetzt geht es ins Bett. Wir haben zur Zeit die Einliegerwohnung nicht vermietet. Die kannst du nutzen. Hier in Birmensdorf bist du sicher. Hier sucht dich keiner.«

Mit leicht belegter Stimme sagte Bertholdy: »Domenico, du bist ein wahrer Freund!«

Am nächsten Morgen rief Margarethe bei Domenico Sieger an. Sie habe eine wichtige Information für einen gemeinsamen Freund, sagte sie, wolle diese aber nur persönlich übermitteln. Diese sei auch für den vereinbarten Treuebonus von Bedeutung.

»Dann setzen Sie sich am besten in den Zug«, riet ihr Domenico. »Ich habe zur Zeit einen Besucher, der an Ihrer Nachricht sehr interessiert ist.«

»Ich werde mein Auto nehmen und bin in zwei bis drei Stunden bei Ihnen.«

Als sie dann, früher als erwartet, in Birmensdorf vorfuhr, überraschte sie Domenico durch die Art des Begrüßungskusses, den sie Bertholdy gab, begleitet von einer fast stürmischen Umarmung. »Und ich«, fragte Domenico, »wo bleibt meine Begrüßung?« Woraufhin auch er eine etwas kleinere Begrüßung bekam. Margarethe fiel es leicht, sofort nach dem Kennenlernen einer Person mit dieser so umzugehen, als seien sie alte Bekannte.

Die Nachricht, die Margarethe überbrachte, war wirklich von großer Bedeutung. In zwei Wochen – ein genaues Datum gäbe es noch nicht – sollte auf einer Sitzung der am Waffengeschäft Beteiligten in Leuenbergers Jagdhaus und in Anwesenheit des Anwalts beschlossen werden, wie man nach den gescheiterten Attentatsversuchen auf Bertholdy weiter vorgehen wolle. Als Wortführer der Gruppe spiele sich nach wie vor der Verteidigungsminister auf. Er lasse alle Hemmungen fallen und gebe sich, vor allem gegenüber Leuenberger, als durch und durch gewaltbereit.

Leuenberger fühle sich inzwischen fast terrorisiert. Bisher habe man noch keine undichte Stelle im deutschen Ermittlungsapparat ausfindig gemacht, von der man hätte erfahren können, ob der Kripo in Frankfurt oder dem BKA die Aufnahmen der Dokumente vorlägen.

Bertholdy nahm sich vor, dies bei seinem Besuch in Wiesbaden weiterzugeben.

Edith rief zu Tisch und verlangte, während des Essens bitte auf die Krimithematik zu verzichten. Alle hielten sich daran. Es war eine gut gelaunte Runde, die in der Mittagssonne saß, Ediths köstliche Salate und Spaghetti Calabrese aß. Dazu gab es einen gehaltvollen dunkelroten Primitivo aus Puglia. Für zwei Stunden schien die Welt in Ordnung zu sein. Und dennoch sagte Margarethe: »Es gibt aus meiner Sicht nur eine Lösung: Der Minister muss getötet werden. Leuenberger ist dazu nicht fähig. Ich noch weniger. Du musst es machen, Bertholdy. Dich will er schließlich umbringen, vielleicht auch die anderen, vielleicht auch meinen Chef, wie der vermutet.«

Es wurde still am Tisch. Dann sagte Bertholdy: »Es ist besser, wir vermeiden solche Äußerungen. Es genügt, wenn jeder seinen kleinen Beitrag dazu leistet, dass wir alle ohne Bedrohung leben können. Dein Beitrag, Margarethe, wird es sein, Domenico über den genauen Zeitpunkt des Treffens zu informieren. Wichtig ist, zu wissen, wer an der Sitzung teilnimmt, wann sie beginnt, ob irgendwelche Sicherungsmaßnahmen vorgesehen sind. Auch ob sich im Hause Service- oder Büropersonal befindet und schließlich – nicht ganz unwichtig für dich – ob du im Haus oder in der Nähe sein wirst. Wenn ich dir von der Vorbereitung nicht mehr erzählen möchte, dann deshalb, um dich nicht zusätzlich zu belasten.«

Die heitere Stimmung war weg. Margarethe stand auf, bedankte sich bei den Gastgebern und sagte zu Bertholdy: »Ich will dir helfen, so wie du mir geholfen hast. Du kannst dich auf mich verlassen!« Dann fuhr sie zurück nach Vaduz.

29.

Die folgenden Tage waren ausgefüllt mit den Vorbereitungen zum Gegenschlag. Domenico führte seinem Freund seinen beeindruckenden Waffenschrank im Keller vor. Domenico nahm ein Gewehr aus dem Schrank und sagte: »Ich empfehle dir dieses für Scharfschützen entwickelte Gewehr, das eine unglaubliche Präzision hat. Ich schieße mit ihm jede Woche mindestens 30 Schuss in meinem Schützenverein. Morgen früh um sieben Uhr werden wir dort sein, dann kannst du die Waffe kennenlernen. Sie ist auch bei eurer Bundeswehr eingeführt unter der Bezeichnung G22. Hergestellt wird das gute Stück von dem britischen Waffenproduzenten Accuracy International. Es ist ein Repetiergewehr, das eine schnelle Schussfolge erlaubt. Zum Equipment gehören ein sehr genaues Zielfernrohr, ein ausklappbares Zweibein und ein Schalldämpfer, der die Ortung des Schützen erschwert. Eine bessere Ausrüstung für einen Scharfschützen kannst du nicht finden.«

Bertholdy war sprachlos. Die Frage, wo er sich eine geeignete Waffe beschaffen konnte, war sein größtes Problem gewesen.

»Ich nehme doch an«, sagte Domenico, »du willst eine Waffe aus größerer Entfernung einsetzen und nicht eine MP aus kurzer Distanz.«

»Ich will dir kurz eine Beschreibung des Standorts, des Umfelds und der Wege geben, die zum Haus führen. Die Waffenschieber werden sich in einem Jagdhaus treffen, das Leuenberger gehört und acht Kilometer von Vaduz entfernt ist. Es liegt einsam in einer großen Waldlichtung, etwa zwei Kilometer von einer kleinen Regionalstraße entfernt. Es ist das Haus, in dem ich die Runde der Waffenschieber zum bisher einzigen Mal traf und in dem man mich mit Lydias Entführung konfrontierte. Ich hatte bereits damals versucht, mir möglichst viele Einzelheiten einzuprägen.

Zwischen der kaum befahrenen Regionalstraße und dem Grundstück liegt ein schmaler, vielleicht 200 Meter tiefer Waldstreifen, der eine Einsicht von der Straße verhindert. An einer Stelle des großen Wiesengrundstücks, auf dem das kleine Schlösschen erbaut wurde, hat man einen Jagdhochsitz errichtet, der von Gebüsch und den ersten Bäumen des Mischwaldes fast verdeckt wird. Aus meiner Sicht eine ideale Schussposition, in Luftlinie etwa 400 bis 500 Meter vom Hauseingang entfernt. Margarethe hat mich auf diesen Hochsitz aufmerksam gemacht.«

»Das klingt gut«, meinte Domenico. »Die Entfernung ist für die G22 kein Problem. Du kannst dich auf meinem Schießstand auf diese Distanz einschießen. Wir sollten aber, trotz deiner Ortskenntnis, in den nächsten Tagen zum Jagdschloss fahren, um die Umgebung besser kennenzulernen. Wir müssen den unauffälligsten Anfahrtsweg festlegen, einen nicht einsehbaren Parkplatz im Wald finden, wo ich auf dich warten werde, und nicht zuletzt einen geeigneten Weg zurück.«

»Ich habe kein gutes Gefühl, dass du dich so in die ganze Sache hineinziehen lässt«, warf Bertholdy ein. »Das Risiko habe ich doch allein zu tragen. Es ist schon bedenklich, dass du mir die Waffe zur Verfügung stellen willst. Du bist dir offensichtlich nicht im Klaren, die Anklage könnte lauten: Beihilfe zum Mord!«

Domenico lächelte: »Ich bin wie du der Meinung, dass es sich um einen Fall der Notwehr handelt. Solang ich nicht selbst schießen muss, ist für mich das Risiko überschaubar. Ohne meine logistische Unterstützung wirst du es nicht schaffen. Lass uns nicht unsere Zeit verschwenden mit solchen Überlegungen, sondern sie nutzen für die Ausarbeitung eines genauen Ablaufplans.«

Als die Woche hinter ihnen lag, ausgefüllt mit Schusstraining und einem Wochenendausflug in das Fürstentum Liechtenstein, waren alle Details festgelegt. Selbst das Besteigen des Hochsitzes über die Leiter war geübt worden. Oben, auf der Plattform, die an zwei Seiten Öffnungen in der Verkleidung hatte, hatte Bertholdy noch prüfen können, wie die möglichen Schussbahnen zum Vordereingang mit der Anfahrt und zum Hintereingang gegenüber den Remisen verliefen. Außerdem hatten sie die Entfernung genau gemessen, um die Zieleinrichtung der G22 entsprechend einzustellen.

Am Abend saßen sie bei einem Glas Merlot aus dem Tessin ohne die Hausherrin am Tisch. Edith besuchte eine Ausstellung Schweizer Karikaturisten, denn sie war ebenso wie ihr Lebenspartner eine begeisterte Sammlerin auf diesem Gebiet. Da läutete das Telefon. Domenico nahm ab, es war Marco. Domenico stellte den Lautsprecher an, und Bertholdy hörte Marcos Stimme: »Ich bin der Freund Ihres Freundes, der bei Ihnen ist. Richten Sie ihm bitte aus, ich verspeise gerade in dem von ihm empfohlenen Restaurant meinen Treuebonus, und zwar in Begleitung einer schönen Frau. Man lässt Ihnen sagen: Die vornehme Welt trifft sich in drei Tagen vormittags um elf Uhr am bekannten Platz. Ich hoffe, Sie können der Einladung folgen. Gute Nacht für alle.«

Da saßen die beiden Verschwörer nun mit nachdenklicher Miene, bis Bertholdy fragte: »Ist Edith eingeweiht in unseren Plan?«

»Ich habe ihr nur gesagt, du seist in Lebensgefahr und ich wolle dir helfen, dich zu wehren. Da sagte sie mir, das genüge, mehr wolle sie nicht wissen. Und ich werde dafür sorgen, dass sie an den bewussten Tagen Freunde im Elsass besucht.«

»Du denkst an alles, lieber Domenico. Du eignest dich viel besser zum Detektiv als ich«, sagte Bertholdy.

Zwei Tage vor dem Termin luden sie das Gepäck in Domenicos alten olivgrünen Subaru. Außer der Waffe, die in einem Behältnis lag, das wie ein Koffer für ein Musikinstrument aussah, nahmen sie noch Handgepäck mit, denn sie hatten sich entschieden, bereits vor der Tat Lydias einsam gelegene Rustici aufsuchen. Dort war in diesen Tagen ihr Quartier. Das Ganze sollte wie ein Jagdausflug ins Tessin aussehen. Nach Ausführung des Planes beabsichtigten sie, direkt wieder dorthin zurückkehren.

Bertholdy hatte erfahren, dass es dort im Tessin keine direkten Nachbarn gab und die kleinen Granithäuser abseits der schmalen Straße lagen. So war ihre Aufenthaltsdauer dort fast unkontrollierbar. Das war den beiden wichtig, falls etwas schief gehen und sie um Angabe des Aufenthaltsortes der letzten Tage gebeten werden sollten.

Als sie auf dem Grundstück ankamen, ging gerade die Sonne unter. Vor den Granithäusern breitete sich ein verwilderter Weinberg aus, der einen Blick auf den spiegelglatten See und die Inseln freigab. Die Ziegeldächer von Ronco ragten aus dem üppigen Waldstück hervor, das zwischen dem Wingert und dem kleinen, am Berghang festgeklebten Ort lag. Ganz unten war die Hafeneinfahrt von Porto Ronco zu erkennen.

Die Türen der Rustici waren nicht abgeschlossen, eine stand sogar offen. In den Räumen fanden sie Kleider und Gegenstände, die Lydia bei ihrer Gefangennahme nicht hatte mitnehmen können. Die Unordnung, in der sich die Räume befanden, war untypisch für sie. Bertholdy versuchte sich vorzustellen, wie das Ganze abgelaufen war, sicherlich unter Drohungen und großer Eile, mit Lydia in Furcht und Angst.

Bertholdy versuchte, diese Gedanken zu verdrängen, und schlug vor, im Grotto zu Abend zu essen, an dem sie beide eben vorbei gekommen waren. Es lag unterhalb des Grundstücks und war zu Fuß in einer halben Stunde zu erreichen. Es gab dort sicher eine gute Polenta, und die Wirtin könnte eine wichtige Zeugin dafür werden, dass sie bereits vor der Tatzeit im entfernten Tessin Ferientage verbracht hatten.

Als der Tag gekommen war, standen sie in aller Frühe auf, denn sie wollten vor neun Uhr am Jagdschlösschen in Liechtenstein sein. Gekleidet wie Jäger, versehen mit Ferngläsern und Verpflegungstasche, dieses Mal ohne »Zielwasser«. Zudem war im Gepäck das Gegensprechgerät, das ihnen bei der Durchführung der Maßnahme, falls notwendig, Kommunikation erlaubte. Bertholdy hatte Domenico das Versprechen abgenommen, im Notfall ohne ihn zurückzufahren, aber nicht auf direktem Wege nach Zürich, sondern über Österreich und Deutschland.

Bereits kurz nach acht Uhr erreichten sie den versteckt gelegenen Abstellplatz für den Subaru. Da es in den letzten Tagen nicht geregnet hatte, hinterließen die Reifen kaum sichtbare Spuren. Sie prüften die Funktionsfähigkeit ihres Walkie-Talkies, entnahmen das Gewehr dem Behältnis, umhüllten es mit einem Futteral, damit bei einer zufälligen Begegnung mit einem frühen Spaziergänger die Waffe nicht als Scharfschützengewehr erkennbar wäre. Obwohl weit entfernt vom Grundstück, sprachen die beiden leise. Domenico brachte seinen Freund noch bis zu der Stelle, wo der Waldweg verlassen werden musste, um die letzten 100 Meter zwischen Bäumen und halbhohem Gestrüpp zurückzulegen.

Bertholdy sah auf seine Uhr. Die Uhr läuft, dachte er, aber da er genügend Zeit eingeplant hatte, sich auf dem Hochsitz einzurichten, war er ganz ruhig. Weder die letzten Meter zum Hochsitz, die er etwas rascher gelaufen war, noch der Aufstieg auf den Boden des Schießstandes, hatten seinen Atem schneller gehen lassen. Die Anfahrt sollte nach Angabe seiner Informantin ja erst in zwei Stunden beginnen. Er beschloss, die »Ruhe vor dem Sturm« zu nutzen, um sein Zielfernrohr auf die Vorfahrt und den Eingang einzurichten. Als Fixpunkt benutzte er die üppigen Laternen, die links und rechts vom Eingang vor dem Portal wie zwei Wachsoldaten auf einem wuchtigen Natursteinsockel standen.

Kaum hatte er diese Fixpunkte auf seinem Zielfernrohr mit einer zehnfachen Vergrößerung eingestellt und das gefüllte Magazin eingeschoben, da hörte er Motorenlärm. Auf der Zufahrt zum Jagdhaus erschienen ein Kleinbus und ein weißer Mini, der ihm bekannt vorkam. Es war tatsächlich Margarethe. Sie ging mit zwei Männern in Arbeitskleidung zur Haustür, schloss sie auf und ließ aus dem Transporter zwei Tragkörbe aus gelbem Plastik, einer gefüllt mit Aktenordnern, der andere mit PC-Equipment und schließlich zwei Getränkekisten in das Haus tragen. Alles war durch das Zielfernrohr gut zu sehen.

Die Pause, die nun eintrat, war für Bertholdy unangenehm – der bisherige Ablauf gab ihm zu denken. Margarethe hatte ihn nicht wissen lassen, dass sie vor oder während der Sitzung anwesend war. Sie hatte wohl den Auftrag erhalten, die letzten Handgriffe vor der Sitzung zu tun. Aber was machte sie nun seit einer Dreiviertelstunde in dem Haus? Und wann würde sie zurück ins Büro fahren?

Als nächster kam Leuenberger, nicht mit seinem normalen Bentley, sondern mit einem kleinen vw. Den parkte er auf dem Hinterhof neben der Remise, die in besseren Zeiten vermutlich hochherrschaftliche Kutschen gesehen hatte. Er stieg aus, lief Margarethe entgegen und begrüßte sie. Dabei legte er seinen Arm um ihre Schulter. Dann ging er ins Haus. Die beiden Arbeiter kamen heraus, sprachen kurz mit Leuenberger und Margarethe. Dann fuhren sie mit ihrem Kombi davon. Bertholdy überlegte, ob diese nicht vorhergesehenen Ereignisse von Bedeutung waren oder nicht. Wenn etwas Überraschendes geschehe, so hatte er mit Domenico vereinbart, würde er es über sein Walkie-Talkie melden, doch er entschied sich, das jetzt nicht zu tun.

Kurz vor elf Uhr fuhr der nächste Wagen vor. Der Anwalt und Margarethe traten vor die Haustür, liefen auf das Fahrzeug zu und öffneten die hintere Tür. Es stieg der Deutsche Staatssekretär aus, von beiden begrüßt und ins Haus geleitet. Wenn er zu dieser Besprechung aus der Karibik angereist war, stand für ihn wohl einiges auf dem Spiel. Der Fahrer des Wagens hatte offenbar Anweisung erhalten, den Wagen auf dem Parkplatz abzustellen, der neben der Auffahrt zum Grundstück lag.

Bertholdy war irritiert, weil während der Begrüßung und des Geleits zur Haustüre Leuenberger und seine Assistentin so nahe an dem Tagungsteilnehmer waren, dass sie ihn fast mit ihren Körpern abdeckten. Wie sollte er da zum Schuss kommen, ohne die beiden Begleiter zu gefährden?

Wenig später kam der Lobbyist aus Frankreich zusammen mit dem von Olbrich als Terrorist bezeichneten Araber. Die Begrüßung verlief wie vorher. Was hatte Margarethe vor, was bezweckte sie damit? Sollte er nicht zum Schuss kommen? War nach der Nachricht, die sie ihm hatte zukommen lassen, noch etwas geschehen?

Es dauerte mehr als zwanzig Minuten, bis der nächste Wagen eintraf, ein Mercedes, der offenbar gepanzert war. Das musste der General, der Verteidigungsminister, sein. Bertholdy legte an, darauf konzentriert, erst abzudrücken, wenn die Türe geöffnet wurde und der General ausstieg. Und wieder verdeckten Leuenberger und Margarethe das Ziel, führten den General ins Jagdhaus. Keine Chance für Bertholdy, einen präzisen Schuss abzugeben. Fluchend berichtete er Domenico über das Walkie-Talkie vom bisherigen Ablauf. Der sagte:« Reg dich nicht auf, sie müssen ja wieder herauskommen, und ewig wird die Sitzung nicht dauern.« Mit der zweiten Feststellung sollte er Recht behalten, mit der ersten aber nicht.

Kaum hatte Bertholdy sein Sprechgerät abgeschaltet, öffnete sich die Haustüre und Margarethe ging zu ihrem Mini. Sie stieg ein und fuhr zur Ausfahrt des Grundstücks, passierte dort das große schmiedeeiserne Tor und fuhr auf der Zufahrtsstraße in den Wald hinein.

Wie lange würde er warten müssen, bis der Kerl wieder erschiene, auf den er es abgesehen hatte. Zumindest konnte Margarethe nun nicht mehr als »Leibwache«

dienen. Und dass der Anwalt bei seinem Schuss verletzt werden könnte, war zwar vielleicht nicht ganz auszuschließen, beunruhigte ihn aber nicht zu sehr. Der Anwalt spielte doch eine ziemlich undurchsichtige Rolle.

Bertholdy behielt die Eingangstür im Auge, die Waffe schussbereit, wurde dann aber überrascht, als nicht die Vordertür aufging, sondern die Tür zum Hinterhof, auf dem Leuenberger seinen Wagen abgestellt hatte. Raschen Schrittes eilte der Anwalt darauf zu. Er griff in die Hosentasche, zog einen Gegenstand heraus, den Bertholdy nicht erkennen konnte, wahrscheinlich den Autoschlüssel. Er wollte offensichtlich wegfahren.

Leuenberger hatte den vw fast erreicht, als mit einem ohrenbetäubenden Knall, mit einem blendenden Feuerball und einer Druckwelle, die Bertholdy auf seinem Hochsitz überrollte, das ganze Haus in die Luft flog. Bertholdy sah noch, wie der Anwalt von der Druckwelle gegen den vw geschleudert wurde. Steine und Gebäudeteile schlugen auf dem Boden und auf den Stallgebäuden auf.

Die Fahrer, die auf dem Parkplatz in ihren Autos gewartet hatten, liefen schreiend auf das Haus zu. Der hölzerne Dachstuhl brannte, und immer wieder fiel ein Gebäudeteil in sich zusammen. Einer der Fahrer telefonierte. Bertholdy war klar: Die Feuerwehr und die Polizei würden in einigen Minuten aus Vaduz kommen und das Grundstück sofort absperren.

Bertholdy musste sich beeilen. Er rief ins Sprechgerät: »Ich komme sofort. Das Haus ist in die Luft geflogen. Ich bin okay!«

Domenico antwortete: »Beeile dich!«

Bertholdy prüfte den Hochsitz, ob noch etwas herumlag, das er einpacken musste. Hier etwas zu vergessen, wäre verhängnisvoll gewesen. Dann rannte er, so schnell er konnte. Er rannte, als ginge es um sein Leben. Sein Freund stand neben dem Subaru, riss ihm die Waffe aus der Hand und legte sie sorgsam in den Koffer. Sie stiegen ein, und bevor Domenico den Wagen startete, sagte er: »Erzählen kannst du später. Beruhige dich erst einmal, du bist blass wie ein Leichentuch.«

Sie kamen aus dem Wald heraus, ohne jemandem zu begegnen. Dann fuhren sie in Richtung Chur. Der Feuerwehr und dem Überfallkommando begegneten sie nicht. Ohne Zwischenpause fuhren sie über den San Bernardino. Erst als sie über dem Pass waren, begann Bertholdy zu erzählen. Domenico stellte keine Fragen und sagte nur: »Heute Abend wollen wir alles besprechen. Du hast offensichtlich Konkurrenz bekommen. Und Leuenberger wusste gewiss, dass das ganze Haus in einigen Minuten in die Luft fliegen würde. Deshalb versuchte er, rechtzeitig aus der Gefahrenzone zu fliehen. Ich frage mich nur, was wusste Margarethe? Und warum ließ sie dich kommen?« Bertholdy konnte dazu nichts sagen.

Nachdem sie angekommen waren, packten sie aus. Domenico überprüfte das Gewehr und reinigte die

Waffe, als ob ein mehrfacher Schusswechsel stattgefunden hätte. Als er damit fertig war, schlug er seinem Freund vor: »Den Wagen sollten wir morgen früh in Ascona waschen lassen und bei dieser Gelegenheit eine Tageszeitung kaufen. Und jetzt gehen wir wieder zur Wirtin – Polenta essen.«

Bertholdy nickte nur. Er wusste nicht, wie er diesen Tag bewerten sollte. Nur eines war ihm klar: Er war wieder einmal Zeuge eines Verbrechens geworden. Diese Rolle war vielleicht doch einfacher für ihn als die eines Täters.

30.

In allen Zeitungen des Landes war das in die Luft gesprengte Jagdhaus der Aufmacher. Die beiden Freunde setzten sich zum Frühstück in ein Café an die Uferpromenade in Ascona. Dort lagen viele Zeitungen aus, so dass sie einen guten Überblick über die Schilderung des Vorfalls hatten.

Alle Teilnehmer einer Tagung, so wurde berichtet, seien aufgrund einer gewaltigen Explosion zu Tode gekommen, darunter auch der in Liechtenstein und in der Schweiz bekannte und hochangesehene Anwalt Dr. Leuenberger. Die übrigen Toten seien noch nicht identifiziert, vielleicht auch nicht mehr identifizierbar. Eine Teilnehmerliste der Tagung sei zwar in der Kanzlei Leuenberger vorhanden, von der Ermittlungsbehörde aber beschlagnahmt worden. Als Ursache der Explosion vermute man einen Schaden in der Gasleitung. Kriminalpolizei und Staatsanwaltschaft seien eingeschaltet.

Domenico schüttelte den Kopf und sagte: »Die Lektüre hätten wir uns sparen können.«

»Ich beschäftige mich schon mit der Frage, ob ich im Fall eines Falles von der Kripo nur als Zeuge des Anschlags angesehen werden kann oder auch als Tatverdächtigter«, so lautete Bertholdys erster Kommentar zu der Zeitungslektüre.

»Langsam«, meinte Domenico, »du warst die letzten Tage immer unter meiner Kontrolle. Wann hättest du denn, wenn du technisch überhaupt dazu in der Lage gewesen wärst, die Sprengladung zusammenstellen, montieren und scharfmachen sollen? Der Sprengkörper wurde spätestens vorgestern Abend eingebaut. Zu der Zeit saßen wir im Grotto, und die Wirtin servierte uns ihre Polenta. Als Täter kommst du nicht in Verdacht, dann schon eher als Mitwisser, Anreger, vielleicht auch als Finanzier des Mordanschlags. Aber ebenso gut kommt der verblichene Herr Doktor dafür in Frage. Denn offensichtlich hat er gewusst, dass das Haus gleich in die Luft fliegen würde. Für ihn wäre dann ja auch die Bedrohung durch seinen westafrikanischen Klienten oder durch Zeugenaussagen anderer Geschäftspartner vom Tisch. Vielleicht haben Margarethe und ihr Chef deshalb die Ankommenden so gut abgedeckt, weil alle Geschäftspartner ausgeschaltet werden sollten.«

Bertholdy beruhigten die Worte seines Freundes. »Was wohl Margarethe von all dem gewusst hat? Waren die Handwerker, mit denen sie als Erste zum Haus gekommen war, gelernte Feuerwerker gewesen? Hatten sie den Sprengsatz montiert? Waren sie an diesem Morgen nur gekommen, um den Zünder einzustellen? Dann war Margarethes Rolle klar, und vielleicht hatte sie vom Wald aus den Auslöser der Fernsteuerung betätigt. Heute kann man das ja mit einem Handy machen. Ach, ich wünschte mir, es würde endlich etwas geschehen, was die Sachlage vereinfacht und nicht weiter kompliziert.«

»Mein lieber Bertholdy, ich sehe in diesem Ereignis zum ersten Mal in dieser wirren Geschichte eine Vereinfachung für dich. Aus Vorsichtsgründen müssen wir bis auf Weiteres jeden Kontakt mit Margarethe vermeiden. Aber wir sollten uns mit der Frage beschäftigen, was wir der deutschen Kripo erzählen. Sie wird dich ganz sicher danach fragen, wo du zum Zeitpunkt des Bombenanschlags gewesen bist, zumal sie ja wissen, dass du dich in den letzten Tagen in der Schweiz aufgehalten hast. Die Antwort haben wir mit unserer Ferienwoche im Tessin parat.

Schwer zu beurteilen ist, ob und wie eng sie in dieser Angelegenheit mit den Schweizer Ermittlungsbehörden zusammenarbeiten, was für dich auch zu einer Vernehmung in der Schweiz führen könnte. Jedenfalls hat der Anschlag im Jagdhaus dem BKA den oder die potentiellen Angeklagten geraubt. Was werden sie jetzt mit dem ganzen Fall machen? Wie du mir sagtest, ist ein ehemaliger Staatssekretär der deutschen Regierung involviert gewesen. Vielleicht sind sie jetzt gar nicht mehr interessiert, den Fall weiterzuverfolgen. Ein Regierungsskandal weniger! Dann bleiben für die deutschen Behörden nur noch übrig der Mord auf dem Eisernen Steg, die beiden Mordversuche an dir und die Entführung. So ganz ohne Vorteil für uns beide ist es nicht, dass ein anderer seinen Plan ausführen konnte, wir aber nicht.«

Die beiden Freunde blieben noch zwei weitere Tage am Lago Maggiore. Sie verhielten sich wie typische Feriengäste, besuchten das Kloster in Ascona, wo sie im stillen Garten auf einer Bank ausruhten, machten eine Bootsfahrt zu den Inseln, besichtigten botanische Gärten, testeten die Tessiner Küche und die hervorragenden Rotweine des Landes. Dann fuhren sie über den Sankt Gotthard zurück nach Birmensdorf. Dort wartete nicht nur die Hausherrin mit einer guten Vesper auf sie, sondern auch zwei Nachrichten für Bertholdy, die Marco hinterlassen hatte. Das BKA erwarte einen Terminvorschlag für ein Treffen in Wiesbaden. Und Margarethe hatte übermittelt, sie müsse für die nächste Zeit alle Kontakte ruhen lassen, denn sie werde nach dem tragischen Tod ihres Chefs in der Kanzlei dringender benötigt als je zuvor. Domenico schaute Bertholdy an und sagte: »Ein Problem weniger!« Der nickte nur, dachte aber schon an seinen Besuch beim BKA.

31.

Zwei Tage später fuhr Bertholdy von Frankfurt nach Wiesbaden, um das weitere Vorgehen mit Kriminaldirektor Olbrich zu besprechen, der auch Hansen zu dem Gespräch geladen hatte. Der Herr Kriminaldirektor dachte wohl, die alte Kollegialität und Vertrautheit zwischen Hansen und Bertholdy würde die Situation auflockern.

»Wie waren denn die Ferien in der schönen Schweiz?« Mit dieser Frage läutete Olbrich das Gespräch ein. Und Hansen setzte auf derselben Wellenlänge nach: »Hattet ihr gutes Wetter, du und dein Freund?«

Bertholdy war einen Augenblick lang verunsichert, denn er konnte sich nicht erinnern, ob er seinem ehemaligen Kollegen gesagt hatte, dass er in Begleitung in die Ferien gehen wolle. Hatte er Hansen überhaupt etwas davon gesagt? An dem Gespräch in seiner Wohnung hatte doch nur Olbrich teilgenommen. Oder war er gar beobachtet worden? Bertholdy verscheuchte diese Gedanken und antwortete: »Ja, unsere Tage im Tessin waren nicht nur vom Wetter begünstigt. Wir haben auch viel erlebt. Aber Sie wollen doch sicher nicht hören, wie wir die Ferientage verbracht haben, sondern ob ich dort etwas vom Bombenanschlag auf das Jagdhaus von Leuenberger gehört habe. Gehört habe ich zuerst nichts, denn wir hatten auf der Hütte in den Bergen oberhalb des Lago Maggiore keine Elektrizität, also weder Radio noch TV. Erst am Tage nach dem Anschlag haben wir auf der Fahrt nach Ascona die Meldung im Autoradio gehört. Dort haben wir auch eine Tageszeitung gekauft. Das war unsere Informationsquelle.«

»Und was sagen Sie dazu?«, wollte Olbrich wissen, »haben Sie irgendwelche weiteren Informationen? Nur eine Person aus dem Kreis, mit dem Sie seinerzeit verhandelt haben, war nicht unter den Toten: die Anwältin, die mit den roten Haaren.«

»Ich kann nicht sagen, wer an der Sitzung teilgenommen hat und wer nicht. Für mich ist das Ganze keine Verschlechterung der Situation. Vielleicht werde ich jetzt in Ruhe gelassen. Mich interessiert natürlich auch, wie Sie dieses Ereignis beurteilen. Man hat doch mit der Jagdvilla auch Ihre zukünftigen Angeklagten in die Luft gejagt. Ich frage mich: Brauchen Sie mich denn noch als Zeugen für eine Anklage wegen Waffenhandels? Ist aus Ihrer Sicht meine Aufnahme in ein Zeugenschutzprogramm noch sinnvoll und notwendig? Brauche ich überhaupt noch einen neuen Pass? Oder kann ich endlich wieder in Ruhe leben?«

»Ob in dieser Sache weiter ermittelt wird und ob dann die Staatsanwaltschaft Anklage erheben wird, ist im Augenblick nicht zu beurteilen. Deshalb kann ich Ihnen auch nicht sagen, ob Sie als Zeuge dafür zur Verfügung stehen müssen«, erläuterte Olbrich, »und ob Ihre Gefährdung tatsächlich der Vergangenheit angehört, kann ich auch nicht verbindlich sagen.«

Hansen glaubte hinzufügen zu müssen: »In jedem Fall hat sich die Gefahrenlage für dich positiv verändert. Ich nehme nicht an, dass es noch notwendig ist, sich unter falscher Identität in einem anderen Land zu verstecken. In beiden Verfahren Mord auf der Brücke und Attentatsversuche gegen dich wirst du natürlich noch als Zeuge benötigt, aber eine Gefährdung für dich sehe ich darin nicht.«

»Was ist denn aus dem schwer verletzten Motorradschützen geworden? Was hat er ausgesagt, in wessen Auftrag hat er gehandelt?«, fragte Bertholdy. »Könnte daraus ein Problem für mich entstehen?«

»Wohl kaum«, antwortete Hansen. »Der Mann ist gestorben, bevor wir ihn hätten vernehmen können. Wir haben Hinweise darauf, dass beide der islamistischen Terrorszene angehörten. Ich glaube nicht, dass sie dort eine so bedeutende Rolle spielten, dass sie von ihren Komplizen gerächt werden müssten.«

»Wie Sie sehen, Herr Bertholdy, nichts spricht mehr dagegen, dass Sie Ihr Leben als Security Officer im »Grand Hotel« fortsetzen. Herr Hansen hat mit der Direktion gesprochen. Sie ist bereit, Ihren Arbeitsvertrag zu den alten Bedingungen weiterlaufen zu lassen. Auch unser Angebot, in Zukunft für uns tätig zu sein, steht noch. Die Entscheidung liegt bei Ihnen.«

»Vielen Dank für Ihre Fürsorge, Herr Olbrich, aber ich habe mich entschieden, morgen meinen Arbeitsvertrag im Grand zu kündigen. Ich habe vor, mein Leben zu ändern und mir im Ausland eine neue Existenz aufzubauen. Ich möchte gewiss nicht mehr im Bereich Sicherheit arbeiten.«

»Aber für die von mir bearbeiteten Ermittlungen und die daraus resultierenden Anklagen stehst du zur Verfügung. Wie und wo kann ich dich in Zukunft erreichen?«, fragte Hansen, besorgt nicht nur wegen Bertholdys Verfügbarkeit als Zeuge. Die gemeinsamen Erlebnisse der letzten Wochen hatte ihre alte Freundschaft wieder belebt.

»Bevor ich Frankfurt verlasse, werde ich dir und natürlich auch Ihnen, Herr Olbrich, die Kontaktdaten meines Anwalts in Zürich geben, der mich jederzeit erreichen kann. Ich bitte um Verständnis, dass ich gewissermaßen doch untertauchen will, damit ich mit meiner und der Sicherheit anderer Leute nichts mehr zu tun habe, mit den Folgen einer Tat, die Andreas Seibold begangen hat und nicht ich.«

Man gab sich die Hand und wünschte sich für die Zukunft alles Gute. Bertholdy legte in Gedanken seine Rolle als V-Mann und auch die alte Rolle eines Privatdetektivs zu den Akten.

Noch am selben Tag suchte er Generaldirektor King im »Grand Hotel« auf.

Lächelnd übergab ihm Bertholdy die Kündigung, räumte in seinem ehemaligen Büro die letzten, ihm gehörenden Gegenstände in seine Aktentasche. Dann rief er die Mitarbeiter an, die mit ihm das »Quintette amical« gebildet hatten, um sie über seine Kündigung zu informieren. Er lud sie für den nächsten Samstag zum Abendessen in Lydias Wohnung ein. Marco reagierte unmutig, fast erzürnt und fragte: »Und was geschieht jetzt mit mir? Ich habe dann niemanden mehr, der auf mich aufpasst!«

In seiner Wohnung angekommen, fing Bertholdy mit den Vorbereitungen für dieses Abschiedsessen an. Er wollte alles so machen, wie es zu Lydias Zeiten abgelaufen war. Und da es inzwischen Sommer war, musste das Menü natürlich auf diese Jahreszeit ausgerichtet sein. Außerdem war zu berücksichtigen, dass er für fünf Personen zu kochen hatte, nicht wie früher für zwei oder, wenn Marco eingeladen war, für drei. Und Lydia stand nicht mehr am Herd.

So suchte er in seinen Kochbüchern nach Rezepten, die vorgerichtet und vorgekocht werden konnten, ohne den Geschmack zu verlieren. Der Wetterbericht versprach für den kommenden Samstag eine der Jahreszeit entsprechende Wärme und ausgiebigen Sonnenschein. Das sommerliche Menu konnte also auf der Terrasse eingenommen werden. All dies bedenkend, entschied sich Bertholdy für folgende Speisefolge:

❋ ❋ ❋

Insalata di Polipo al Gusto Mafioso

~

Soupe froide Camarguaise

~

Gigot en Daube à la Mode Avignonnaise
Haricots Verts

~

Fromage de Chèvre avec la Confiture
des Tomates Vertes

~

Pêches flambées au Glace de Yaourt

❋ ❋ ❋

Die Vorspeise, eine sizilianische, hatte er zu Ehren Marcos, des Seniors der Tafelrunde, ausgewählt. Das Rezept für den Oktopussalat hatte er im Buch »Andrea Camilleris Sizilianische Küche« gefunden. Um milieugerecht zu bleiben und sich vor dem wunderbaren Schriftsteller Camilleri zu »verneigen«, hatte Bertholdy den Zusatz »nach dem Geschmack des Mafioso« hinzugefügt. Ob Marco das zu schätzen weiß?, fragte er sich.

Die kalte Suppe, die dem Tintenfisch folgte, hatte er in Henry Levys Buch »Das Maitre-Kochbuch« gefunden. Es war eine Gemüsesuppe, deren Zutaten im Mixer gerührt wurden. Sie konnte problemlos am Vortag hergestellt werden.

Das Hauptgericht, ein Lammtopf, wie er in Avignon gegessen wird, kann ebenfalls lange vor dem Eintreffen der Gäste hergestellt werden. Wenigstens ein Gericht von kräftiger Substanz musste ja dabei sein. Das ausführliche Rezept findet man in Monique Lichtners Buch »La Cuisine Provençale«, das im Kunstverlag Weingarten erschienen und mit hübschen Illustrationen ihres Mannes Werner Lichtner-Aix versehen ist.

Das Rezept für den Käse steuerte Eckart Witzigmann bei. Witzig dabei ist die Konfitüre aus grünen Tomaten, die den frischen, cremigen Ziegenkäse begleitet, der mit Olivenöl, Pfeffer und Salz angerührt wird. Der große Koch bezeichnet in seinem Buch »Eckart Witzigmanns junges Gemüse« diesen grünen Begleiter als »süß-saure Raffinesse«.

Für das Dessert konnte Bertholdy keinen prominenteren Namen nachweisen als den seinen. Flambierte Pfirsiche mit Joghurteis. Flambieren ist doch längst vorbei, würden Kenner sagen, ist zu Tode gedroschen worden in den 60er und 70er Jahren. Für Bertholdy aber waren zwei Gerichte flambierenswert geblieben: Die berühmten Crêpes der Suzette und eben die Pfirsiche. Dazu gab es ein Joghurteis vom Eissalon Milano in der Schweizerstraße.

Mit dem Wein wollte er es sich einfach machen. Da der Sommer die einzige Jahreszeit für einen gut gekühlten Rosé ist, wollte er zu allen Gängen den berühmten Rosé der Domaine Ott aus der Provence anbieten. Für Bertholdy gab es keinen besseren.

Die Tage flogen nur so dahin. Einkaufen, auswählen, vorbereiten – und Freitag war der Kochtag. Am Samstag war noch das Eis einzukaufen, der Tisch zu decken und für Blumenschmuck zu sorgen. Zudem galt es, die wenigen Speisen vorzubereiten, die à la minute hergestellt werden mussten. Bertholdy wählte Lydias bestes Geschirr und die geschliffenen Gläser aus und druckte mit dem PC das Menü auf zartgrünen Karton. »Souper à cinque services à l'honneur du Quintette amical« stand darüber.

Im Verlauf des Abends hielt jeder eine kleine Rede. Für Bertholdy war es eine Begrüßungs- und eine Abschiedsrede. Ein neues Leben wolle er beginnen, Abschied nehmen von seiner großen Liebe, dem »Grand Hotel«. Ja, diese Auszeichnung schenkte er tatsächlich dem Hotel! Er werde besonders diejenigen vermissen, die heute an seiner Tafel säßen, sagte er. Er bitte nur um eines: Man solle nicht über seine Entscheidung diskutieren, das »Grand« zu verlassen. Die Runde ließ Zustimmung erkennen.

Als der erste Gang aufgetragen war, würdigte Marco die Vorspeise als Verneigung vor der italienischen Küche, die einzig wahre natürliche Küche der Welt. Davon seien nicht zuletzt auch alle Mafiosi seines Landes überzeugt. Mehmet gab zu verstehen, dass man nur in der

Türkei in der richtigen Weise das Gemüse behandeln könne, weshalb er vermute, die Zutaten für die kalte Suppe seien aus seinem Heimatland gekommen. Patrick war hingerissen von dem geschmorten Lammfleisch und sparte nicht mit anerkennenden Worten für den Koch. Hans Carolus schließlich war begeistert von der Konfitüre aus grünen Tomaten und bat, eventuelle Reste nach Hause nehmen zu dürfen.

Nachdem die Flammen auf den Pfirsichen erloschen waren und alle die Nachspeise mit stillem Genuss verzehrt hatten und Mehmet den Mokka zubereitet und serviert hatte, stand Bertholdy auf und sagte zu seinen Gästen: »Ich möchte den Abend nicht beschließen, ohne von Lydia zu sprechen. Sie saß heute mit uns am Tisch, auch wenn wir sie nicht gesehen haben. Es wäre heute ein Abend nach ihrem Geschmack gewesen, denn sie hat euch alle sehr geschätzt. Ihr verdanke ich viel, nicht nur die Erinnerungen an gemeinsame Wochenenden in dieser Wohnung. Wir wollen ihr zu Ehren das Glas erheben.«

So geschah es, und dann war das Thema »Grand Hotel« dran. Sie sprachen über die kleinen und großen Erlebnisse, die Höhepunkte mit prominenten Gästen, über besonders schwierige Gäste und Direktoren, über kleine und große Ärgernisse. Und aus allem war ihre Begeisterung für dieses unvergleichliche Hotel zu spüren. Es war ein überaus gelungener Abend. Zum Abschied sagte Hans Carolus: »Du wirst uns fehlen, lieber Bertholdy.«

Zu Wochenanfang fuhr Bertholdy nach Genf, denn noch hatte er die Wohnung nicht besichtigt. Dort wollte er die nächsten Monate verbringen und seinen neuen Lebensplan ausarbeiten. Es war eine außergewöhnlich schöne Wohnung mit Balkon zum See. Die Einrichtung war von stilsicherer Designerqualität, viel moderner als die Wohnung in Frankfurt. Allerdings »fremdelte« Bertholdy noch einige Tage in diesen Räumen, er musste sich an sie gewöhnen.

Die Kleiderschränke in der Wohnung waren leer. Nirgendwo lagen persönliche Gegenstände. Die Küche war vollständig eingerichtet, mit Geschirr, Gläsern, Töpfen und allem, was dazugehört. Wäsche war reichlich vorhanden. Man konnte den Eindruck haben, dass die Räume noch nie bewohnt worden waren. Jetzt fiel ihm auf: Er hatte vergessen, den Anwalt zu fragen, wann die Wohnung durch die Stiftung gekauft wurde. Ob Lydia sie je benutzt hatte? Oder ihr Bruder?

Was sollte er nun mit all den Einrichtungsgegenständen in der Frankfurter Wohnung machen? Er wollte sie aufgeben, eventuell verkaufen oder vermieten. Da kam ihm der Gedanke, sie mit der gesamten Einrichtung Marco auf Lebenszeit mietfrei zur Verfügung zu stellen. Dessen Wohnung war klein, technisch veraltet, renovierungsbedürftig. Marco würde sich in seiner neuen Wohnung wohlfühlen, sie war ihm ja vertraut. Bertholdy nahm sich vor, bei nächster Gelegenheit mit ihm darüber zu sprechen.

Zurück in Frankfurt, begann er mit den Vorbereitungen für den Umzug. Er begann, die Gegenstände, die nicht mehr zu seinem neuen Leben passten, auszusortieren. Von den kulinarischen Büchern konnte er sich nicht trennen. Seinen Einkaufsrolli, mit dem er die Läden Sachsenhausens aufgesucht hatte, schenkte er Marco, seine dunklen Anzüge und die Krawattensammlung dem Roten Kreuz. Nur seine Pistole mit dem Halfter – die konnte er nicht verschenken. Alles, was von seinem persönlichen Besitz übrigblieb, passte ins Auto.

Marco nahm sofort sein Angebot an, in Lydias Wohnung in der Darmstädter Landstraße zu ziehen. Bertholdy erteilte Lydias Anwalt den Auftrag, für die Verwaltung der Wohnung zu sorgen, und richtete dafür bei seiner Bank ein Konto ein. Er bat ihn, Marco einmal im Monat anzurufen, um festzustellen, ob alles in Ordnung sei. Schließlich sei Marco ja schon ein alter Herr von bald achtzig Jahren.

Als alles geregelt war, nahm sich Bertholdy einen Tag Zeit für eine Abschiedsrunde, die ihn durch die Räume des »Grand« führte, dann zu seinen ehemaligen Einkaufsquellen und schließlich zu den Bücherregalen, zum ledergebunden Wälzer, in dem er die Minox versteckt hatte. Madame war zugegen, und er bedankte sich für das Vertrauen, das er als Bibliothekar genossen hatte. Sie war überrascht zu hören, dass er das »Grand Hotel« verließe, bedauerte dies und wünschte ihm eine weniger aufregende Zukunft.

Zu seiner Überraschung fühlte sich Bertholdy schon wenige Tage nach seinem Einzug in die Genfer Wohnung dort wie zu Hause. Er erkundete die Stadt in längeren Spaziergängen, versuchte einen Überblick zu bekommen über das Angebot in den Restaurants, deren Preise ihn doch erschreckten. An einem sonnigen Wochentag umkreiste er mit seinem Auto einmal den ganzen See, fuhr auf kleinen Straßen zwischen den Weinbergen hindurch und fühlte sich frei in dieser neuen Welt.

Abends saß er lange am Schreibtisch, holte sich aus dem Internet die Informationen, die er benötigte, um eine Entscheidung für sein neues Leben vorzubereiten. Er wusste nur eines: Es musste alles anders werden. Mit seiner beruflichen Tätigkeit, mit der dafür erforderlichen Ausbildung, mit seiner Kontaktfähigkeit, mit seinen Hobbys, mit seiner Art zu leben und zu genießen. Eine neue Umwelt würde ihm auch die Möglichkeit eröffnen, neue Bekannte, ja vielleicht Freunde zu finden. Die Erlebnisse der letzten Monate hatten ihm nicht nur Stimmungstiefs gebracht, die in Zukunft zu vermeiden waren, sondern auch eine ungewohntes Maß an Selbsterkenntnis. Das hatte zu einer Erweiterung seines Horizonts beigetragen, der früher durch Mauern begrenzt war, die er selbst errichtet hatte. Besser als früher war er in der Lage zu erkennen, was wichtig und was unwichtig war. Er musste dafür sorgen, nicht wieder in den alten Trott zu verfallen. Ein neues Leben war angesagt!

Das alles wollte er seinen beiden Freunden Marco Galliano und Domenico Sieger sagen, die er für ein langes Wochenende in das Hotel »Castello del Sole« in Ascona eingeladen hatte. Er hatte vermutlich dieses Hotel gewählt, um eine Erinnerung aus dem Kopf zu bekommen. Es war schließlich das Hotel gewesen, in dem Lydia und Andreas Marco getroffen hatten. Bertholdy wollte sich damit wahrscheinlich beweisen, dass ihm die Erinnerung daran nichts mehr ausmachte.

Die Zusagen ließen nicht lange auf sich warten. Man verabredete auf dem Flughafen in Zürich einen Treffpunkt. Dort wollte Bertholdy mit einem Wagen auf sie warten, um ganz gemächlich über den San Bernardino an den Lago Maggiore zu fahren.

Aus Jux und in einem Anflug von Übermut hatte Bertholdy einen Rolls Royce mit Chauffeur bestellt. Das ließ Domenico fragen: »Ist das dein neues Leben?« Marco aber gefiel das neue Transportmittel und er konnte die Bemerkung nicht unterdrücken, es sei schon lange her, dass er im Fond eines Wagens dieser Marke durch die Lande gefahren sei.

Als sie auf der Fahrt in die Nähe von Liechtenstein kamen, erzählte der Chauffeur von dem großen Bombenanschlag, von dem die Freunde natürlich nichts gehört hatten. »Dass so etwas bei uns in der Schweiz geschehen kann, war bis vor Kurzen nicht vorstellbar. Terroristen haben doch in diesem Land nichts verloren! Wir sollten restriktiver sein mit den ganzen Ausländern«, sagte der Fahrer in bestem Schweizerdeutsch. Die Freunde brachen in schallendes Gelächter aus, hatte doch der Chauffeur eine ebenso dunkle Hautfarbe wie der General, der die Killer auf Bertholdy angesetzt hatte. Sie ließen Vaduz kommentarlos links liegen und damit auch Margarethe Bieger.

Die Einfahrt in den Park des »Castello del Sole« war beeindruckend. Sie war an beiden Seiten flankiert von einer langen Reihe Zypressen und blühenden Sträuchern. Gleichfalls beeindruckend war die Begrüßung durch den freundlichen Portier und die etwas stilwidrig korpulente Empfangsdame, die sich beide besonders um Marco kümmerten, den sie mit »Signor Bertholdy« ansprachen. Er sah in seinem gut geschnittenen, hellen Sommeranzug blendend aus und machte als einziger einen wohlhabenden Einruck. »Schon lange her, dass ich bei Ihnen zu Gast war«, sagte er zu dem Empfangskomitee. Alle drei genossen die Situation auf ihre Weise. So wurde Marco in eine der neuen Suiten geführt, die man dem Gastgeber »complimentary«, ohne Aufpreis, angeboten hatte, weil Bertholdy ein großes Festessen in kleinem Kreis geordert hatte. Bertholdy lehnte eine Korrektur der Zimmervergabe ab, und Marco klopfte ihm dankend auf die Schulter.

Bertholdy hatte für vier Tage gebucht und seine Freunde gebeten, die Organisation der Ausflüge zu übernehmen, da Marco und Domenico von früheren Aufenthalten gute Ortskenntnisse hatten. Auf der Fahrt vom Flughafen Zürich nach Ascona hatten die beiden berichtet, welche Exkursionen für Freitag und Samstag organisiert waren.

Am Sonntag, für den Bertholdy zuständig war, war Ruhetag, und abends war das Abschiedsessen vorgesehen.

Domenico wollte seinen Freunden am Freitag die Seitentäler um Locarno zeigen, und so standen das Val Verzasca, Valle Maggia und Valle Onsernone auf dem Programm. Dort konnte man noch erahnen, wie das Tessin, einst das Armenhaus der Eidgenossenschaft, vor hundert Jahren ausgesehen hatte. Zum Abschluss wollte Domenico nochmals zu den drei Rustici oberhalb von Ronco, die einst Lydias Zufluchtsstätte gewesen waren und die Bertholdy und ihm als Quartier bei ihrem Jagdausflug nach Liechtenstein gedient hatten. Hier wollte man auf der Bank über dem Weinberg ausruhen, ein Stück Panettone in der einen Hand, ein Glas Merlot del Ticino in der anderen.

Marco hatte für Samstag einen Tagesausflug nach Mailand organisiert, der nicht nur den Besuch des Hotel »Duomo« vorsah, in dem Marco seine zweifache Karriere begonnen hatte, sondern auch den Besuch der »Bohème« in der Scala. Es würde ein langer Tag werden, meinte Bertholdy.

Vor den Rustici sitzend, setzte Domenico seine Begeisterung über diesen herrlichen Fleck Erde in eine temperamentvolle Rede um, die man einem Schweizer aus Chur nicht zugetraut hätte. Hoffentlich werde der neue Eigentümer nicht auf die Idee kommen, rief er aus, die drei Gebäude zu modernisieren oder gar miteinander zu verbinden. Sie standen jeder für sich da, einige Meter voneinander getrennt, mit kaum bemerkbaren Unterschieden in der Ausführung. Im größten waren die offene Küche und der Wohnraum untergebracht. Das eine der beiden kleineren hatte einen Schlafraum mit zwei doppelstöckigen Betten. Im anderen gab es eine Badewanne mit einem Warmwassertank, der mit Holz beheizt wurde, eine Waschkommode mit Aufsatzspiegel und weißer Marmorplatte. Auf ihr stand –wie in alten Zeiten – eine irdene Waschschüssel mit Krug. Hinter dem Badehaus gab es ein Plumpsklo, versteckt in einer efeubewachsenen Holzhütte.

»Dass hier nichts geändert wird, dafür musst du schon selbst sorgen, Domenico, denn der Eigentümer wird noch heute wechseln. Ich habe für heute Abend um sechs Uhr einen Notartermin in Locarno vereinbart, bei dem die drei kleinen Häuser auf dich überschrieben werden. Ich schenke sie dir, weil sie zu dir passen, zu mir aber nicht. Du hast mich in den vergangen Wochen in einer Weise unterstützt, die man auch von einem Freund kaum erwarten kann. Dafür danke ich dir!«

»Du weißt nicht«, wandte Domenico ein, »was die heute wert sind! Das kann ich doch nicht annehmen!«

»Mein Anwalt hat mich darüber aufgeklärt. Das hat meinen Entschluss, sie dir zu geben, in keiner Weise beeinflusst. Reden wir jetzt nicht mehr darüber, der Termin heute steht.«

Marco nickte bedächtig mit dem Kopf. »Ich finde diese Entscheidung gut«, sagte er. »Aber morgen, wenn wir in Milano sind, ist es nicht notwendig, dass du mir die Scala schenkst. Da ist mir meine zukünftige Wohnung auf dem Sachsenhäuser Berg doch wichtiger.«

Für den Samstag bestand Marco darauf, dass man nach Mailand in einer Kleidung reise, die zu seinem alten Grand Hotel »Duomo« und schließlich besonders dem berühmten Opernhaus passe. Dem Portier des »Castello del Sole« hatte er erzählt, dass er vor fast 60 Jahren als Commis d'étage im »Duomo« angefangen habe. Man wolle dort zu Mittag essen und bitte ihn, die Reservierung vorzunehmen. Ein diskreter Hinweis, er sei dem Haus und der damaligen Direktion sehr verbunden gewesen, könne nicht schaden.

Die Sensation dieser Exkursion war nicht Puccinis musikalisches Drama und auch nicht Leonardos Abendmahl, das Bertholdy noch nie gesehen hatte, nein, die Sensation war die Ankunft mit dem Rolls Royce vor dem in die Jahre gekommenen Hotel. Die Direktion des Hauses, vorbereitet durch den Portier des »Castello del Sole«, sah in der Vorfahrt eines ehemaligen kleinen Commis des »Duomo« in einem solchen Wagen eine Sensation, die für die Medien eine Story wert sein konnte. So hatten sich bei Ankunft der drei Herren nicht nur die Pagen und der Direktor des Hauses vor der Eingangstür aufgebaut, sondern auch mehrere Fotografen und Journalisten.

In der Halle, die seit vielen Jahren auf eine gründliche Renovierung wartete, wartete Champagner in einem großen silbernen Kühler. Der Direttore Generale hielt eine kleine Ansprache an den Ehrengast, und das nicht zu schnell, damit die Presse mitschreiben konnte. Falls die Journalisten Fragen hätten, stehe der Commendatore Galliano sicher zur Verfügung, sagte er zum Schluss.

Bertholdy und Domenico hatten sich in respektvoller Entfernung von der Szene auf ein Sofa gesetzt und waren gespannt, was ihr Freund Marco alles sagen würde. Um es kurz zu machen: Die Journalisten waren begeistert über die kleinen Geschichten, die Marco aus seinem Leben in diesem Hotel erzählte und die sich in den beiden letzten Jahren des großen und schrecklichen Krieges ereignet hatten. Er ließ dabei auch den Namen seines damaligen Direktors fallen und gedachte respektvoll dessen schöner Frau. Glücklich ging man zum Mittagessen, das – wie meistens in italienischen Hotels – keine kulinarische Offenbarung war. Da man jedoch eingeladen worden war, verbot sich jede kritische Bemerkung.

Als sie spät in der Nacht wieder ins »Castello del Sole« zurückkamen, umarmte Marco seine beiden Freunde und sagte: »Das werde ich euch nie vergessen, dass ihr da mitgespielt habt. Das war ein Tag für mich, an den ich mich bis zu meinem Lebensende erinnern werde. Ich danke euch.«

»Last Drink?«, fragte Bertholdy. »Last Drink«, antworteten die beiden wie aus einem Mund.

Im Manuskript beginnt an dieser Stelle nun das letzte Kapitel, in dem der Autor den letzten Tag in Ascona beschreibt. Es war Sonntag, der Abschiedstag. Und es wurde der unvergesslichste, der folgenreichste Tag dieser Reise, nicht nur für mich, sondern für uns alle.

Ich habe mich entschlossen, meine Schilderung dieses Tages an das Ende des Buches zu setzen und auf die zu knapp geratenen Sätze zu verzichten, mit denen der Autor, wohl aus Bescheidenheit, diesen Tag schilderte. Es soll bei Ihnen, verehrte Leserinnen und Leser, nicht der Eindruck entstehen, dass das Verhalten unseres Freundes Bertholdy, seine Entscheidung, ein neues Leben zu beginnen, uns fragwürdig, unvertretbar erschien. Was uns zu verstehen schwer fiel, war seine Entscheidung, für dieses neue Leben alle Brücken hinter sich abzubrechen. Das bedeutete den Abschied für immer.

Den ganzen Sonntag waren wir mit diesem Problem beschäftigt. Da wir spät zu Bett gegangen waren, hatten wir auch spät gemeinsam auf der Terrasse gefrühstückt. Das Gespräch lief nur stockend, als drückten wir uns um das eigentliche Thema herum. Bertholdy schlug einen kleinen Spaziergang im Park vor und führte uns schließlich zu drei bequemen Gartenfauteuils an einem runden Tisch, die einsam unter einer großen Platane standen.

»Wie soll ich euch das erklären?«, fragte er eher sich als uns. »Ich habe mir, ausgelöst durch die Ereignisse der letzten Monate, die Frage gestellt, wie mein Leben weitergehen soll. Ich kann doch nicht so tun, als ginge alles weiter wie bisher.

In meinen bisherigen Jahren habe ich mich eingemauert, stets darauf bedacht, dass sich möglichst nichts in meinem Leben ändert. Ich schien zufrieden mit meiner Freiheit, die mir auch durch eine, wie ich meinte, sehr glückliche Wochenendbeziehung erhalten blieb. Ich erkannte nicht wirklich, dass die Bindung an einen anderen Menschen etwas Positives, etwas Sinnvolles sein kann.

In all den Jahren bemerkte ich nicht, wie die Mauern, die ich um mich zog, meinen Horizont einschränkten. Ich verlor den Blick für alles Neue, was in der Welt geschah, schränkte absichtlich meinen Lebensumkreis ein, begnügte mich mit dem Gewohnten, das ich für das Beste hielt. Die wenigen Personen, um deren Zuneigung oder, besser gesagt, um deren Wertschätzung ich bemüht war – und dazu zähltet ihr beide – betrachteten mich wohl als einen, wie ich hoffe, liebenswerten Spinner.

Mein Ehrgeiz, mich beruflich oder geistig weiterzuentwickeln, erlahmte im Lauf der Jahre. Es war ein enges Feld, auf dem ich mich bewegte: Kulinarische Kenntnisse, Verkauf von Essen und Trinken, Pflege meiner Beziehung zu Lydia und ein paar wenige Freunde. Bequemlichkeit, Ungestörtheit, Unabhängigkeit waren meine Ziele, die ich längst erreicht hatte – also waren es keine Ziele mehr.

In diese trügerische Ruhe brachen dann die Ereignisse ein, die ich euch nicht schildern muss. Mein Verhältnis zu Lydia wurde auf einmal in Frage gestellt. Dass ihre Beziehung zu ihrem Bruder für sie wohl wichtiger gewesen war als die zu mir, machte mir zu schaffen – auch heute noch.

Die Enttäuschung, meinen Job zu verlieren, hielt sich in Grenzen, denn insgeheim wusste ich, dass die Kombination von Bankettmanager und Hoteldetektiv hart an der Grenze des Lächerlichen war.

Und dann erlebte ich zum ersten Mal, was Bedrohung des eigenen Lebens bedeutet. Selbst während meiner Zeit als Polizist war mir nichts dergleichen begegnet. Von Natur aus bin ich kein Held. Aber ich fühlte zum ersten Mal die Herausforderung, in einem Kampf zu bestehen, mich zu behaupten. Es schien mir ein Kampf auf Leben und Tod zu sein.

Wenn ich heute bedenke, dass ich euch beide in diese Herausforderung mit einbezogen habe als meine Helfer bei der Ausführung einer kriminellen Handlung, der Tötung eines Menschen, auch wenn der Verbrecher mich umbringen wollte, dann kann ich mich dafür nur entschuldigen. Dennoch weiß ich eure Bereitschaft, einem Freund zu helfen, zu schätzen und möchte euch nochmals danken. Wir haben Glück gehabt. Ein anderer hat die Tat ausgeführt, wobei auch Menschen zu Tode gekommen sind, die mir mein Leben nicht wegnehmen wollten.«

»Und du willst nicht wissen, was aus den Tätern wird, welches Ergebnis die Ermittlungen haben und welche Prozesse folgen?«, fragte ich.

»Nein, das interessiert mich nicht, und ich hoffe, dass meine Rolle als Zeuge bedeutungslos wird. Und keiner wird dir je sagen können, warum Lydia sich das Leben genommen hat, warum sie die Minox beseitigen wollte. Wahrscheinlich ist es besser, das alles nicht zu wissen.

Es soll nun alles anders werden! Ich will ein anderer sein, mich neuen Aufgaben zuwenden, auch mich öffnen, wenn ich Menschen begegne. Ich werde im Ausland ein Studium beginnen. Mit 45 kann man das noch! Fragt nicht nach der Fachrichtung, ich weiß sie noch nicht. Ich bin auf der Suche nach dem neuen Ziel. Aber dafür, so glaube ich, muss ich alle Brücken hinter mir abbrechen. Dabei werde ich nicht vergessen, dass mir Lydia dafür die materiellen Voraussetzungen geschaffen hat.«

»Was immer du ändern willst«, gab Domenico zu bedenken, »du wirst immer derselbe bleiben, du kannst nicht einfach deinen Charakter, deine alte Seele zu den Akten legen und neu geboren werden. Deine Ziele kannst du ändern, dein Verhalten korrigieren, deine Sensibilität erhöhen, aber du wirst immer der Johannes Bertholdy bleiben, auch wenn du dich entscheiden solltest, deinen Namen zu ändern, unterzutauchen, neue Beziehungen zu knüpfen.«

»Und ich kann nicht begreifen«, fügte ich hinzu, »warum du deswegen die Beziehung zu uns abbrechen musst. Auch wenn du dich entschließen solltest, in einem anderen Land zu leben, dir ein neues berufliches und persönliches Umfeld zu schaffen – wir würden dich doch dabei nicht stören, sondern eher helfen. Freunde gibt man nur auf, wenn man von ihnen enttäuscht wurde.«

Bertholdy saß in sich gekehrt da. Er überlegte offensichtlich, was er uns antworten könnte, ohne uns zu verletzen. »Ich habe Angst, nicht genug Kraft zu haben, wenn ich nicht alle Brücken hinter mir abbreche.«

»Wir werden dich in Ruhe lassen. Versuchen, uns nicht zu fragen, wie es dir geht. Ob du ein glücklicher Mensch geworden bist, ob du jemanden gefunden hast, der um dich besorgt ist. Nur eines solltest du uns versprechen: Wenn das alles nicht nach deinen Plänen und Vorstellungen läuft, dann solltest du nicht zögern, uns um Hilfe zu bitten«, schlug Domenico vor, und ich fügte hinzu: »Versprich mir eines: Geht es dir gut, dann muss ich das nicht erfahren, geht es dir schlecht, dann melde dich.«

Bertholdy reichte uns seine Hand und sagte: »Und das gilt auch für euch!«

Das liest sich nun so, als habe dieses Gespräch nur wenige Minuten gedauert. In Wirklichkeit ist meine Schilderung ein Konzentrat. Viele Einzelheiten wurden ausführlich besprochen wie die Frage, was und wo Bertholdy studieren sollte. »Ich will mich bemühen, meine literarischen Interessen zu entwickeln, meine englischen Sprachkenntnisse zu verbessern, ja vielleicht den Versuch wagen, selbst einen Roman zu schreiben«, gab er uns zu verstehen.

Über die Bindungsfähigkeit oder Bindungswilligkeit an eine Frau wurde gesprochen. Waren wir drei doch gerade in dieser Hinsicht sehr unterschiedlich geprägt. Ich hatte mein ganzes Leben darauf geachtet, von vielen Frauen geliebt zu werden und dennoch in keine Abhängigkeit zu geraten. Und war nun im Alter bereit, den Preis dafür zu zahlen.

Bertholdy hatte einen Mittelweg gewählt. Wohl weil er freundschaftliche Zuneigung, die Wertschätzung zu einer Frau mit Liebe verwechselt hatte.

Domenico kannte all diese Probleme nicht. Ein Leben ohne Edith war nicht vorstellbar für ihn.

Am Abend brachte Bertholdy das Kunststück fertig, den Oberkellner und den Küchenchef davon zu überzeugen, das Festessen für uns nicht auf der Terrasse des Restaurants zu servieren, sondern an unserem einsam gelegenen Tisch unter der Platane. Zum ersten Mal hatte Bertholdy nicht selbst das Menü ausgesucht und dem Küchenchef freie Hand gelassen. Es war wohl ein Vorgriff auf die Zeit, in der kulinarische Interessen keine große Rolle mehr spielen würden.

Wir saßen noch lang im Mondlicht, blickten auf den glitzernden See, rauchten eine Havanna, die das Haus offeriert hatte, und tranken dazu einen alten Rum. Dann umarmten wir uns, gingen schweigend zu unseren Zimmern, und dann war jeder allein. Jeder mit seinen Gedanken und Gefühlen.

Zum Frühstück erschien nur Domenico. Der Portier kam und richtete uns aus, Herr Bertholdy sei sehr früh abgereist und habe ihn gebeten, den Herren eine gute Heimreise im Rolls Royce zu wünschen. Er selbst habe eine Zugverbindung nach Genf gewählt. Alle Rechnungen seien von Herrn Bertholdy beglichen worden.

Die beiden Freunde blickten sich an. Ich klagte: »Es kommt mir vor, als wäre er gestorben!«

»Tot sind nur die Vergessenen«, sagte Domenico.

Daniel Zahno

Manhattan Rose

Roman

Lucas Liebe gilt den Rosen. Ihretwegen besucht er, der Rosenzüchter aus dem »alten Europa«, einen internationalen Kongress in New York. Beim Schlendern durch den Big Apple überwältigt ihn an einem Tag zweierlei: Die Schönheit des Rockefeller Rose Gardens und die Anmut einer jungen Frau. Umgehend verliebt sich Luca – in Sofie und in den Rosengarten. Bis die Leidenschaft zu den tausend und einer Rose im Herzen von NYC ihre Erfüllung findet, muss Luca immer wieder neue Hürden nehmen. Aber er wagt das Unmögliche und beginnt, verliebt in das Gelingen, ein neues Leben zwischen der alten und der neuen Welt.

»›Manhattan Rose‹ ist voller Zauber; man spürt den Duft der Rosen, wenn man in diese leidenschaftliche Liebesgeschichte eintaucht.«

Oltner Tagblatt

Roman
Geb., 256 Seiten
978-3-86337-042-8
weissbooks.com
Auch als eBook erhältlich

weissbooks.w

Dieter David Seuthe

Frankfurt verboten

Roman

Am berühmten Hoch'schen Konservatorium in Frankfurt wird die junge Elise Hermann zur Pianistin ausgebildet. Ihre große Begabung verspricht eine glänzende Zukunft, und in Max von Hochem findet sie die Liebe ihres Lebens. Doch dann ändert sich alles, als Hitler an die Macht kommt. Elises Debüt-Konzert im März 1933 wird verboten, wie öffentliche Auftritte jüdischer Künstler generell untersagt werden. Die junge Frau muss um ihr berufliches und bald auch persönliches Überleben kämpfen. Vor der Kulisse des historischen Frankfurt am Main erzählt dieser Roman vom glücklichen und leidvollen Weg einer jungen jüdischen Frau zwischen 1929 und 1936. Dieter David Seuthe folgt in seinem ersten Buch der Maxime, dass man sich an die Wahrheit halten muss, um aus der Geschichte zu lernen.

Roman
Geb.; etwa 380 Seiten
378-3-86337-049-7
weissbooks.com
Auch als eBook erhältlich

weissbooks.w

Dieter Bauer
Johannes Bertholdys Weg über den Eisernen Steg
Roman

Konzept Design
Gottschalk+Ash Int'l

Umschlaggestaltung
Julia Borgwardt, borgwardt design
© Foto: Amelie von Oppen / cognosco.de

Foto Dieter Bauer
© Michael Utz

Druck und Bindung
CPI Clausen & Bosse, Leck
Printed in Germany
Zweite Auflage 2013
ISBN 978-3-86337-041-1

Dieses Buch ist auch als eBook erhältlich
ISBN 978-3-86337-058-9

weissbooks.com